사나운 새벽

사나운 새벽 4
윤석진 판타지 장편 소설

초판 1쇄 찍은 날 § 2004년 7월 8일
초판 1쇄 펴낸 날 § 2004년 7월 18일

지은이 § 윤석진
펴낸이 § 서경석

편집장 § 문혜영
편집책임 § 김희정
편집 § 장상수 · 김민정 · 최하나
마케팅 § 정필 · 강양원 · 이선구 · 김규진 · 홍현경

펴낸곳 § 도서출판 청어람
등록번호 § 제1081-1-89호
등록일자 § 1999. 5. 31
어람번호 § 제1-0513호

주소 § 경기도 부천시 원미구 심곡1동 350-1 남성B/D 3F (우) 420-011
전화 § 032-656-4452   팩스 § 032-656-4453
http://www.chungeoram.com
E-mail § eoram99@chollian.net

ⓒ 윤석진, 2004

ISBN 89-5831-170-3 04810
ISBN 89-5505-984-1 (SET)

※ 파본은 본사나 구입하신 서점에서 교환하여 드립니다.
※ 저자와 협의하여 인지를 붙이지 않습니다.

윤석진 판타지 장편 소설 **사나운 새벽 4**

목차

Chapter 40 7
　　Chapter 41 37
　　　　Chapter 42 59
　　　　　　Chapter 43 88
　　　　　　　　Chapter 44 115
　　　　　　　　Chapter 45 149
　　　　　　Chapter 46 178
　　　　Chapter 47 211
　　Chapter 48 238
Chapter 49 263

거센 바람은 사람을 취하게 한다.

— 『잠언집』 제4권 21절

Chapter 40

이곳에는 아무도 없다.
나 이외엔.

나는 혼자 서 있었다. 한 팔과 한 눈을 잃은 상태로.
피와 살점으로 범벅이 된 온몸. 사방은 온통 시체로 가득했다.
얼마 전까지만 해도 같은 빵을 나누며 웃거나 맥주를 마시던 지들의 자취는 찾을 수조차 없었다. 그저 회색 빛 하늘 아래 펼쳐진 것은 시체, 시체, 시체뿐.
대체 얼마나 많은 시간이 지난 것일까? 나는 언제부터 시체 더미 위에 서 있었나? 멍한 머리를 흔들어 억지로 의식을 찾으려 해보았다. 이미 고통은 거의 느끼지 못했다. 아니, 어쩌면 난 이미 죽어버린 것일지도 모른다. 잘린 내 오른팔은 어디에 있을까? 이제 검을 쓰는 팔을 잃어버린 나는 앞으로 뭘 해야만 할까? 오른팔뿐 아니라 왼쪽 눈도 잃었다. 이건 검사로서 치명적인 일이다. 사물을 구분하기도 어렵고, 한 팔로는 생계도 꾸려갈 수 없다. 그렇다면 나는 어릴 때처럼 나머지 일생을 구걸하며 살아가야 하는 걸까? 대륙 제일의 용병대를 가졌던 내가?

어째서 이렇게 되었을까?

나는 멍하니 가없이 펼쳐진 하늘을 올려다보며 천천히 뒤로 쓰러졌다. 철퍽 하고 차가워진 검은 액체가 허공으로 치솟았다. 윙윙대며 날아드는 송장벌레와 피에 굶주린 파리 떼들이 신나게 포식을 하고 있었다. 이젠 텅 빈 구멍만이 남아 있는 내 왼쪽 눈에도 미친 듯이 달려드는 벌레들. 나는 아직 살아 있는데도 파리 떼가 달려들었다. 나는 그것들을 쫓지도 않은 채 가만히 누워 있었다. 이제는 성한 눈 안에도 알을 까기 위해 달려드는 벌레들.

어차피 용병 따윈 그들에게는 한낱 걸레 쪼가리에 불과했을 것이다. 그렇다. 더러운 것을 닦아내는 걸레 쪼가리. 알고는 있었지만 이렇게 배신당하고 나니, 허탈한 나머지 오히려 분노는 사그라들었다. 그 자리에 절망이 똬리를 틀며 자리 잡아 내게 속삭였다.

어쩔 셈이야? 소드 마스터 유데이스 켈. 검을 잃은 소드 마스터 따위 누가 알아주겠어?

나는 성한 눈을 감았다. 사실 더 뜰 수가 없었다. 벌레들이 피로 범벅된 눈가를 침범하며 조롱했다.

열두 살 내 큰아들이 죽었다. 일곱 살짜리 작은 애도 죽었다. 내 아내는 그들에 의해 갈가리 찢겨 짐승의 밥이 되었다. 내 소중한 동료들도, 내 부하들도 모두 죽었다. 내가 이룩했던 작은 마을은 이미 폐허다. 내가 오십여 년간 쌓아왔던 그 모든 것들이 여기서 다 사라졌다.

멀리서 들개 떼가 몰려들고 있다. 하늘에선 독수리 떼가 몰려든다. 윙윙대는 벌레들의 날갯짓 소리는 심장을 긁어대고 있었다. 아직도 뛰는 내 심장. 내장이 반쯤 바스라졌어도 뛰고 있는 나의 심장. 마나의 힘으로 꿈틀대는 내 심장.

피에트로 대공, 멧사라 왕자, 그리고 흑마법사 퀴니스.

죽여야 한다.

죽이지 않으면 안 된다.

나는 조용히 눈을 떴다. 검을 들려고 했지만 내 오른팔은 사라졌다. 퀴니스의 마법으로 갈가리 찢겨져 나갔다. 하나 왼팔이 있었다. 오른팔보다는 못하지만 그럭저럭 괜찮은 팔. 하지만 눈이 없다. 이제는 적의 거리를 가늠하기 어려워. 아냐, 나는 소드 마스터야. 최소한 소드 마스터였어. 팔 하나를 잃고, 눈 하나를 잃었다고 해서 소드 마스터가 거지가 될 수는 없어.

이를 갈았다. 뿌드득 소리를 내며 어금니가 화끈한 감각을 다시 일깨웠다.

파다닥 소리를 내며 허공에 있던 독수리 한 마리가 날 노리고 내려앉았다. 날카로운 발톱이 뱃가죽을 찢었다. 갈고리를 연상케 하는 검은 발톱이 살아 있는 살점을 헤집으며 늘어진 몸통 전체를 뒤흔들었다. 고통. 감각. 아, 살아 있다. 난 살아 있어.

산 채로 내장이 뜯기고 싶지는 않아! 나는 이를 드러내며 몸을 일으켜 거대한 검독수리의 목을 움켜쥐었다. 아직 왼팔이 남았다. 놀라 퍼덕이는 독수리는 내 얼굴을 쪼고 살가죽을 찢으며 내게서 벗어나려 버둥거렸다.
"끽끽끽……."
웃음도 아니고 울음도 아닌 이상한 소리가 목 안쪽 깊은 곳에서 새어 나왔다.
나는 소드 마스터다. 나는 대륙 제일의 용병대 대장이었다. 내 손에 검이 없다고 해서 감히 이런 것이 날 뜯어 먹을 수는 없다. 텁텁한 깃털과 뻣뻣한 뼈대를 억누르며 나는 독수리의 목 줄기에 이를 박았다. 우드득 뼈가 부서지는 소리와 함께 입 안으로 미지근한 액체가 쏟아져 들어왔다. 말라비틀어진 입 안을 적시는 그것은 달콤했다. 나는 웃었다. 정말로 오랜만에, 처음으로 먹는 음식이었다.
나는 이대로 지지 않으리라. 이대로 쓰러지진 않으리라. 살아 있는 몸으로 그들을 끝내줄 테다. 아드득 아드득 소리를 내며 나는 내 눈앞에 놓인 음식을 사양하지 않고 먹어치웠다. 먹이는 몇 번 반항하다 결국은 축 늘어졌다.
마나여, 이 세계를 움직이는 태초의 힘이여, 나에게 오라. 나에게 강림하라. 나는 할 일이 많은 인간이다. 나는 의지를 가진 인간이다. 피눈물을 흘리며 의지를 표하는 자다. 이미 그대는 나에게 친애의 정을 표시하지 않았던가. 마나여, 나에게 다가와 그 날개 아래 나를 거두라. 그대는 나를 사랑하였다. 그리하여 나는 세상에 드문 소드 마스터가 되지 않았던가. 검은 잃었으되 나는 그대를 잃지는 않았다. 그것이 바로 나의 힘, 나의 의지니. 오라, 이리와 내 앞에 구현하라.
남은 한 팔을 대지 위에 두고 나는 천천히 일어섰다. 잉잉대는 벌레 소리 대신 대지 위로 쏟아지는 마나를 느낀다. 그 감미로운 애무에 나는 눈을 감고 내 몸 안의 마나를 개방했다. 전신으로 쏟아지는 거대한 힘의 물결 아래 고스란히 몸을 맡기며 나는 마나의 춤에 공명했다. 우아하고도 야만적인 마나의 춤. 가장 사악하고도 성스러운 그 전율의 힘.

거대한 존재가 그 마나의 춤 속에서 한 발자국 다가왔다. 너무나 압도적이어서 대지가 두려움에 떨며 침묵했다. 이미 살아 있는 모든 것은 달아났다. 지각이 있든 없든 모두 달아났다. 오로지 나 홀로 남아 있었다.

"계약하고자 하는가, 마나에게 사랑받는 자여?"

거대하고 사악하며 끔찍한, 그와 동시에 아름다운 자가 물었다.

"그렇다."

"무엇을 바치겠는가?"

흥미 깊은 어조로 그 거대한 존재가 물었다. 나는 성한 눈을 떠서 처음으로 그 강대한 존재를 마주 보았다. 검고도 화려하며, 사악하며, 동시에 성스러운 자.

"나의 이 타오르는 복수심을 바치겠다. 유일무이하며, 가장 소중하며, 가장 끔찍한 나의 이 복수심을 바치겠다."

내 말에 그가 웃었다.

"교활하구나. 마나에게 사랑받는 자, 유데이스 켈. 그러나 그대의 복수심은 진짜로구나. 계약은 성립되었다."

그는 아름답게 웃으며 내 앞으로 손을 내밀었다. 하얗고 고운 손이었지만 살아 있는 자의 것이 아닌 차가움이 느껴졌다.

"이로써 그대는 나, 마왕…… 의 계약자로 그대의 이름은……."

"주인님."
나는 천천히 몸을 돌렸다.
눈 안에는 아직도 피가 고여 있고 귓가에선 잉잉대는 송장벌레의 날갯짓 소리가 들렸다. 또 그것인가? 백일몽과도 같은 기억? 이번에는 또 뭔가? 용병대장 유데이스 켈?
애써 눈을 깜빡이며 고개를 돌리자 커다란 은쟁반에 와인을 들고 있는 메이가 보였다. 그 커다란 은쟁반 탓인지 메이의 왜소한 몸집은 더 작아 보였다. 하지만 정작 부른 것은 메이가 아니라 벤이었다.
소매 끝이 온통 피로 젖어 비린내가 진동을 했다. 방금 전까지 고문을 했다는 증거다. 그는 내가 자신을 보자 무표정한 얼굴로 메이에게 물을 담은 대야를 가져오라고 시켰다. 파리해진 메이는 와인을 담은 쟁반을 내려놓고 급히 밖으로 뛰어나갔다.
방 안은 조용했다. 제법 넓은 방 안에는 시종 한 명을 포함해 아홉 명이나 있었지만 아무도 입을 열지 않고 있었다. 그들은 서로 겁에 질린 얼굴로 굳어 있었다.
"잘됐나?"
피에 젖은 소매를 걷으며 벤이 조용히 말했다.
"멜더른 남작이 모두 자백했습니다. 그는 로그란드 영지를 합법적으로 빼앗기 위해 의도적으로 농노들을 위협했습니다. 실제로 로그란드 남작이 그 마을에 간 것 자체가 그의 농간이었다고 보여집니다."
"반나절도 못 견디다니, 정말 한심하네."

"양심의 가책을 이길 수가 없었나 봅니다."

벤이 씨익 웃었지만 아무도 동조하지 않았다. 썰렁한 농담이었다.

나는 창가에 기댄 채 움직이지 않았다. 밖을 보고 있는 중이었다.

"……."

아무도 말하지 않았다. 파랗게 질린 얼굴을 한 패더는 벤의 몸에 묻은 핏자국을 넋을 잃고 보고 있었다. 마치 세상에서 가장 끔찍한 것을 보는 듯한 그 표정이 무척이나 거슬렸다. 그의 옆에 있던 몇몇도 그런 표정이었다. 그나마 침착한 것은 짐이었다. 짐 로스는 진지한 음성으로 입을 열었다.

"그럼, 그 모든 것을 전부 다 서면으로 받을 수 있겠습니까?"

"물론."

벤은 짧게 대답하고는 대야를 들고 나타난 메이에게 잠시 시선을 주었다. 그는 아주 천천히 목덜미까지 튄 핏자국을 물수건으로 닦아냈다. 물수건을 건넨 것은 메이였다. 그녀는 벤의 손가락에서 허연 살점이 떨어져 자신이 들고 있는 대야 속으로 가라앉는 것을 멍하니 바라보고 있었다. 대야를 든 손이 덜덜 떨리고 있었지만 소녀는 자신의 눈앞에서 뚝뚝 떨어지는 핏덩이를 외면하지 않았다.

"셔든이나 베어든과의 관계는?"

내가 심드렁하게 묻자 벤 역시 여상스런 어조로 대꾸했다.

"아, 아직 입을 열지 않더라고요."

"설마 하니 멜더른 혼자 단독으로 저지른 일은 아닐 테지."

내 말에 벤이 히죽 웃었다. 가끔 궁정에서 보았던 무심한 짐승의 웃음.

"그렇겠지요. 멜더른의 무력은 보잘것없습니다. 그의 휘하에 있는 기사라고 해봐야 겨우 수명. 그런 자가 대담하게 혼자 일을 저질렀을 리가 없지요. 아마도……."

그는 손톱 사이에 낀 살점을 떼어내며 말을 이었다.

"서든이나 베어든과 타협을 했겠지요. 혹은 둘 다와 그랬던지. 그 증거로 서든과 베어든이 놀랍게도 우리 눈앞에서 동맹군이 된 상태로 나타나지 않았습니까?"

그 말에 잠자코 있던 짐이 박수를 쳤다.

"역시 그렇군요!"

"그, 그럼 그들이 자백을 하면……."

계속 창백한 얼굴로 떨고 있던 자들 중 한 명이 말했다. 상인 중 하나라고 들었다.

시청 안에 그 무시무시한 자들이 같이 있다는 것, 그것도 고문을 받고 있다는 것은 사람들에게 꽤나 압박을 가하는 모양이다. 어쩌면 평민인 자신들이 귀족을 고문하고 있다는 것만으로도 끔찍해 그럴지도 모르지.

"그들이 자백하면, 우리는 살아날 수 있을까요?"

그의 질문에 모든 시선이 일제히 내 쪽으로 쏠렸다.

"그야 모르지."

나는 어깨를 으쓱했다.

그 말에 실망했는지 패더가 큰 소리로 외쳤다.

"이제 놀리는 것은 그만둬 주십시오! 당신의 힘은 잘 알고 있습니다. 하지만, 하지만 지금 우리는 여기에 생사가 걸려 있단 말입니다! 수천,

수만 명이나요!"

처절하게 외치는 목소리였지만 공교롭게도 내게는 그다지 와 닿지 않았다. 나는 그저 팔짱을 낀 자세로 손가락을 조금 움직였다.

"그러니까 여기에 있잖아?"

나는 점점 기분이 나빠졌다. 물론 내가 악당이고 사악한 흑마법사라는 것은 잘 알고 있지만 여기서 내가 이런 짓거리를 하고 있는 것은 이 도시에 가득 찬 별 볼일 없는 사람들을 구하기 위해서가 아니던가. 그게 아니라면 왜 내가 여기서 이런 귀찮은 짓을 해야만 하는 거지? 단지 14덴 때문에?

"사람들을 살리기 위해 여기에 있는 거야. 영주들이 사병을 풀면 삽시간에 학살당할 소작농들을 위해, 영민들을 위해 여기에 있다고."

내 말에 패더는 입을 다물었다.

"죄송합니다. 말이 지나쳤습니다."

사과를 하며 고개를 숙이는 그의 눈빛에서 얼핏 증오가 느껴졌다. 바짝 마른 체구에 맑은 눈동자만을 보였던 얼마 전과는 확실히 달랐다. 하지만 동요되지는 않았다. 예전, 나 자신이 록그레이드라고 믿었을 때와는 달랐다. 그때는 사람들 한 사람 한 사람에게 모두 동요되는 자신을 느꼈다. 그리고 항상 불안했다. 그 불안을 숨기려 나는 억지로 쾌활한 황태자를 연기했다. 하지만 이제는 내가 누군지 안다. 나는 마족에게 영혼을 팔아넘긴 흑마법사였다. 그것도 아주 강력한 소드 마스터이자 흑마법사.

"직접 보시겠습니까?"

벤이 수건으로 손목을 닦아내며 물었다. 그의 소매 끝은 여전히 더러웠지만 손만은 다시 깨끗한 상태를 되찾았다. 나는 문득 잔뜩 굳은 얼굴의 메이를 쳐다보았다.

"글쎄. 메이, 넌 어떠냐?"

갑자기 질문을 받은 메이는 흠칫했다. 모두의 시선이 일제히 작고 마른 계집 아이에게 쏠렸다.

"너는 셔든과 베어든의 공격에 마을을 잃고 여기까지 흘러들었겠지. 그들을 내가 죽여주길 바라느냐?"

내 질문에 누군가가 헉 하고 신음을 터뜨렸다. 메이는 두 눈을 부릅뜬 채 날 멍하니 바라보았다. 하지만 용케도 대야를 떨어뜨리진 않았다. 이 작은 아이가 그동안 겪은 고초는 몸뚱이와 얼굴에 고스란히 새겨져 있었다. 작은 산골 마을의 어린애가 부모도 없이 이런 도시까지 흘러 들어왔을 때는 보통 고생이 아니었으리라.

"너의 부모님은?"

짐이 갑자기 조심스럽게 물었다. 그는 은근슬쩍 내 눈치를 보고 있었다. 만약 내가 여기서 정말로 셔든과 베어든을 죽여 버린다면 일이 어떻게 돌아갈지 걱정스러운 모양이었다.

메이는 막대기처럼 뻣뻣한 태도로 대야를 든 채 입을 다물었다. 그 황량한 눈동자를 물끄러미 들여다보자, 메이는 얼른 시선을 피했다. 두려운 모양이다.

"부모는 일찍 여의고 고모랑 같이 살았던 모양인데 그 고모 일가가 어찌 되었는진 모른다는군."

벤이 군은 메이를 대신해 느긋한 어조로 대답했다. 꼭 그 고모 일가는 분명히 죽었을 거란 암시를 꽉꽉 주면서 말하는 그 어투 탓에 나는 혀를 차고 싶어졌다. 벤이라는 인물은 참으로 종잡을 수 없는 인물이다.

"내가 알기론 메이가 살던 그 마을은 모두 전멸했으니까."

"벤 경!"

너무 심한 말에 짐이 혀를 찼다.

나는 물끄러미 메이의 얼굴을 지켜보았다. 이 꼬맹이가 어떤 표정이 될까 궁금했던 것이다. 울까? 아니면 원한에 사무친 얼굴로 복수를 외칠까? 하지만 내 기대에도 불구하고 메이는 여전히 굳은 얼굴로 아무런 표정도 짓지 않았다. 꼭 싸움에 익숙해진 전사처럼 말이다.

"물을 한 번 더 떠와. 아무래도 피가 잘 지워지지 않는군."

꼬마가 어떤 표정을 짓든 말든 상관도 하지 않고 벤이 턱 끝을 메이에게 향하며 재촉했다.

그 말에 패더가 숨을 들이켰다. 새삼스럽게 끔찍한 기분이 되는 모양이다.

"아, 저 궁금한 것이……."

짐이 머리를 북북 긁으면서 어색하게 입을 열었다.

"벤 경, 설마 하니 멜더른 남작을, 그러니까…… 셔든이나 베어든의 사지를 베어냈다든가 그 면상을 좀 많이 구겼다든가 하진 않았겠지요?"

"고이 재판장에 세워야 하니까 얼굴은 건들지 않았어. 꽤나 고집이 세긴 하지만 그들이 아무리 입을 다물어봐야 멜더른이 모두 불었으니 그다지 다치지도 않았다네."

시큰둥한 얼굴이었다. 하지만 옷소매며 손가락, 손톱에 이르기까지 피와 살점으로 범벅이 되어 있는 데다가 신발까지 피투성이라면 당한 녀석들은 대체 어떤 몰골이겠는가. 아무래도 걸레쪽이 되지 않았을까?

"…나중에 문제가 될 겁니다."

신음하듯이 여태껏 침묵하던 게올레가 말했다.

"괜찮을 거요. 주인님이 행하신 것이니 감히 어느 누구도 책임을 묻지는 못하지."

벤은 아직도 손톱에 낀 핏덩어리를 빼내며 굳건하게 대꾸했다.

"만약 문제가 된다면? 제국 귀족의 몸에 손을 댄 것은 쉽게 넘어갈 일이 아닙니다!"

패더가 이를 갈듯 입가를 일그러뜨린 채 내뱉었다.

"주인님께 대항할 자는 이 제국 내에 없습니다."

벤이 짧게 말했다. 그의 눈이 잠시 빛을 뿜었다.

"하지만!"

패더가 뭐라 항의하려 했지만 벤의 살벌한 기세에 결국은 입을 다물었다.

뭐, 따진다면 황제 한 명쯤은 있으려나? 어쨌거나 내가 서든을 죽이고 베어든을 끝장낸다고 해서 나에게 달려들 인물은 없다는 이야기다. 하지만 이곳에 있는 평민들은 또 입장이 다르겠지.

"하지만 가장 큰 문제가 남아 있습니다."

패더가 낮게 한숨을 내쉬었다. 이마에 식은땀이 배어 있었다.

"무슨 문제?"

"누가, 대체 누가 그들을 재판장에 세울 건가요? 최소한 중앙 귀족으로 백작 이상의 지위를 가진 인물이 필요합니다. 이곳에 그 정도의 지위를 가진 사람은 없습니다. 이곳에 연고지를 가진 분은 델시테 백작뿐입니다만, 그분이 이곳까지 오시려면 최소한 일주일 이상 걸릴 겁니다. 그때까지 저 상태로 세 영주를 방치할 수는 없습니다. 그들의 영민들은 바보가 아닙니다. 가신들이 분명히 군대를 이끌고 구출하러 공격해 올 거예요."

"그렇군."

그 생각은 또 못했군.

"만약 그들이 백작이 오기 전에 탈출하게 된다면 모든 일들은 다 허사가 됩니다. 또 그들이 고문에 못 이겨 거짓 자백을 했다고 호소라도 하게 된다면 그야말로 끝장입니다."

"그럼 또 스승님이 나가서 해결해 주실 것 아니오?"

짐이 불안감이 서린 눈으로 날 흘긋 보며 반문했다.

"여기까지 오면 그렇게 되겠지요. 하지만 우리에겐 원수 같은 자들이라 해도 셔든이나 베어든 영지의 영민들에게 이 영주들은 아주 중요한 존재입니다. 그들은 자신들의 영주를 구하기 위해서라면 이 도시 전체의 사람들을 모조리 죽여 버릴 겁니다. 게다가 더 큰 문제는 이 도시 바깥에 있는 마을이죠. 그 마을 사람들을 영주들의 가신들이 가만히 놔둘 것 같습니까?"

"다시 말해 셔든과 베어든의 군세들은 오히려 더 날뛸 거다 그거지?"

내 질문에 패더는 고개를 끄덕였다.

"더 날뛸 겁니다. 셔든도, 베어든도 맨몸으로 여기까지 온 자들이 아닙니다. 모두 200여 년간 이 지역의 토착 영주 가문입니다. 게다가 자신의 영민들에게는 대단히 신망이 높습니다. 그들의 기사 수를 합친다면 적어도 50여 명 이상은 될 겁니다. 그 기사 하나하나가 모두 지휘 능력이 있으니까 이건 보통 일이 아닙니다. 제어할 영주도 없으니 더 날뛸 거 아니겠습니까?"

다시 말해 로그란드와는 전혀 다른 인재들이 셔든이나 베어든 영지에 버글거린다는 의미다. 듣고 보니 점점 심각해진다. 다시 말해 어서 고위 귀족을 불러들여 재판을 끝내고 두 영주에게 적절한 조치를 취하지 않는다면 그들의 병사들은 악귀가 되어 달려들 것이 뻔하다는 이야기 아닌가. 대단히 찜찜하군.

"대장!"

그 말이 끝나기가 무섭게 밖에서 시끄러운 소리가 들렸다.

"지금 밖이 난리야!"

용병 하나가 회의실로 달려 들어왔다. 그는 황급히 창문 앞으로 가더니 갑자기 창을 활짝 열어젖혔다. 그 바람에 찬바람이 우수수 밀려들었다.

"완전히 포위 직전이야!"

악을 쓰는 그의 말대로였다.

도시를 지키는 방벽 바로 아래로 수백, 수천의 불빛이 번뜩이고 있었다. 그리고 그 불빛은 도시 방벽을 따라 계속해서 펼쳐져 마침내 절벽 위에 얹혀 있는 페길 시를 둘러싸고 있었다. 대체 얼마나 모인 걸까?

와글거리는 소리가 여기까지 들릴 것만 같았다.

"마, 맙소사!"

"이게 어찌 된 일이야? 더 불어났어!"

방벽을 지키던 병사들은 공포에 질렸는지 그들을 향해 돌멩이 하나 던지지 못하는 듯했다. 나는 짐과 함께 방책 위 망대로 올라섰다. 뒤에서 짐의 신음 소리가 터져 나왔다.

"제기랄."

정말 제기랄이었다.

횃불의 숫자는 점점 불어나고 있었다. 수천을 이미 넘어서서 수만은 될 것 같았다. 페길 시의 주변 지형으로 보아 이렇게나 많은 숫자가 모인다는 것 자체가 어려울 텐데도 사람들은 점점 불어나고 있었다. 정문에서 번뜩이는 금 빛의 광채는 기사들이 입은 갑옷이 횃불을 반사하며 일으키는 것이었다. 눈이 부실 지경이다. 빽빽하게 차려입은 플레이트 메일과 잘 닦아놓은 방패가 일으키는 빛의 홍수가 어둠 속에서 번져 나가고 있었다. 이건 상당한 구경거리다.

앞줄에 선 기사들은 중무장을 한 채 나란히 말을 타고 이쪽을 올려다보고 있었다. 도발적인 자세로 꼿꼿한 그 모습이 전설 속에나 나올 법한 기사들처럼 보였다. 이래서야 평범하고 지극히 소심한 페길 시의 평민들이 겁에 질리는 것은 당연지사다.

이질적인 독수리 모양의 투구와 날개를 편 새의 문장을 단 기사들. 그리고 숲이라 해도 과언이 아닐 정도로 끝없이 치솟은 창날의 방벽을 만들고 있는 병사들. 모두가 압박감을 점점 늘리고 있었다.

"…저건 셔든의 문장입니다."

패더가 마치 목이라도 졸린 듯한 음성으로 설명했다.

"새 모양?"

"네, 아무래도 보통 숫자가 아닙니다. 어쩌면 일반 병사들 이외에 영민들 전체가 들고일어났는지도 모릅니다."

"그래, 가볍게 2만은 넘어 보이는데."

내 말에 패더는 이를 악물었다.

"베어든의 군세는 서문을 감싸고 있습니다."

뒤에서 어떤 용병이 고해왔다. 그쪽도 만만치 않은 숫자인 모양이다.

"무리도 아니겠죠. 만약 두 영주가, 아니, 세 영주가 여기서 죽게 된다면 셔든이나 베어든 영지도 주인 없는 영지가 되어버립니다. 그렇게 되면 방치가 되고, 마침내는 누군지도 모르는 어중이떠중이가 차지하게 될지도 모릅니다. 영주를 잃는다는 것은 생각 외로 위험한 상황이니까요."

패더가 이마를 붙잡으며 말했다.

"로그란드 영지와 다르다 그 말인가?"

"로그란드 영지가 이처럼 어지럽게 된 것은 영주가 피살되었기 때문입니다. 그 때문에 이런 무의미한 살생이 계속된 거죠. 후계자가 없이 무너진 가문은 영지를 지탱할 수 없습니다. 그렇게 되면 어떤 귀족이 나타나서 이곳을 접수한다고 달려들어도 그에 항거할 수 있는 자는 아무도 없습니다."

그의 두 손이 덜덜 떨렸다.

"빌어먹을 일이지만 영주는 필요악입니다. 황제나 다른 귀족으로부터 우리를 지켜줄 방패인 겁니다. 그 방패가 훌륭하면 셔든이나 베어든 영지 사람들처럼 목숨 걸고 달려들게 되겠죠."

그 허탈한 발언에 나는 머리칼을 쓸어 넘겼다.

"아아, 쓸데없이 죽이고 싶지는 않은데."

내 혼잣말에 뒤에 있던 짐이 끼어들며 물었다.

"스승님은 어느 정도로 이들을 막아낼 수 있습니까?"

"막고자 하면 못 막을 것도 아니지."

나는 온몸에서 으르렁거리는 힘을 음미하며 대꾸했다. 나는 단순한 소드 마스터가 아니니까 극악한 마법 한두 번이면 이 자리에 모인 무지한 백성들을 끝장낼 수 있다. 이렇게나 많이 모여 있다면 마법의 힘은 공포를 증폭시킬 것이다. 보통 사람들에게는 소드 마스터보다 흑마법사가 훨씬 무서운 존재일 테니까.

그때, 정문 앞에 선 번쩍거리는 기사가 고함을 지르기 시작했다.

"나는 영광스런 서든 가문의 에오르그 페이다! 감히 우리 주군을 잡아 가둔 폭도들에게 고한다. 만약 순순히 우리 주군이신 페레그린 오그르 서든 남작 각하를 당장 내놓는다면 목숨만은 살려두겠노라!"

"저거 정말일까?"

"아닐걸요."

이름이 길고 정말 발음이 특이했다. 토착 영주라더니 역시 중앙의 귀족과는 다른 일족인가보다.

"희한한 이름이군."

내 말에 패더가 대답했다.

"오래된 가문일수록 이름이 길지요. 서든의 원래 성은 서든이 아닙니다. 그건 가문이 황제에 의해 남작으로 봉해지면서 붙여진 이름이지 진짜 이름은 그게 아니죠."

"진짜 이름은?"

"오그르입니다. 오그르가 진짜 가문의 이름이죠."

"베어든도 그런가?"

그러고 보니 베어든이나 셔든은 비슷한 이름이다. 한꺼번에 중앙으로부터 하사받은 이름인 걸까? 멜더른도 좀 비슷한 어감이다.

"네, 키오드 세오르 바르케이 베어든입니다. 그게 현 베어든 자작의 이름이죠."

"발음 어렵네. 그쪽도 세오르가 진짜 이름?"

"네, 세오르 가문과 바르케이 가문이 합쳐진 거죠. 현 베어든 자작은 세오르 가문의 따님과 바르케이 가문의 후계자 사이에서 난 두 가문의 후계자로, 지금 셔든보다도 더 많은 영민들을 거느리고 있을 겁니다."

옆에 있던 짐이 물었다.

"그럼 씨족으로 뭉치는 거야?"

"여기저기서 몰려든 로그란드 영지민들과 달리 셔든이나 베어든, 멜더른가의 영지민들은 거의 순수한 토착민이에요."

"처음부터 그들은 로그란드를 못마땅하게 여겼겠군."

내 말에 패더는 고개를 끄덕였다.

"네. 하지만 지금은 그게 문제가 아닙니다. 저들을 어쩌면 좋지요?"

"뭘, 덤벼들면 죽여줘야지. 저들이 한 것처럼."

내 말에 패더는 질린 얼굴로 쳐다보았다.

"로그란드 영지의 사람들이 토착민인지 아닌지는 모르지만 그렇다고 해서 몰살당해도 되는 것은 아니지."

"그야……."

메이의 가족만이 아니다. 몰살당한 자들은 수백, 수천이다. 셔든과 베어든 두 사람에게만 죽은 자들이 그렇게 많은데 그들을 좀 상하게 했다고 해서 죄책감 따위를 느낄까 보냐. 나는 아직도 기억하고 있다. 내가 이 지방에 와서 제일 먼저 발견했던 그 작은 마을의 참상을. 힘없는 자들의 시체로 가득했던 그 잿더미 속에서 느꼈던 끔찍함. 죽은 자들이 내게 속삭이며 울었다. 살려달라고 울었다. 도대체 몇 개의 기억이 이리저리 뒤엉킨 것인지 잘은 모르겠지만 어쨌거나 그 울부짖음은 뇌리에 박혀 있었다.

"그럼 밤도 깊었으니 밤 인사나 하러 갈까?"

내가 손을 털며 일어서자 짐이 심각하게 물었다.

"어딜 가시려고요?"

"인기 넘치는 영주들을 좀 보러 갈까 하고. 처음에는 볼 생각이 없었지만 그들을 좀 만나보고 이 상황을 타개할 방법을 찾아야지."

씨익 웃자, 패더가 불안한 얼굴로 되물었다.

"어떻게 하시려고요?"

"어떻게 하긴. 설득해야지. 나라고 해서 정말 피에 미친 살인마인 줄 아나? 친애하는 패더 씨?"

그의 얼굴이 붉어졌다.

"안내하겠습니다."

벤이 하인다운 태도로 고개를 숙였다.

"저도 같이 가겠습니다."

재빨리 짐이 나섰다. 그 뒤로 게올레도 따라나섰다. 아무래도 이들은 놔두면 내가 다 죽여 버릴까 두려운 모양이다.

"멋대로 해."

"하하. 저도 그 명망 높은 낯짝들을 좀 보고 싶어서요."

짐은 쾌활하게 변명했다. 하지만 눈동자는 차갑다. 흔히 숙련된 용병들이 그렇듯 겉으로는 쾌활하지만 속으로는 계산을 하는 것이다. 그는 슬슬 이 폐길 시를 떠날 마음을 먹고 있을 것이다. 이미 사태는 그의 손을 넘어가고 있으니 말이다. 난 어쩐지 돈을 받기도 어려울 것이란 불길한 생각이 들었지만 내버려 두었다. 사실 돈이 없는 것도 아니지 않은가? 벤이라는 저 능구렁이 같은 중늙은이는 분명 내 앞으로 상당한 재산을 빼돌려 놨으리라.

"자네가 저들에게 편지 한 장 보내봐."

나는 게올레에게 충고했다.

"네?"

"세 영주가 함께 모의하여 로그란드 영주를 시해한 게 밝혀졌으며 그에 해당하는 재판을 받기 위해 중앙 귀족을 기다리고 있다는 내용으로 말이야."

"네? 하지만 그런 말을 믿을 리가……."

옆에 있던 패더가 그렇게 말하다가 스스로 입을 막았다. 경솔하긴.

"믿어야지. 진실이 그거니까. 그리고 편지 몇 장으로 시간을 좀 늦춰야 할 거 아닌가?"

나는 맨 뒤에 서 있는 게올레 준남작을 바라보며 말했다. 그는 심각한 얼굴로 고개를 끄덕였다.

"이중에서 제일 그럴듯한 인물은 자네니까 자네가 포고문을 보내."

"이미 사람을 델시테 백작에게 보내긴 했습니다만……."

게올레가 성실해 보이는 얼굴로 대답했다. 표정이 꽤 어둡다.

하긴 그 소식은 델시테 백작에게 가기도 전에 끝장날 가능성이 컸다. 워낙에 먼 거리인 데다 지금 우릴 둘러싼 사람들도 험악하지 않은가.

어쨌거나 아래에서 자기들 주인을 내놓으라고 악악대는 자들을 내버려 두고 나는 벤의 뒤를 따라 고문이 행해졌던 곳으로 자리를 옮겼다. 짐과 게올레가 충실히 따라왔다. 패더는 잠시 망설이다가 그대로 남았다. 어쩌면 흉한 것을 볼까 봐 무서운 건지도 모른다.

고문실이라 해서 기대했지만 막상 가보니 고문실이 아니었다. 하긴 시청 지하에 고문실이 있을 리는 없지. 영주의 사저라면 모를까.

너무나 평범한 방이었다. 평범한 책상이 하나, 평범한 의자가 둘 놓여 있고 회칠을 한 벽에는 창문이 두 개 나 있었다. 서류함으로 보이는 나무 상자가 한쪽 벽면을 가득 메우고 있었다. 원래는 창고로 쓰였던 듯하다. 보초는 한 명. 묶여 있는 남자는 세 명.

보초라고 해도 창백하다 못해 시퍼렇게 생긴 젊은이 한 명이 덜덜 떨며 몽둥이를 하나 들고 서 있을 뿐이었다.

"아! 게올레 경!"

창백한 보초는 그를 보자마자 안도의 탄성을 내질렀다. 뒤이어 나를 보자 더 더욱 얼굴이 환해졌다.

"자, 잘 지키고 있었습니다, 켄 공!"

고개를 바닥에 닿도록 인사하는 청년을 내버려 두고 나는 의자에 앉았다. 벤은 청년에게 나가 있으라고 턱짓하고는 아주 공손한 태도로 탁자 위에 향긋한 향기가 배어나는 차 한 잔을 따르기 시작했다. 대체 어디서 찻주전자가 나온 걸까? 나는 벤도 마법사가 아닌가 하고 의심했다.

"샤가타의 명물인 세피로 차입니다. 요즘 세피로는 정말 구하기가 어렵지요."

벤은 궁정 시종다운 태도로 오만하면서도 정중하게 시키지도 않은 말을 하더니 아주 공손하게 내 뒤에 가 섰다. 사실 나는 샤가타가 어딘지도 모르고 세피로 차가 뭔지도 모른다. 어쨌거나 향기는 좋았다.

그 향기에 짐이 침을 꿀꺽 삼켰다.

멀리서 병사들의 함성 소리가 우르르 들려왔다. 꼭 천둥 소리를 닮았다. 작은 창 밖으로 비치는 불빛 때문에 달빛은 거의 느껴지지 않았다. 회색 빛 방으로 차 향이 번져 나가기 시작하자 차가운 바닥에서 구르고 있던 세 귀족들에게도 느껴졌는지 그들은 아주 천천히 고개를 들었다. 어느 쪽이 서든이고 베어든인지 순간적으로 기억이 나지 않았다. 그러다가 좀 더 젊은 쪽이 베어든이라는 것을 기억해 냈다. 그러고 보니 내 앞으로 뛰어든 용감한 청년이 베어든이었지. 정확히 말해 정신 나간 놈이라 말해 주고 싶긴 하지만.

둘의 몰골은 정말 대단했다. 잘생긴 베어든의 얼굴은 죽음 직전의 시체를 연상케 했다. 얼굴 어디에도 상처는 보이지 않았지만 목 바로 아래로 드러난 창백하다 못해 시퍼런 가슴은 온통 상처투성이었다. 멍과 멍으로 이어지는 성대한 그림 잔치다. 거기에 내가 입힌 상처 때문인지 가슴팍에는 핏덩어리가 엉겨 있었다. 그 외엔 그다지 큰 외상은 보이지 않았다. 그나저나 어떻게 묶었길래 저리도 꼼짝하지 못하는 건가 하고 자세히 들여다보았더니 X자 형태로 묶여 있는 가운데 두 다리는 바비큐 직전의 돼지처럼 위로 쳐들려 있고 두 팔은 교차하여 완전히 꺾여 있다. 움직일 수 있는 부분은 오로지 목뿐이었다. 젖은 가죽끈은 이미 하얗게 소금기를 드러내고 있었다. 나는 턱을 괸 채 소박한 질문을 던졌다.

"벤, 상처에 소금을 뿌렸나?"

"아닙니다. 그런 끔찍한 짓을 하지는 않았습니다."

"그럼?"

"관절을 빼고 뜨거운 증기를 좀 쐬였을 뿐입니다. 그 때문에 땀을 많이 흘린 것이지요."

"증기?"

"네, 데일 정도는 아니었답니다."

벤이 자연스럽게 말하기에 나도 자연스럽게 찻잔을 들었다. 한 모금 마시자 이들이 무척 목이 마를 것이라는 생각이 들어서 물었다.

"목이 마른가? 차 한 잔 할 텐가?"

내 말에 대답 대신 들려온 것은 뿌드득 하는 이상한 소리였다. 나는 그런 이상한 소리를 낸 서든을 내려다보았다.

"차가 싫은 모양이군."

그는 베어든과 비슷한 몰골이었다. 단지 턱과 광대뼈 부근에 변색되기 시작하는 멍 자국이 있었다. 생채기가 가득한 그 얼굴을 보며 나는 혀를 찼다.

"벤, 얼굴에는 상처 내면 곤란하지."

"주인님, 그것은 주인님이 내신 상처입니다."

천연덕스러운 그 어조에 나는 모처럼 웃었다.

"오, 그랬었나. 난 기억이 안 나는데."

벤은 내가 웃었다는 것을 눈치 챘다. 그의 얼굴이 조금 밝아지는가 싶더니 음흉스러운 표정으로 소매를 걷으며 꽁꽁 묶인 채 넘어져 있던 셔든을 일으켜 세웠다. 아니, 세우는 대신 줄을 풀어주었다. 셔든은 잠시 동안 일어서지 못했다. 그렇게 묶인 상태로 방치되었으니 제대로 움직일 수 없었으리라.

"셔든 남작입니다. 조금 상처를 입긴 했지만 큰 문제는 없을 겁니다."

그가 마치 어린애를 다루듯 셔든을 끌어와 내 앞에 앉혔다.

"그래도 그럭저럭 말이 통할 상대이니 베어든보다는 이쪽이 낫겠지요."

나는 아직도 제정신을 못 차리고 있는 멜더른을 내려다보았다. 베어든 자작이 번쩍번쩍 안광을 빛내는 데 반해 멜더른은 아직도 축 늘어진 채 꼼짝도 하지 않고 있었다.

"불행히도 멜더른은 상처가 없습니다, 주인님."

"불행히도?"

내가 눈썹을 치켜 올리자, 그것을 봤다는 듯이 벤이 대답했다.

"흥분한 베어든을 조금 손보고 있는 사이에 제 스스로 자백을 시작했습니다. 그 때문에 손을 대고 말 것도 없었지요."

"그것참 유감이군."

나는 턱을 만지며 중얼거렸다. 수염이 조금 자라 있었다.

"악마!"

이를 갈며 쓰러져 있는 베어든이 욕설을 퍼부었다. 잔뜩 갈라진 목소리지만 피투성이가 되어서도 그다지 그 성질머리는 죽지 않았던 모양이다. 나는 그의 발톱이 피투성이인 것을 발견했다. 아니, 피투성이가 아니라 아예 발톱이 없었다. 열 개 모두 없는 것을 보아하니 벤이 뽑아낸 모양이었다. 크게 눈에 보이는 상처가 없어서 이상하다 생각했더니만.

"……."

귀족들은 평민들과 달리 맨발을 드러내지 않는다. 맨발을 보이는 걸 치욕으로 여길 정도다. 그러니 저 발톱이 뽑힌 맨발을 재판장에서 베어든이 드러낼 리는 없을 터였다. 벤도 그것을 잘 알고 있었겠지.

찻잔을 집어 한 모금 맛봤다. 비릿한 피 냄새와 뒤섞이니 뭐라 말할 수 없는 맛이었다.

"이런 일을 하고도 무사할 줄 안다면……."

잔뜩 쉰 목소리로 셔든이 말했다.

그는 덜덜 떨리는 턱을 똑바로 뜬 채 나를 노려보았다. 마치 모든 악의 근원이 나라는 듯한 얼굴이다. 솔직히 말해 조금은 마음이 흔들렸다. 베어든은 아름답고 잘생긴 젊은이였다. 검 솜씨도 제법이었고, 그 성마른 성질머리도 꽤 마음에 들었다. 그런데 그런 젊은이가 발톱이 뽑힌 채 가장 치욕스런 자세로 묶여 더러운 맨바닥에 누워 있는 것이다. 마치 당장이라도 잡아먹힐 돼지처럼. 셔든도 마찬가지였다. 병사들 사이에 서 있던 그는 분명히 기품 어린 귀공자였다. 자신만만하면서도 영민한 눈빛이 꽤 괜찮았다. 이렇게 내 앞에서 손발을 덜덜 떨며 찻잔 하나 들지 못할 사내로는 보이지 않았었다.

고문이란 사람을 아예 망친다. 안타까워라.

나는 혀를 찼다.

"며칠 전 마을을 지나쳤었지."

나는 조용히 말하며 마지막 찻물을 마셨다.

"노인네들과 어린애 유골이 산더미처럼 쌓여 있는 마을이었어."

서든이나 베어든 모두 이를 북북 갈고 있었다. 아까부터 서든의 입매가 영 이상하다 싶었더니, 아무래도 이를 몇 개 뽑은 듯싶다. 생니를 뽑았으니 발음이 옆으로 샐밖에. 잘생긴 턱이었는데 아깝게 됐다. 진짜 안타깝다니까.

"너희들의 지도에서는 그저 그런 마을로, 별 돈도 안 되는 곳이었겠지만 나는 아주 불쾌했다."

내 말이 끝나자 베어든이 소리를 질렀다.

"헛소리! 너 같은 악마가 뭐라고 하는 거냐? 너는 내 부하들을 얼마나 죽였는데!"

"말이야 바른말이지, 너희들이 군사를 이끌고 마을 사람들을 학살하지 않았다면 내가 이런 곳에서 이런 구역질나는 냄새를 맡으며 앉아 있을 필요가 있었을까?"

나는 쯧쯧 하고 혀를 찼다.

"뭐, 너희들도 변명하지 않겠지. 후회도 안 할 테지. 너희들의 입장에서는 그 사람들이 가축만도 못했을 테니까. 그러니까 그렇게 죽여놓고 불을 질러댔겠지. 돈이 되는 마을이라면 그렇게 했겠나?"

"제기랄!"

가만히 앉아 있던 서든이 욕설을 퍼붓기 시작했다. 점잖게 보였는데 영 아니었다. 그는 맹렬하게 나를 비난하더니 내가 당장 벼락 맞아 죽어야 할 사악한 자이며 영혼을 마족에게 팔아버린 인간 말종인 동시에 죄없는 병사들을 학살한 끔찍한 학살자라고 떠들어댔다.

벤이 옆에서 물었다.

"한 잔 더?"

"혹시 케이크나 쿠키 같은 것은 없나?"

내 질문에 벤은 극히 유감스럽다는 듯이 고개를 저었다.

"말린 과일은 조금 있습니다만 이곳 식량 사정이 지극히 좋지 못해서 말입니다."

"그도 그렇겠군."

그가 따라주는 차를 마시며 나는 헐떡이고 있는 두 사람을 지켜보았다. 욕을 하다가 탈진한 모양이었다. 생각 같아서는 물이라도 한 잔 주고 싶지만 이곳에 있는 것은 뜨거운 찻물뿐이었다. 유감이다.

"나는 분명히 학살자다."

셔든이 헐떡이며 날 올려다보았다. 베어든은 고개를 바닥에 박은 채 헐떡이기만 했다. 고개를 뻣뻣이 드는 것이 굉장히 어려운 자세였던 탓이다.

"그리고 그걸 부정할 생각도 없고. 솔직히 말해 전혀 후회 안 해. 그나저나, 어떻게 할 텐가?"

"…뭐?"

셔든이 잔뜩 쉰 소리로 되물었다.

"밖에 자네들 가신들이 진을 치고 앉아서 자네들의 석방을 요구하고 있다네."

"훗."

베어든이 웃었다.

"그럴 줄 알았어. 모든 일이 다 악마, 너의 뜻대로 될 줄 알았더냐!"

"절대 쉽게는 못 넘어간다!"

둘이서 같이 외치기에 나는 한숨을 내쉬었다.

"아직 상황 파악을 못하고 있는 것 같군, 두 영주 나으리."

나는 마지막 찻물을 들이켰다.

"결론을 내리는 것은 나야. 나는 여기서 너희들의 가신들을 몽땅 죽여 버릴 힘이 있는 사람이다."

"뭐?"

"말도 안 돼!"

둘이서 소리를 버럭 질렀다.

그 반응에 왠지 웃음이 나와서 나는 큭큭 웃었다.

"잊지 말게나. 나는 흑마법사이며 소드 마스터. 너희들을 사로잡았을 때 나는 아주 잠깐 동안만 힘을 썼을 뿐이야. 그럼에도 불구하고 그때 만 명 이상의 병사들을 날려 버렸지. 지금 너희 가신들이 몇 명을 모아오든 나에게는 큰 상관이 없어."

나는 히죽 웃었다. 조금 허풍이 섞여 있긴 했지만 틀린 말은 아니었다. 10만 명의 병사가 있다고는 해도 죽음을 무릅쓰고 적에게 달려드는 병사들은 얼마 되지 않는다. 공포란 살육 속에서 가장 전염이 빠르다. 만약 내가 소드 마스터이기만 했다면 병사들은 좀 덜 무서워했을 것이다. 하지만 흑마법사라면 이야기가 다르다. 대체 흑마법사가 어떤 힘을 가지고 있는지 상상할 수 있는 자는 이 중 아무도 없었다. 워낙에 흑마법사가 귀하기도 한 데다가 흑마법사 자신도 계약한 마족에 따라 힘의 차이가 천차만별이다. 하지만 적어도 내 눈앞에 있는 영주들은 나의 힘이 엄청나다는 것을 맛본 인물들이었다. 쓸데없는 모험은 하고 싶지 않을 터였다.

"노, 농담하지 마! 아무리 네가 강해도 그 모두를 없앨 수는 없어!"

절규하듯 베어든이 소리쳤다. 아직도 저렇게 소리 지를 힘이 남아 있다니 참으로 유감이란 생각에 나는 벤을 올려다보았다. 내 시선을 받은 벤이 굉장히 송구하다는 듯 고개를 숙이더니 한 발 앞으로 걸어가 베어든을 걷어찼다.

"크헉!"

비명조차 삼키며 나뒹구는 그를 내버려 두고 나는 턱을 괸 채로 셔든에게 물었다.

"셔든, 만약 여기서 내가 자네에게 검을 주고 싸워보라면 나를 이길 수 있겠나?"

"무, 무슨 소리냐?"

이를 벅벅 갈면서 셔든은 미심쩍은 표정을 지었다.

"그대들은 검으로도 나를 이길 수 없어. 물론 다른 방면으로도 날 이길 수 없지."

나는 지극히 악당다운 태도로 손바닥을 그에게 내밀었다. 그 순간, 손바닥 위에서 회색 덩어리가 하나 툭 튀어나왔다. 내 손을 바라보고 있던 셔든은 놀라 헉 소리를 내며 뒤로 물러서려 했다. 하지만 움직이기 쉽지 않았는지 바닥에 털퍼덕 주저앉았을 뿐이다.

"이리 온, 귀여운 것."

나는 닭살이 돋을 정도로 음흉한 목소리로 속삭였다. 악당 노릇도 꽤 재미있다.

내 손 안에서 튀어나온 회색 덩어리는 가르랑거리며 내 어깨 위로 올라앉았다. 꿈틀대며 기어오르는 그것이 뭔지도 모르면서도 내 주변에 있던 모두가 겁에 질려 뒤로 물러섰다.

"그, 그게 뭡니까?"

게올레가 물었다. 그는 당장이라도 검을 뽑을 듯 허리춤에 있는 검자루에 손을 대고 있었다. 그것은 짐도 마찬가지였다. 그는 턱을 단단히 굳힌 채 내 어깨 위에서 꼬물거리는 것을 멍하니 바라보고 있었다.

"나는 흑마법사야."

나는 목소리를 낮추며 위협했다.

내 어깨 위에 올라탄 그 회색 덩어리는 점차 모습을 갖추어가기 시작했다. 뾰족한 귀가 두 개 튀어나오고 길쭉한 꼬리가 튀어나왔다. 그리고는 투욱 튀어나온 두 개의 눈과 주욱 찢어진 입이 생겨났다. 보통의 생물과는 엄연히 다른 노란색 동공을 보고는 주변의 모두가 새파랗게 질렸다.

Chapter 41

"괴, 괴물!"

그 괴물은 내 어깨에 앉아서 새로 생겨난 두 다리를 달랑달랑 흔들었다. 애교 짓든 그 동작에 나는 옛이야기에 나오는 마왕처럼 낮게 웃었다.

입이 좌악 찢어진 회색 덩어리는 이제 완전히 생물의 몸을 갖추었다. 앙상하긴 하지만 사지를 제대로 갖추고, 좀 괴상하긴 하지만 이목구비도 그럴듯하다. 조금 다른 것은 굽어진 등에 매달린 피막을 연상케 하는 날개 두 장이었지만 그래도 사지가 긴 박쥐라 연상하면 그다지 별스러운 모양도 아니었다.

어쨌거나 그것을 내가 귀엽다는 듯 바라보고 있는 동안 서든은 입을 쩌억 벌리고만 있었다. 그뿐만이 아니다. 뒤에 있던 짐과 게올레는 말 그대로 사색이 되어 뒤로 물러서 꼼짝도 하지 못했다.

"그, 그게 뭡니까? 지, 진짜 마물인가요?"

짐이 잔뜩 질린 얼굴로 검자루를 쥔 채 물었다. 게올레는 이미 검을 뽑아 든 상태였다.

"뭐어, 그렇다고 할 수 있지."

나는 적당히 능친 뒤에 앞에서 입을 저억 벌린 채 굳어 있는 두 사람을 향해 미소 지었다. 셔든은 차마 못 볼 걸 봤다는 듯이 내 얼굴을 보고 있었지만 베어든은 여전히 악을 질렀다.

"이 악마! 역시나 네놈은 악마였어!"

"내가 악마든 말든 그건 중요한 일이 아니지. 친애하는 베어든 남작, 아니, 자작인가."

두 사람을 마주 보며 나는 조용히 설명해 주었다.

"그러니까 나는 그대들에게 기회를 주는 것이지. 만약 여기서 순순히 충성스런 부하들을 물린다면 그들을 살려둘 수도 있어."

"뭐?"

이해가 가지 않는다는 듯이 셔든이 눈을 부릅떴다.

"부하들을 물리지 않는다면 우리를 죽이겠다는 이야긴가?"

"아니, 아니지. 말귀를 못 알아듣는 군. 그들이 물러나지 않는다면 난 그들을 모조리 죽여 버리겠다는 이야기야."

"뭐?"

이제는 경악성이 터졌다.

빙글빙글 웃으면서 나는 친절하게 설명했다.

"아직도 이해를 못하는 모양인데, 나는 지금 그대들을 협박하고 있는 중이야. 그대들의 부하를 전부 다 몰살시키겠다고 말이야."

"뭐라구! 그런 말도 안 되는!"

"네가 아무리 하늘을 뒤흔들 마법사라 해도 전부를 죽이지는 못해! 내 군대는 강하다!"

베어든이 바락 소리를 치기에 나는 한숨을 내쉬었다.

"저런, 저런."

손가락을 까딱이자, 어깨에 앉아 있던 작은 괴물이 폴짝 테이블 위로 올라섰다. 그 작은 동작에도 놀란 자들이 화들짝 어깨를 떨었다. 하지만 괴물은 그러거나 말거나 갑자기 입을 벌리더니 화악 하고 시퍼런 것을 토해냈다. 그러자 테이블의 한 귀퉁이가 그대로 녹아내렸다.

"……."

커다란 노란 눈동자가 대굴 구르더니 갑자기 셔든을 향해 씨익 웃었다. 놀란 그는 부르르 떨었다.

"독인가요?"

뒤에 있던 짐이 코와 입을 막으며 멍하니 중얼거렸다.

"그런 셈이지."

나는 빙긋 웃어주고는 다시 한 번 두 사람을 번갈아 보았다. 그들의 얼굴에 마침내 공포의 기색이 떠오르자 나는 그들이 이제야 이해했다는 것을 깨달았다.

"독으로?"

신음하듯이 셔든이 중얼거렸다. 그는 증오로 번쩍거리는 눈을 들어 이를 부드득 갈았다.

"감히 내 부하들을 전부 독살시켜 버리겠다는 것이냐!"

"독처럼 간단한 것은 없지 않나? 이쪽은 사상자도 없이 아주 간단히 끝나는 거야. 이 독에 닿은 자들은 사지가 녹아내리지. 물론 살아남는 다 해도 영혼을 빼앗긴 시체가 되어 이 세상을 떠돌게 되는 거야. 다시 말해 나는 그들의 영혼을 빼앗아 마왕에게 바치는 거지."

"크윽!"

저 원망스런 눈초리.

악당 역이란 사람들을 심취하게 하는 뭔가가 있다. 가슴이 두근거린다. 역시 나는 악당이었어. 빛나는 정의의 왕자님이 아니었던 게야.

"그래, 어쩌겠나? 스스로 부하들을 물릴 텐가, 아니면 그냥 모조리 다 죽게 할 텐가? 사실 나도 양심이 조금 있어서 저 많은 자들을 모조리 죽이고 싶지는 않다네."

차를 다시 한 잔 따르는 벤에게 시선을 두며 나는 점잖게 말했다.

"그럴 수는 없어!"

"그렇게는 못할걸! 독이라 해도 전부 다 해칠 수는 없다! 내 부하들을 전부 다……!"

뭐라 외치려 하는 그 순간, 꼬마 괴물이 발딱 일어나더니 팔을 한 번 휘저었다. 그 순간 서든의 바로 앞에 놓여져 있던 의자가 터지듯 박살 났다.

"아!"

서든은 엉덩이째로 뒤로 물러나 부르르 떨었다. 그뿐만이 아니었다. 그럭저럭 기가 세어 보이던 베어든도 퍼렇게 질렸다.

그들의 얼굴을 보면서 나는 다시 한 번 손바닥을 펼쳤다. 그러자 손바닥에서는 작은 회색 덩어리가 또 튀어나왔다. 아니, 하나가 아니라 계속해서 툭툭 튀어나오기 시작했다. 마침내 그 회색 덩어리들이 줄줄이 가득 튀어나와 작은 방 안을 반쯤 메우기 시작할 무렵 셔든의 비명이 터져 나왔다.

"도, 도대체! 암격왕 대럴 켄이 이런 악마라니!!"

"소드 마스터면서 이 무슨 짓이냐?"

비명처럼 셔든이 소리쳤다. 그는 두 주먹을 불끈 쥔 채 나를 설득이라도 하려는 듯이 가슴을 스스로 내려치며 한탄했다.

"그래도 1덴의 용병이라 불리고 어둠 속의 용병왕이라 불리는 그대가 이렇게나 사악하다니! 어째서 이런 사악함을 사람들은 몰랐던 것인가!"

"네가 진짜 사람이냐! 네놈은 악마다, 악마!"

베어든도 마주 고함쳤다.

"지옥에 떨어져 불타 죽을 놈! 네놈은……!"

"나는 네놈 같은 악마의 말에 따르지 않겠다!"

그 순간, 방 안을 가득 메운 작은 괴물들이 트림이라도 하듯 꺼억 하고 소리를 내질렀다. 그 소리에 두 남작들은 잔뜩 몸을 도사렸다가 폈다. 두려움에 지지 않겠다는 듯이. 만약 이놈들에게 검이라도 있었다면 정의의 용사인 양 달려들어 검을 내질렀겠지. 정의를 위하여라고 외치면서 말이야.

"이해를 못하는군. 나는 기회를 주는 거야. 그대들의 부하를 살릴 기회를. 진짜 다 죽여줄까?"

나는 턱을 괸 채 물었다.

"그럴 수는 없어! 네놈도 전부 다 해치지는 못할 것이다!"

"뭐, 그럴 수도 있겠지."

나는 순순히 고개를 끄덕였다.

"하지만 3만 명 정도는 문제없다네. 내 오러가 가진 힘으로 한 5, 6천 정도는 해치울 수 있고 또 독으로도 그렇고. 그대들이 만약 부하들을 3만 이상 잃고도 다시 재기할 수 있다면야 뭐 괜찮겠지. 아니, 그대들 역시 줄줄 녹아 흐르게 되겠지만. 그러고 보니 그대들이 사라지고 나면 그대들의 영지는 새로 온 로그란드의 후계자 것이 되겠군. 그거 나쁘지 않은걸!"

내 말에 둘의 얼굴이 시퍼렇게 질렸다. 안 그래도 허연 얼굴이 완전히 시체처럼 변해 있었다. 벤은 차를 따르며 동의했다.

"그렇습니다. 어차피 이들이 죽고 나면 끝이니까요. 영주가 없으면 여기 있는 게올레 경이 나서도 별 큰 법적 문제는 없을 겁니다."

그 말에 짐은 게올레를 바라보았고 게올레는 눈을 부릅떴다. 상상도 못했던 모양이다.

"사실 다 죽여 버리면 이 지방에서 유일한 귀족은 게올레 준남작 아니겠습니까?"

"와! 그렇게 이야기가 돌아가네!"

짐이 감탄성을 내질렀다.

"말도 안 돼!"

"웃기지 마라!"

"저런 천한 것 따위가 감히!"

두 사람이 바락바락 소리를 지르는 동안에도 기절한 멜더른 남작은 깨지 않았다. 한편으로 말하면 저 남자도 나름대로는 행운의 사나이일까. 나는 그 행운의 사나이를 가리키며 물었다.

"정말 안 깨어나는데, 심하게 대했나?"

그 말에 벤이 한숨을 내쉬었다. 떠들어대던 셔든과 베어든도 동시에 입을 다물었다. 그리고는 진짜로 원망스런 표정이 된다. 아니, 증오의 표정이다.

"심하게 대하다니오. 손끝 하나 건드리지 않았습니다."

"그렇게도 세심한 신경의 소유자였던가."

내가 혀를 차자 벤도 혀를 찼다.

"차마 두 눈 뜨고 못 볼 정도로 섬세한 자였습니다."

벤의 대답에 짐이 깔깔대고 웃어댔다. 하지만 게올레는 그다지 웃고 싶은 기분이 아닌 듯했다. 얼마 전까지만 해도 그는 멜더른 남작을 꽤나 신용하고 그에게 어느 정도 의지하는 마음도 있었던 터였으니까. 나로서는 고지식한 그가 멜더른을 구하자고 나서지 않는 게 희한할 정도였다.

"저 개자식은……."

베어든이 퉤 하고 침을 뱉었다.

"나란히 있는 것만으로도 역겹다. 가지고 꺼져 버리라구!"

침에 붉은 기가 섞여 있는 것을 보니 안쓰럽기 그지없다. 저런, 저런. 말만 잘 들어주면 얼마나 좋아. 그렇다면 생채기 하나 없이 깨끗한 몸으로 부하들에게 돌려주었을 텐데. 아니, 이미 흠을 냈었지.

"같은 지역의 영주가 아닌가. 나름대로 친분도 있었겠지."

내가 부드럽게 묻자 베어든이 날 마치 미친놈 보듯 바라보며 욕설을 퍼부었다. 하도 지독한 욕설이라 차마 듣기 민망했다. 이십 년쯤 굴러먹은 용병의 입심에 지지 않을 어휘력이었다.

"네놈이 바라는 건 뭔가? 결국은 우리에게 모든 누명을 씌우는 것밖에 더 돼?"

베어든이 소리를 바락 지르다 말고 냉소하며 외쳤다.

"그런데 우리보고 감히 동조하라구? 네놈만 없었다면 모든 일은 간단했을 거다!"

하도 소리를 질러 귀가 따갑다.

나는 손끝을 들어서 소리를 질러대는 베어든을 향해 가볍게 흔들었다.

"$\alpha\beta\Upsilon\ \Gamma\ Z\ \theta\ \Omega\ \Psi\ \zeta\eta\ \psi\psi$!"

순간 기품 어린 귀공자가 사라졌다. 그리고 나타난 것은 두꺼비 한 마리.

"으아아아악!"

이번에는 짐도 같이 비명을 질렀다. 그는 뒤로 파파팍 소리가 나도록 물러서더니 말 그대로 벽에 들러붙었다. 그뿐만이 아니었다. 시퍼렇게 질린 게올레도 그의 옆에 달라붙었다. 바로 옆에서 두꺼비의 '꽤액' 한마디를 들었던 셔든은 그 자리에 그대로 굳어버렸다. 백지장처럼 희게 변한 그는 비명조차 지르지 못한 채 그대로 얼었다.

원초적인 공포. 그의 얼굴에 자리 잡은 것은 극도의 공포였다. 완전히 동공이 열렸다.

꽈악!

두꺼비가 된 베어든이 한마디를 던졌다. 우둘투둘한 등을 꿈틀대며 한 발 앞으로 나서기까지 했다. 아주 자연스러운 두꺼비다. 우울한 노란 눈을 한 바퀴 대굴 굴리는 모습이 두꺼비치고는 우아하다.

그 모습을 보고 덩치 큰 세 남자는 동시에 얼어붙은 상태로 뒤로 주춤주춤 물러섰다. 짐이나 게올레는 그래도 나았다. 셔든은 말 그대로 전혀 움직이지도 못했다. 그는 완벽하게 공포에 사로잡혀 부들부들 떨었다.

"…뭐, 뭡니까? 이, 이게 뭡니까?"

비명처럼 짐이 소리쳤다. 그는 머리를 부여잡은 채 이해할 수 없다는 듯 나를 바라보며 고래고래 소리쳤다.

"무슨 일이 일어난 겁니까? 지, 지금 셔든을 두, 두, 두꺼비로 바, 바꾼 겁니까?"

턱이 덜덜 떨리고 있었다.

"셔든이 아니라 베어든이지. 셔든은 바로 옆에 있잖아?"

거의 멍청이가 된 듯한 그 소리에 나는 어깨를 으쓱했다. 벤이 천연덕스럽게 한마디했다.

"오랜만에 보는 모습이군요, 주인님."

"오, 오랜만? 이런 짓을 자주 한단 말입니까? 아, 아니, 그보다 사람을 두꺼비로 만드는 짓을 자주 한단 말입니까?"

"시끄러운 녀석을 두꺼비로 만드는 것은 나의 취미라네."

나는 수줍게 대답해 주었다.

"저는 개인적으로 멜더른을 부탁드리고 싶었습니다만."

멜더른이 두꺼비가 되기를 강력하게 희망하는 벤에게 나는 고개를 저었다.

"그놈은 조용하잖아?"

"그건 그렇군요."

벤은 납득했다.

어쨌거나 공포에 질린 일행을 안쓰럽게 바라보며 벤이 찻주전자를 다시 기울였다.

"한 잔 더 하시겠습니까?"

"그래."

한 잔 더 받으며 뒤를 보니 짐은 벽에 몸을 붙인 채 이제껏 보지 못했던 표정으로 날 바라보고 있었다. 명백한 공포와 불안이 깃든 그 눈을 물끄러미 보고 있노라니 진짜 내가 흑마법사라는 게 온몸으로 느껴졌다.

"되, 되돌려 주십시오!"

갑자기 큰 소리로 게올레가 외쳤다.

"아, 아무리 그래도 사람을 두꺼비로 만들어선 안 됩니다. 어서 되돌려 주십시오, 켄 공!"

그래도 고지식한 기사가 나섰다. 그는 퍼렇게 질린 얼굴로 덜덜 떨리는 주먹을 들어 두 눈을 끔뻑이고 있는 두꺼비를 가리켰다. 시선이 일제히 두꺼비에게 쏠렸다. 베어든이 변한 두꺼비는 진짜 평범한 얼굴의 평범한 두꺼비였다. 모두가 멍하니 그 두꺼비를 보며 베어든의 모습을 찾으려 하고 있는 동안 두꺼비는 심각한 사색에 빠져 있는 듯한 표정으로 꺼억 하고 소리를 냈다. 그러더니 모두의 시선을 받으며 앞발을 하나 들어 올렸다.

"……"

"이, 이건 무슨 의사 표시를 하는 걸까요?"

진지한 어투로 게올레가 물었다. 짐은 조금은 공포심이 가셨는지 내 뒤로 한 걸음 다가와 어깨 너머로 두꺼비의 미묘한 자세를 살폈다.

"항의하는 걸까?"

"만약 그 성격 그대로라면 벌써 달려들지 않았을까?"

"본인이 두꺼비인 줄도 모르는 게 아닐까."

짐과 게올레가 나름대로 심각하게 중얼거리는 동안 나는 턱을 괸 채 찻잔을 기울였다. 사실 두꺼비가 어떤 의사 표현을 하는지 나는 알지 못한다. 난 두꺼비가 아니니까.

"셔든 남작."

나는 부드럽게 말을 걸었다.

동공이 확장된 채 덜덜 떨고 있던 셔든은 이를 악물고 나를 바라보았다. 그 날카롭던 기세가 한풀 꺾인 것은 확실하다.

"여기서 남작도 두꺼비가 되어버린다면 일은 어떻게 될까?"

"……."

"그러니까 모두 다 이렇게 두꺼비가 되어 성안의 더러운 연못에서 첨벙거리게 되면 어떻게 되느냐 그거야. 아무리 충성심 깊은 자들이라도 두꺼비를 영주로 모시지는 않을 거 아닌가?"

"이, 이럴 수는……!"

셔든이 이를 악물고 신음했다.

"사람을 두꺼비로 만들다니! 이런 사악한 짓을!"

나는 그 얼굴에 떠오른 공포의 그림자를 보며 진짜 사악하게 웃어주었다.

"그러니까 경고하는 거잖아?"

"죽이는 것보다 더 나쁘다!"

그가 소리를 지르며 이를 갈았다. 이젠 공포심도 슬그머니 물러서는지 그는 벌떡 일어서서 내게 삿대질까지 했다.
"차라리 그대로 죽여! 죽여 버리라고!"
"난 시끄러운 걸 싫어한다, 남작."
내가 짧게 말하자 갑자기 셔든이 입을 다물었다.
"……."
삽시간에 사방이 조용해졌다. 거참, 죽이는 것도 고문도 두려워하지 않던 남자가 두꺼비 되는 것만은 무섭다니. 아, 무리도 아닌가.
조용해지자 나는 다시 소매를 흔들었다. 그러자 앞발을 하나 든 채 망설이고 있던 베어든이 갑자기 터억 하니 나타났다. 옛이야기처럼 펑, 소리라도 났으면 꽤나 재미있겠지만 그런 소리는 나지 않았다.
"어억!"
이상한 소리를 내며 셔든이 털썩 주저앉았다. 그는 퍼렇게 질린 얼굴 그대로 베어든을 보며 다급히 물었다.
"괜찮나?"
베어든은 조금 어안이 벙벙한 것 같았다. 그는 무슨 일이 있었는지 잘 모르겠다는 듯 머리를 흔들며 이마를 손으로 짚었다.
"괜찮냐고 묻잖아?"
흥분한 셔든이 바락 외치자 베어든은 이마를 짚으며 나를 노려보았다.
"무슨 짓을 한 거지?"
그의 말에 셔든은 헐떡거리는 숨을 간신히 한숨으로 바꾸었다. 그 외에도 짐과 게올레가 깊은 한숨을 내뱉었다.

"무슨 일이 있었냐고 묻잖아?"

베어든이 또 바락 소리를 질렀다. 나는 모른 척했고 벤은 그저 의미심장한 미소만을 지었다. 짐과 게올레는 그를 외면했다.

"무슨 일이 있었나?"

아무도 대답해 주지 않자 베어든은 셔든을 돌아보며 물었다. 그는 땀으로 범벅이 된 이마를 두 손으로 짚으며 약한 목소리를 냈다.

"두꺼비가 되었었다."

"뭐?"

"두꺼비."

셔든은 못 믿겠다는 얼굴을 하고 있는 베어든을 외면하고 다시 날 노려보았다. 이미 그 얼굴에는 독기가 빠져 있었다.

"우리가 협력하든 안 하든 그대에게는 상관없다는 것인가?"

"상관이 없는 것은 아니지. 나는 그저 무의미한 학살을 하고 싶지 않다는 것뿐이니까."

내가 조용히 대답하자 베어든이 욕설을 퍼부었다.

"그대들이 전혀 협력을 안 해서 내가 두꺼비로 만들거나 죽여 버리게 될 수도 있지. 그리고 가련한 그대들의 부하들을 전부 다 내가 죽여 버리게 될 수도 있어."

나는 과장된 한숨을 한 번 내쉬었다.

"그대들에게는 심각한 일이지만 내게는 그저 귀찮은 일일 뿐이야."

"그렇습니다."

내 말을 받은 벤이 갑자기 끼어들었다.

"예를 든다면 이렇게 되는 겁니다."

벤이 성실한 하인의 얼굴로 선언했다.

"로그랜드 남작을 암살하고 그 영지를 삼키려던 서든, 베어든, 멜더른 등의 영주들이 서로 암투를 벌이다 공멸했고, 그 뒤를 이어 치안 유지를 위해 게올레 준남작이 영주 대리를 맡았다. 그리하여 길고도 긴 반란 행위는 그에 의해 제압되었다."

"거, 괜찮네!"

감탄성을 터뜨리며 짐이 소리쳤다. 그는 과장된 자세로 박수를 쳤다.

"그게 제일 멋지군요!"

게올레는 여전히 굳은 얼굴이었다. 그는 초라한 모습의, 심지어는 두꺼비로 변하기까지 한 귀족 영주들을 상대로 당혹한 표정을 감추지 못하고 있었다. 진짜 천성이 지나치게 우직한 모양이다.

"그, 그래. 차라리 죽여! 두꺼비가 되느니 차라리 죽어버리겠다!"

서든의 발악에 나는 혀를 찼다. 그는 이제 진짜 겁에 질린 모양이었다. 눈에 물기까지 어렸다. 본인은 잘 모르고 있는 것 같지만 입가에는 거품까지 물고 있었다.

"그러니까 여기서 이들을 전부 죽여 버려도 상관은 없는 겁니다, 주인님."

벤의 단정하는 듯한 말에 뒤에 있던 자들이 동시에 헐떡거렸다. 설마 진짜 그렇게 할까 봐 무서운가 보다. 한숨을 흘렸다. 한탄이라든가 공포의 한숨은 아니었다. 불안, 증오와 분노로 둘둘 휘감긴 사나운 한숨이었다. 아마 가슴이 답답했나 보다. 어지간히 기가 센 놈들이다. 죽도록 맞고 고문당했으면서도 내게 욕을 지껄일 지경이라니.

"누누이 말했지만 나는 불쌍한 자들을 몰살시킬 정도로 살인마는 아니다."

"알고 있습니다."

죄송하다는 듯 벤이 고개를 숙였다.

"살인은 어디까지나 불가피할 때 하는 거야. 이건 싸움도 아닌 그저 살인일 뿐이거든."

나는 정말로 유감이라는 듯 한숨을 섞어 말했다. 내 말투에 두 영주는 다시 화가 치밀었는지 이를 박박 갈기 시작했다.

"그대들."

나는 손을 저으며 점잖게 말했다.

"이것은 다 그대들이 불러들인 짓거리야."

"뭐라!"

"만약 너희들이 내 앞에서 어린애들과 힘없는 노인네들을 죽이지 않았다면 내가 왜 여기에 있겠나?"

"뭐라구?"

나는 혀를 찼다.

"그대들이 로그란드 남작을 암살하지 않았다면 내가 왜 여기 있겠어?"

"안 했어!"

"제길! 이상한 혐의 씌우지 마! 그 돼지 로그란드를 죽인 건 농노라는 것쯤은 모두가 다 알고 있다!"

셔든과 베어든은 여전히 기가 살아 있다. 여기서 좀 기가 죽어 시키는 대로 입 좀 다물었으면 얼마나 좋으랴.

"누가 너의 그 알량한 속셈을 모를 줄 아느냐? 우리에게 로그란드 암살 건을 뒤집어씌워 여기서 빠져나갈 심산인 게지? 웃기지 마! 어느 법정에서도 그런 것은 인정 안 해!"

"나는 제국의 귀족이다! 영주란 말이다! 네놈 같은 악마의 위협에는 굴복하지 않는다!"

둘이서 떠들어대는 것을 게올레는 조금 난처한 얼굴로 바라보고 있었다. 역시나 그는 마음이 꽤 약한 듯했다. 하긴 평소라면 이 두 사람은, 아니, 쓰러진 멜더른까지 세 사람 모두 게올레가 이런 식으로 다룰 수 있는 자들이 아니었다.

"너희들이 인정하든 안 하든 그건 내 알 바가 아냐."

나는 턱을 괸 채로 혀를 찼다.

"어쨌거나 너희들은 병사들을 물리지 않으면 그 애써 키운 병사들을 다 날리는 거야. 마법에는 눈이 없다네. 전에 본 그런 구멍 같은 거 몇 개만 열면 너희들의 병사들은 저 무저갱의 지옥에 빠질 뿐이야. 내 쪽에는 조금의 손실도 없어."

"거짓말!"

"믿을 줄 알고?"

"정말 귀찮게 하네."

나는 순간적으로 진짜 모조리 죽여 버리고 손을 털어버릴까 하다가 고개를 저었다. 그렇게까지 할 수는 없었다. 그건 내 자신이 인간임을 포기하는 것이나 다름이 없었다. 피 터지는 싸움 끝에 사람을 죽이는 것하고 공포에 질려 달아나는 수만 명을 죽이는 것은 엄연히 다르다. 흑마법사이긴 하지만 나는 아직 인간이었다. 인간의 껍질을 가진 자다."

"농담이 아니야. 슬슬 자각해 주었으면 좋겠지만."

나는 씁쓸한 기분이 들어 중얼거리며 소맷자락을 한 번 휘둘렀다.

그 순간 방 안을 가득 메운 회색의 작은 괴물들이 입을 벌리고 소름 끼치는 괴성을 내뱉었다. 도저히 살아 있는 짐승이 내지르는 소리라고는 믿어지지 않을 정도로 시끄럽고 끔찍한 소리였다. 금속성의 끔찍한 소음은 거의 비명에 가까웠다. 나까지 닭살이 돋았다. 작은 괴물들은 몸을 비틀며 그 괴상한 소리를 내지르더니 그 다음에는 당장이라도 튀어 나갈 듯 몸을 도사렸다.

"크아!"

"끔찍하군!"

모두 귀를 움켜쥐며 신음했다.

"제기랄!"

몸을 잔뜩 수그린 채 뻗어 있던 베어든이 소리쳤다. 다른 건 다 참아도 이 소음은 참을 수 없었던 모양이다.

"도대체 넌 뭘 바라는 거야?"

"나는 1덴의 용병, 값싼 구리 동전에도 움직이는 자다."

너무 싸. 싸다니까.

"소문을 못 들었나? 어린애들과 노인네들, 여자들이 죽는 걸 나는 아주 싫어해. 엄청나게 싫어하지. 힘센 사내들이 죽는 거야 내 알 바 아니지만 나는 가난한 어린애들이 울부짖는 소리는 참을 수 없거든."

귀를 부여잡고 주저앉은 셔든의 멱살을 잡아끌고 나는 그 얼굴에 음산하게 속삭였다.

"그걸 진짜 못 참아. 왜냐하면……."

발끝에 베어든의 등이 닿았다. 나는 그 등을 꾸욱 밟아주며 한마디를 보탰다.

"나는 진짜 마음이 약한 사람이거든."

뒤에서 게올레와 짐이 뭐라 항의하든 말든 무시하고 나는 두 사람의 뒷덜미를 끌고 문가로 던졌다. 두 사람에게서 고통 어린 비명이 터져 나왔다.

"빨리 결정해. 내가 사람의 길을 벗어나기 전에!"

내 호통에 바닥에 쓰러져 있던 셔든이 고개를 들었다.

그는 두꺼비가 되는 것에도, 죽는 것에도 굴복하지 않았다. 하지만 그가 굴복하든 말든 이젠 더 이상 상관하고 싶지 않았다. 나는 진짜 악당이 될 수 있었다. 어쩌면 난 진짜 악마 같은 악당일지도 모른다. 이젠 오히려 내가 너무 강한 힘을 가지고 있다는 게 불안해지기까지 했다. 그렇다. 나는 수만 명을 눈 한 번 깜빡하지 않고 다 죽여 버릴 수도 있는 힘의 소유자였다.

"난, 모두를 죽일 수 있어."

음산한 울림이 담긴 그 말은 내가 들어도 우울했다. 너무 강해 우울하다니, 이 얼마나 웃기는 소리일까. 만약 내가 조금만 더 젊었더라면, 조금만 더 욕심이 많았더라면 나는 피로 물든 제국을 세우고 모든 살아 있는 것들의 적이 되었을지도 모른다. 시체 더미 위에서 말이다.

셔든도, 베어든도 갑자기 침묵했다. 마치 내 마음속을 읽기라도 한 듯이.

"서두르시지요."

벤은 내 말을 못 들은 척하며 성큼 다가와 바닥에 늘어진 두 사람의 목덜미를 하나씩 잡아끌었다. 짐 보따리라도 받아 든 기색이다.

"어쩔까요?"

"부하들을 진짜 아끼는지 두고 봐야지. 부하들이 녹아서 줄줄 흘러내리는 것을 바란다면야 모르겠지만 어쨌거나 그게 아니라면 저 충실한 부하들을 잘 설득하는 게 좋지 않겠어?"

벤은 축 늘어진 두 사람을 잡아끌어 벽에 세웠다. 둘 다 억지로 세워지자 제대로 서지도 못한 채 비틀거렸다.

"저주를 받을 것이다!"

헐떡이면서도 베어든은 악을 썼다. 아까와 달리 좀 독기가 빠진 목소리다.

그 머리통을 벤이 한 대 후려치며 등을 밀었다. 덕분에 베어든은 다시 나동그라졌다. 더러운 복도 위에 핏방울이 떨어져 내렸다.

"저런, 그렇게 더러운 채로 보내면 안 되지. 깨끗이 단장시켜 줘."

내 말에 벤이 고개를 끄덕였다. 그리고는 두 사람을 질질 끌고 복도 끝으로 사라졌다.

"……."

어색하다.

벤이 사라진 상황에 혼자 빈 찻잔을 앞에 두고 있는 나의 모습은 정말로 어색했다. 특히 짐과 게울레가 내 눈치를 보며 움직이지도 못한 채 검을 쥐고 서 있는 상황이라 더 그러하다. 그들은 잔뜩 굳은 자세로 방 안 가득히 와글거리는 그 꼬마 괴물들 사이에 서서 당장이라도 괴물들이 덤벼들까 봐 긴장한 채 서 있었다. 그들의 모습은 미안한 말이지만 웃겼다. 물론 더 웃긴 것은 그 괴물들 속에 아무것도 모르고 여전히 기절한 멜더른이다.

"저기……."

게올레가 막 뭐라 입을 열려는 순간 나는 박수를 쳤다. 짝 소리와 함께 방 안 가득히 있던 괴물들은 일제히 사라져 버렸다. 말 그대로 펑 하고.

"헥!"

짐이 뒷걸음질치며 입을 저억 벌렸다.

"저, 저게 대체 뭡니까?"

"저 마물은 뭐지요?"

"신경 쓰지 마."

내 말에 짐이 게거품을 물고 소리를 질렀다.

"어, 어떻게 신경을 안 씁니까? 방금 전까지 그 끔찍스런 몰골에 소리까지 들었는데요!"

"저게 뭔지 알아서 뭘 하게?"

나는 일부러 심드렁하게 반문했다.

"아, 아니, 그래도 저것은!"

"내버려 둬. 중요한 건 아니니까."

내가 그렇게 대꾸하고 있는 동안 생각에 잠겨 있는 듯하던 표정의 게올레가 한 걸음 내 앞으로 다가섰다.

"지, 진심이십니까?"

그는 진지하게 물었다. 역시나 유별나게도 진지한 얼굴의 사내다.

"뭐가?"

"정말로 밖에 있는 자들을 모조리 몰살시킬 수 있단 말입니까?"

그 진지한 얼굴에 물들었는지 짐의 얼굴도 진지해졌다.

"스승님! 정말 그 괴물들은 뭐였습니까?"

나는 어깨를 으쓱했다.

"설마 하니 마물이라도 소환하신 겁니까? 그런 겁니까? 그리고 정말로 그 마물들이 그런 힘을……."

두 주먹을 부릅뜬 짐에게 나는 좀 미안해졌다.

"미안하게 되었군."

"네?"

"그건 사실 먼지였어."

"네?"

둘이서 나란히 이상한 소리를 내지르는 동안 나는 로브 자락 안에서 다시 괴물 한 마리를 꺼냈다. 작은 괴물이 귀를 잡힌 채 버둥거리며 로브 속에서 튀어나오자, 두 사람은 눈을 부릅떴다. 그러나 그 괴물은 두 손으로 꽉 쥐자, 퍽 하고 사라져 버렸다.

"푸앗!"

"웃!"

회색 먼지가 확 하고 퍼졌다. 먼지를 뒤집어쓴 두 사람은 쿨룩거렸다.

"이 방이 워낙에 더럽더라고. 그래서 먼지를 모아 만든 거야. 한마디로 뻥일세."

두 손을 털면서 설명해 주자, 두 사람은 턱수염에 앉은 먼지를 털지도 못한 채 입을 쩌억 벌렸다. 입 안에 먼지가 들어가도 난 모른다.

"눈속임이었어요?"

안도한 듯 화가 난 듯 짐이 묻길래 나는 고개를 저었다.

"완전 눈속임은 아니지. 먼지를 뭉쳐서 이런 물건을 만들어낸 것 자체도 일종의 마법이라구."

"그럼 그 독은요?"

"아, 그 독은 진짜야."

"헉! 그, 그럼 이 방 안은 독으로 오염된 것 아닙니까?"

아까 녹아내린 탁자를 살피며 짐이 급히 물었다.

"괜찮아. 그렇게 해는 없는 거야, 좀 냄새가 고약하긴 하지만."

"죽어도 영혼을 빼앗긴다면서요!"

짐이 바락 외쳤다. 나는 그를 좀 안쓰러운 눈으로 바라보며 혀를 찼다.

"그걸 곧이 믿었냐?"

Chapter 42

"어때?"

"잘되고 있는 듯합니다."

벤이 조용히 대답했다.

시청의 중앙 홀로 열두 명의 기사가 들어서고 있었다. 그 외 몇몇 병사들이 있었지만 그래봐야 스무 명이 채 되지 않았다. 이쪽은 짐이 지휘하는 용병들과 좀 어설퍼 보이는 의용병 오십여 명이 빼곡히 각 입구와 계단을 지키고 있었다. 원래 시청으로 쓰는 건물이어서 그다지 크지는 않았다. 보통 영주가 보낸 관리들 몇이 지키고 있을 건물이다. 당연히 대규모 병사가 달려들 것을 예상하고 짓지는 않는다.

그 탓인지 시청이란 건물 자체는 빈 곳투성이였다. 유리는 색유리를 써서 밖은 잘 보이지 않는 데다가 계단은 어설프게 나선형 계단이었다.

그 때문에 2층이나 3층에서는 아래층 중앙 홀의 상황을 잘 알아차릴 수가 없었다. 그것은 이쪽의 병력이 아무리 많아도 중앙 홀에 모여든 기사들에게 위압감을 주기란 지극히 어려운 처지라는 의미였다.

어쨌든 그 어설픈 중앙 홀에는 붉은 벨벳으로 장식된 의자가 벽을 지고 주욱 늘어서 있었다. 셔든과 베어든, 그리고 주인 격인 게올레와 몇몇 관리들이 그 의자에 앉아 사나운 기세의 기사들을 맞이했다. 패더나 짐은 의자에 앉지 않고 다른 사람들과 더불어 벽에 달라붙듯 대기하고 서 있었다. 여기저기서 피어오르는 불안의 기색이 꽤나 볼 만하다.

"발트."

셔든이 낮게 울리는 목소리로 일어서며 아는 척을 했다.

"영주님!"

창백한 금발에 똑같은 색깔의 턱수염을 기른 기사는 턱만 드러낸 투구를 벗더니 아주 깍듯한 자세로 중앙 홀의 한가운데에 서 있는 자신의 주인에게 인사를 했다. 무릎을 꿇은 그의 모습은 이야기 속에 나오는 충성스런 기사 같았다. 그 외에도 몇몇의 기사들이 무릎을 가볍게 꿇어 보였다.

"무사하십니까? 저 천한 것들이 영주님께 무슨 해코지라도?"

성급하게 묻는 기사들을 향해 셔든은 위엄있는 얼굴로 고개를 끄덕였다.

"나는 괜찮다. 그보다 이곳에 언제 도착했지?"

"그저께 새벽이었습니다. 이곳에 있는 천한 것들에게……."

기사는 뭐라 말하려다 말고 셔든 옆에 서 있는 도도한 표정의 베어든을 슬쩍 바라보았다. 그의 표정에서 나는 서든과 베어든이 결코 사이가 좋다고 할 수 없다는 것을 깨달았다. 베어든 측의 기사들도 마찬가지였다. 서든 측의 기사들과 달리 색색의 깃털을 투구에 꽂아 장식한 그들은 서든의 측근들을 아주 떨떠름한 얼굴로 쳐다보고 있었다.

"자, 이제는 오해가 풀렸으리라고 생각됩니다."

게올레가 잘 울리는 음성으로 끼어들었다. 그는 중재자가 자신밖에 없다는 것을 잘 알고 있었다. 조금은 어색한 표정이었지만 그럭저럭 위엄이 있어 보였다.

"이곳에서 벌어지는 상황들이 극히 미묘하고 복잡한 사안인 까닭에 두 영주님을 이곳에 모셔둘 수밖에 없었다는 것을 이제 인지하실 겁니다."

"흥! 모셔둔다고? 그건 납치가 아닌가?"

서든의 기사 한 명이 바락 외쳤다. 그러자 용병들 가운데 서 있던 짐이 빈정거렸다.

"오호라. 그렇다면 고귀하신 남작께서 이 천한 것들에게 포로로 잡히셨다는 말인감?"

"닥쳐라!"

"이 지방에서 그럭저럭 널리 알려진 무용의 소유자인 서든 남작께서 우리 천한 농노 패거리들에게 패하여 억류되었다고 그렇게 말하고 싶다면야 우리도 말리지는 않겠지만."

어깨를 으쓱거리며 말하는 짐은 솔직히 꽤나 얄미웠다.

"천한 것이!"

"더러운 용병 나부랭이가 어디서 주둥이를 놀려대는 것이냐!"

소리를 질러대는 기사들을 보고 용병들도 은근슬쩍 살기를 풍기기 시작했다. 안 그래도 그다지 넓지도 않은 홀 안은 그들이 뿜어대는 살기로 가득해졌다. 나는 셔든도 베어든도 부하들을 말리지 않고 침묵하고 있다는 것을 깨달았다. 혹시나 이들은 이렇게 엉겨 싸움이 한바탕 벌어지길 바라는 것 아닐까? 내가 설마 하니 무차별적으로 사람을 죽이지는 않을 거라 믿고 말이야.

"셔든 남작!"

조금 목청을 높였다.

시끌거리던 목소리들이 삽시간에 가라앉았다. 셔든과 베어든이 잔뜩 굳어진 얼굴로 날 돌아보았기 때문이다.

"이제 본론으로 들어가는 게 좋지 않을까 하오만."

내가 음침하게 재촉하자, 그들의 얼굴이 일그러졌다.

"저자가 진정 암격왕입니까?"

"진짜 저자가 소드 마스터이면서 흑마법사란 겁니까?"

기사들이 웅성거리기 시작했다. 그들은 믿지 않는다는 듯 시커먼 로브를 뒤집어쓴 채 서 있는 나를 흘끔거렸다. 나는 홀 안쪽 벽화 앞에 서 있었는데, 벤과 꼬맹이 메이를 앞세우고 있었다.

"얼굴을 아는 자가 아무도 없다니, 저자가 진짜 암격왕이라는 것을 어떻게 믿는단 말입니까?"

"주군께선 저자의 얼굴을 보셨습니까?"

"어째서 저자는 이곳에 있는 것입니까? 반란군의 수괴가 저자였던 겁니까?"

다들 중구난방으로 떠들어대는 통에 셔든도, 베어든도 짜증이 났던 모양이다.

"조용히!"

베어든이 바락 소리를 질렀다.

"계집애들처럼 떠들어대지 좀 마라! 바르케이의 기사들이 언제부터 이렇게 말이 많았나!"

그가 쭉 찢어진 눈으로 고함을 지르자 떠들던 기사들이 입을 다물었다. 안 그래도 원래 허연 편인 그의 얼굴은 고문과 피로로 아예 밀랍처럼 창백했다. 하지만 광기와도 흡사한 번쩍거리는 눈빛이 그 모든 것을 보완했다. 나로서도 그가 발톱까지 홀라당 뽑히고 세 시간 전까지 고문당하던 인간이라고는 믿어지지 않을 지경이었다. 솔직히 말해 그 상처를 봐선 이렇게 꼿꼿이 서 있는 것 자체가 거의 기적이었다.

그 상황은 셔든도 마찬가지다. 고문을 받은 걸로 따지자면 둘은 서로 막상막하로 망가져 있었다. 급히 상인을 불러 최고급으로 옷을 입히고, 씻기고, 치료해 놓긴 했지만, 그렇다고 세 시간 전까지 피를 철철 흘리던 놈들이 저렇게 온전히 서 있는 것 자체가 놀랍다. 확실히 보통 놈들은 아니었다.

그런데 바로 그때였다.

"저, 저어. 그런데 저희 멜더른 남작님께선 어디 계십니까?"

"뭐라구?"

기세등등한 셔든과 베어든 기사들이 좀 잠잠해지자, 아까부터 안절부절못하고 있던 노기사 한 명이 끼어들었다. 그는 젊은 기사 한 명과 나란히 서서 셔든과 베어든을 번갈아 보며 다시 물었다.

"우리 영주님께선 어디에 계십니까? 이곳에 계신다고 들었습니다만."

그가 불안한 어조로 다시 묻자, 갑자기 베어든이 홍 하고 코웃음을 쳤다.

"오호라, 그 멜더른 말이냐?"

"치졸하고 더러운 그놈?"

셔든의 눈도 시퍼렇게 변했다. 두 영주가 일제히 멜더른을 욕하자, 가여운 노기사는 당황한 얼굴을 했다. 이렇게 대놓고 욕을 하니 발끈할 수도 없는 모양이었다.

"무슨 말씀이신지?"

"무슨 말? 그 더러운 작자의 이름을 감히 내 앞에서 말하지 마라! 나는 그자의 이름을 아는 것도, 얼굴을 아는 것도 수치니라!"

베어든이 이를 북북 갈며 소리쳤다.

"동감이다! 그자가 나와 같은 귀족이라는 것 자체로도 충분히 나는 모욕받았다!"

잔뜩 흥분한 두 영주는 노기사를 향해 욕설을 퍼부었다.

"대, 대체 무슨 말씀을 하시는 겁니까? 우리 영주님이 뭘······."

옆에 있던 젊은 기사가 발끈해서 끼어들었다.

"그놈 때문에 우리가 얼마나 곤혹을 치렀는지!"

"그런 명예도 모르는 놈 때문에!"

나는 펄펄 뛰는 그들의 심정을 이해했다. 얼마나 억울했을까. 바로 옆에서 피 튀기는 고문을 참으며 버티고 있는데 주먹질 한 번 당해보지 않은 멜더른이 달달 떨며 '다 우리가 했어!'라고 떠들어 버리면.

"쯧쯧."

내가 혀를 차자 벤이 옆에서 고개를 끄덕였다.

"네, 저라도 욕해주고 싶은 자였습니다."

어쨌거나 그렇게나 멜더른의 기사들을 향해 욕설을 퍼붓던 셔든은 갑자기 생각이 났는지 자신의 기사들을 향해 턱짓을 했다.

"이자들을 포박해라!"

"에?"

"네?"

멜더른의 기사들은 이해할 수 없어 당황했지만 셔든의 기사들은 곧 실행했다.

"이 무슨 짓입니까? 동등한 지위의 영주의 가신을 사사로이 공격하는 것은 불법입니다!"

노기사가 항의했지만 베어든은 그 얼굴을 한 번 걷어차는 것으로 마무리했다. 좀 과격하군.

"멜더른의 기사라는 것만으로도 너희들은 사악한 종자다!"

그는 그렇게 선언하고는 자신의 기사들을 돌아보았다. 그러면서도 내 쪽을 한 번 일별했다. 물론 밤에 볼까 두려운 살벌한 시선이었지만 그 시선에 가슴 졸이기에는 나의 가슴은 너무나 넓었다. 난 사악한 악당이잖아? 그래 봐야 너는 졸렬한 영주라구.

"오늘로서 나는 로그란드 영지에 있었던 참담한 음모를 알아내고야 말았다!"

베어든이 외쳤다.

확실히 그들은 기꺼이 가신들을 설득해 물러나도록 할 모양이었다. 나는 그들이 억지로 몸을 꼿꼿이 세운 채 사나운 가신들에게 명령하는 광경을 지켜보고 있었다. 일은 잘되고 있는 것 같았지만 마음 한구석은 여전히 뭐랄까, 허전했다. 아무것도 모르고 이리저리 캐고 있던 그 시절이 좋았다. 뻔뻔하고 태연자약한 황태자의 얼굴로 궁정을 맴돌던 그때가 좋았다. 그때는 그래도 고민거리라곤 들끓는 여자들을 어찌 처리하면 될까 하는 것밖에 없었지 않았던가. 지금은 얼마나 죽이면 되나 따위를 연구하고 고민하고 있었다. 게다가 그렇게 고민해 봐야 등줄기에 꽂히는 시선은 원망과 증오, 그리고 공포뿐이다.

"우리는 로그란드 영주의 살해 의혹을 받고 그 누명을 벗기 위해 이들과 협력 중이다! 이 모든 일은 사악한 멜더른 남작의 수작이라고 나는 믿는다!"

베어든이 당당하게 외쳤다. 그래, 저 늠름한 모습을 보고 누가 발톱을 다 뽑힌 미청년이라고 믿겠는가.

"그렇다! 멜더른은 사악하게도 우리에게 누명을 씌울 심산이었던 것이다. 놈은 로그란드 영지를 손가락 하나 까딱하지 않고 세 치 혓바닥으로 집어삼킬 음모를 꾸몄다!"

셔든도 지지 않았다. 그 역시 고문으로 몸이 휘청거릴 터인데도 눈빛은 형형히 빛나고 있었다. 둘이서 아마도 모든 혐의를 멜더른에게 돌리기로 결의한 모양이다. 어쨌거나 귀족 체면에 농노에게 영주가 살해당했다고는 하고 싶지 않겠지.

"저런!"

"그럴 수가!"

젊은 영주들을 중심으로 기사들은 원을 그리며 모여 있었다. 아까까지만 해도 이곳 성채를 향해 살기를 흩뿌리던 때와는 사뭇 다르다. 어쨌거나 자신들의 주인이 돌아와 안심했는가 보다. 그들은 나름대로 떠들어대며 자신들의 주인이 하는 말을 경청하고 있었다.

"그리하여 우리는 로그란드 영주 암살 사건이 확실히 밝혀지도록 재판을 요구했다!"

"이 사악한 음모가 밝혀지길 우리 역시 고대하고 있다."

기사 중 한 명이 영주들의 연설에 의문을 표했다.

"그럼, 이곳은 어떻게 되는 겁니까? 이들은 반란군이 아니라는 겁니까?"

"이들을 그냥 놔두자는 말씀입니까?"

기사들이 항의 어린 태도로 떠들기 시작하자 베어든은 이를 부드득 갈았다. 아무래도 그는 조만간 모든 이를 갈아치우게 될지도 모르겠다.

"이곳은……."

그의 시선이 잠시 나와 게올레를 번갈아 보았다. 그러자 게올레는 긴장한 자세로 한 걸음 나섰다.

"이곳은 이대로 남을 것입니다. 원래 여기는 로그란드 영지 안에서도 자치 도시였고, 또한 로그란드 영지의 적법한 후계자가 곧 이곳으로 오실 겁니다. 게다가 저는 델시테 백작의 대리인으로서 이곳을 지휘하고 있는 중이니 이곳에 주인이 없다고는 하시지 않겠지요?"

어쩐지 너무 말을 잘한다.

나는 흘긋 게올레 뒤에 그림자처럼 서 있는 패더를 보았다. 그는 창백했지만 그래도 꽤나 침착했다. 반역도의 괴수치고는 정말 희미한 작자다.

"하지만 이곳에 영주가 없다는 것은 사실이야."

음흉한 미소를 지으며 셔든이 한 발자국 앞으로 나섰다.

"그렇다면 제가 델시테 백작의 대리인으로서 이 자리에 있다는 것을 알려 드려야겠군요. 또한 베사지 산성의 책임자이기도 하다는 것을 증명해 드릴까요?"

게올레의 대담한 발언에 셔든과 베어든도 침묵했다. 그들은 평민 출신의 이 새까만 촌놈이 감히 자신에게 떠들어대는 말을 믿을 수가 없다는 듯 그를 아래위로 쏘아보았다. 게올레는 침착하게 품에서 금빛 인장이 찍힌 양피지 한 장을 들어 보였다.

"이것은 제가 델시테 백작의 대리인이라고 증명하는 친서입니다. 물론 여러분들께서는 제가 베사지 산성의 책임자라는 것을 알고 계실 테니 그것에 대한 증명은 하지 않겠습니다. 하나 이 땅에 영주가 없는 이상 베사지에서 가장 가까운 이 도시의 치안을 제가 맡겠다는 데에 대한 반론은 없으리라 믿습니다."

원래 베사지 산성은 디아드라 산맥의 가장 험한 지형에 위치하고 있는 만큼 치안을 담당하는 성격이 커서 그럭저럭 중립적인 위치에 속해 있다고 한다. 하지만 솔직히 말해 베사지 산성이라 말은 해도 몬스터나 야수들이 들끓는 지역의 보잘것없는 산성이어서 병사들은 몇 되지 않는다. 하지만 병력이 몇 되든지 간에, 일단 게올레는 귀족은 귀족이었다. 준남작이라는 별 볼일 없는 지위에, 전임자가 변덕으로 내려준 작위라고는 해도 작위는 작위인 법이다. 유민과 시민, 농노로 들끓는 도시에 귀족이 있다는 것과 없다는 것은 천지 차이였다. 즉, 빈자리에 게올레가 제일 먼저 들어앉았다는 의미다.

"으음."

나직한 신음이 터졌다.

"나는 두 영주의 증언을 들어 일단은 중앙에 이 처참한 음모에 대해 고발해 두었습니다. 일단 멜더른 남작 본인이 자백을 했기 때문에 큰 문제는 없으리라고 봅니다만, 중앙의 귀족 중 한 분이 곧 재판관으로 내려오게 된다면 이 일은 확실히 해결되겠지요."

게올레는 단숨에 말하고는 조금은 떨리는 음성으로 마무리했다.

"로그란드 영지의 정식 후계자께서 이미 존재하고 계시니 이 소란은 가라앉을 겁니다."

넘볼 생각 말라는 그 한마디에 셔든과 베어든의 눈에서 불꽃이 튀었다.

"중앙의 고위 귀족이 재판을 열면 일이 해결되는 건가?"

갑자기 베어든의 기사들 중 한 명이 중얼거리듯 입을 열었다.

"영주님, 손님이 계십니다."

"손님?"

베어든이 이상하다는 얼굴을 하는 순간이었다. 갑자기 벤이 내 등 뒤에서 한 발자국 뒤로 물러서며 사람들 사이로 스며들었다. 그러나 이미 늦었다.

"어딜 가는 건가, 벤 가울링."

느긋한 목소리가 사람들 사이에서 터져 나왔다.

자줏빛의 비로드 망토를 둘러쓴 갈색 머리칼의 미남자가 한 걸음 사람들 사이에서 걸어나왔다. 그는 우아한 동작으로 슬쩍 자신을 돌아보는 영주들에게 가볍게 시선을 주더니 주저하지도 않고 내 앞으로 걸어왔.

이글거리는 위압감. 황금빛 갈기를 드리운 야수처럼 그는 오러를 발현하며 내 앞에 섰다. 적어도 오십이 넘은 지 한참 되었을 테지만 절대로 그렇게는 보이지 않는 남자.

"누구시오?"

경계심 어린 어조로 베어든이 날카롭게 물었다.

황금빛 오러를 등에 진 남자는 싸늘하게 웃었다.

"나 말인가? 나는 빈센트 데블린이다."

그는 늘어선 기사를 비롯한 모두를 눈빛 하나로 제압한 뒤 턱을 자연스레 내밀며 주변을 훑어보았다. 그의 시선을 받은 자들은 얼결에 뒤로 물러설 수밖에 없었다. 예전에도 헤이스 공작에게서 봤지만 데블린 후작의 경우는 헤이스의 위압감과는 조금 달랐다. 평소의 장난기를 느낄 수 없는 비수와 같은 날카로운 기운이 쌔액 소리를 내며 스쳐 간 것 같았다.

그의 시선이 정확하게 나를 향했다.

"여기서 만나다니 반갑군, 벤 가울링. 난 그래도 꽤 멀리 갔을 줄 알았는데 아직도 여긴가?"

덕분에 나와 벤, 그리고 메이를 남기고 내 주변에 있던 사람들은 모두 달아났다. 나와 사람들 사이로 장벽이라도 생긴 것처럼. 모두의 시선이 화살처럼 와 박히자 나는 한숨을 내쉬었다. 평소와 달리 벤의 얼굴이 조금 창백해졌다. 능구렁이 같던 벤의 평소 태도와는 조금 다르다. 그러고 보니 벤과 데블린 후작이 같이 있던 광경은 한 번도 본 적이 없었다.

"안녕하셨습니까?"

벤은 아주 천천히 인사했다. 남이 보면 정중하다고 하겠지만 내 눈에는 겁에 질린 것으로 보였다. 웬일일까, 이 성질 나쁜 개가.

"별로 안녕하진 못하지."

데블린은 코끝으로 그를 비웃고는 나에게로 시선을 돌렸다. 두건을 꿰뚫을 듯 와 닿은 그의 시선이 조금, 아주 조금 거북하다. 다른 사람은 몰라도 데블린 후작은 항상 상대하기 껄끄러웠다. 소울리에의 일과는 별개로 그는 레시언 위본이나 헤이스 공작, 혹은 타이레논과는 전혀 성격이 다르다. 차갑기가 뱀 같고 교활하기가 늑대 같은 남자라 해야 될까. 하여간 적으로 삼고 싶지 않은 남자로는 제1순위다.

"그쪽에 두건 쓴 양반도 정말 반갑군."

그는 천천히 팔짱을 끼며 홀 안을 돌아보았다.

"이렇게 누추한 곳에 당신이 머물고 있을 줄이야 어디 상상이나 했을까, 암격왕 나리?"

신음을 터뜨리다 못해 나는 결국 앞으로 한 걸음 나섰다. 피할 수 없으니 맞대응해야겠지.

"어쩐 일이오, 이런 곳까지."

내가 한숨을 삼키며 묻자 데블린은 살기로 번쩍번쩍 빛나는 눈을 들어 나를 바라보며 미소 지었다.

"어쩐 일이라니? 내가 전에 경고했던 말을 기억하지 못하는 것은 아닐 텐데, 천재 양반?"

나는 진땀이 등줄기로 좍좍 흐르는 것을 느꼈다. 그렇다. 이 작자는 지금 내가 소울리에를 버리고 떠났다고 날 베어버리려 나타난 것이다. 이건 진짜 장난이 아니었다. 이 작자는 진심이다!

"아는 사이입니까?"

짐이 눈치 빠르게 끼어들었다. 그리고는 혼자 스스로 답을 찾는다.

"아! 하긴 같은 소드 마스터이니까 모르실 리가 없겠군요! 영광입니다, 데블린 후작!"

짐이 재빨리 고개를 숙이자 그 자리에서 그저 넋이 나가 있던 자들이 일제히 그를 향해 고개를 숙였다. 무엇보다 이 자리에서 가장 지위가 높은 데다가 명망 높은 소드 마스터인 자가 등장한 것이다. 무엇보다 기사들의 감격은 말 그대로 상상을 초월했다.

"아아! 소드 마스터이신 데블린 후작이셔!"

"오오!"

"소드 마스터가 이 자리에 두 분이나!"

"노, 놀라워라!"

어쩐지 내 때와는 다른 분위기다. 하기야 저쪽은 후작이시며 잘생긴 미남자이고, 이쪽은 음험하고 음침하며 악의 상징인 흑마법사이니 다른 것은 당연한가? 하지만 당연하다고 해서 이쪽이 상처를 안 받는 것은 아니지. 아니고말고.

진땀을 쫙쫙 흘리고 있는 나야 어찌 되든 사람들은 경탄을 내지르고 데블린의 잘생긴 면상을 향해 감탄을 터뜨리고 있었다. 소드 마스터는 원래 잘 안 늙으니 물색 모르는 여자들은 그의 얼굴에 혹하기도 할 것이다.

서든과 베어든 역시 거의 넋이 나간 얼굴로 화급히 고개를 숙였다. 그리고는 새삼스럽게 나를 바라보았다. 그 눈 속에 담긴 경외 어린 표정에 나는 좀 씁쓸해졌다. 이 놀라운 소드 마스터와 아는 사이인 걸 보니 내가 새삼 대단해 보였던 모양이다.

"후작님, 일단 다른 장소로 옮기심이⋯⋯."

벤이 공손히 입을 열었다. 그러나 그 순간 데블린이 손을 아무렇게나 휘둘렀다. 화악 하고 금빛덩어리가 그의 얼굴로 달려들었다. 블랭크다!

벤은 표정을 굳히고 몸을 뒤로 피했다. 그가 피하자마자 콰앙, 그가 서 있었던 자리에 거대한 구멍이 뚫렸다. 실내인지라 콰릉콰릉 하는 소리와 함께 홀 안의 기둥들까지 흔들렸다. 먼지가 우수수 쏟아진다. 비명도 먼지처럼 쏟아지며 사방으로 날아다녔다. 기사들과 병사들은 이 난데없는 재난에 놀란 비명을 질러댔다.

"어이, 어이. 후작."

나는 벤에게 턱짓했다. 그는 먼지를 뒤집어쓴 채 내 뒤로 와 섰다.

"다짜고짜 블랭크라니 너무 과하시군."

"과하다니. 주제도 모르고 나서는 하인 놈을 조금 건드렸을 뿐인걸."

그는 싸늘하게 웃었다.

"알았소. 그럼 둘이서만 떠들어봅시다."

내 말에 사람들의 얼굴에 기대와 불안이 동시에 서렸다. 웅성거리는 소리도 삽시간에 가라앉았다. 두 소드 마스터의 대결을 볼 수 있다는 기대감 서린 표정은 안 봐도 뻔했다. 그들을 모른 척하고 나는 손을 들어 밖을 가리켰다.

데블린 후작은 여전히 냉소를 머금은 채 내 뒤를 따라 걸었다. 등줄기가 좀 서늘한 것이, 날씨 탓만은 아닐 것이다.

어디로 보나 밖은 떠들썩해서 사실 어디 갈 만한 곳도 없었다. 여관으로 가자니 거긴 용병들이 바글바글하고, 시청의 사무실 한곳으로 가자니 온통 벌건 눈을 한 사람들이 들여다보느라 정신이 없을 테고. 시청의 붉은 벽돌 길을 따라 걷는 동안 벤을 흘긋 보자 그는 내 눈치를 알아차렸는지 서둘러 나와 데블린을 낡은 저택으로 인도했다. 결사적으로 내 뒤를 따라오는 메이를 보던 데블린 후작이 물었다.

"저 꼬마는 뭐야?"

"시종."

"허."

그는 잠시 걸음을 멈추고 생각에 잠겼다. 그러더니 묘한 시선으로 나를 쏘아보았다.

"저런 취향이었던가요, 천재 나리?"

"농담 마시지요, 후작 나리."

내가 어이가 없어 헛웃음을 냈더니 그는 다시 발길을 재촉했다. 하기야 무슨 말이든 길거리에서 할 만한 것은 아니다. 이쪽을 보고 있던 몇몇 병사는 나와 시선이 마주칠까 두려운지 슬금슬금 피하고 있었다. 도시를 구해준 것은 감사하지만 역시 흑마법사라는 것은 꺼림칙하다는 것이겠지, 황후처럼.

"……."

잊고 있었는데 다시 황후가 생각났다. 데블린 후작을 봤기 때문인가.

벤이 조금 급하게 녹슨 철제문을 열고 안내한 곳은, 어느 거상의 저택이었음 직한 곳이었다. 여기저기 굴러다니는 먼지와 잡초가 무성한 황폐한 정원이 꼭 당장이라도 유령이 나올 듯 음산했다. 대낮인데도 저택은 온기 하나 없이 차갑기만 했다.

"여긴 어디야?"

"달아난 상인의 저택입니다. 잔뜩 약탈당해서 남은 것은 없습니다."

"밖에 나돌아다니는 유민들이 왜 여기에 들어오지 않았지? 이렇게나 큰 저택이라면 분명 들어왔을 텐데."

"유령이 나온다는 소문이 있습니다."

"에?"

벤이 담담하게 소개했다.

"무리도 아니죠."

그의 말대로였다. 황폐한 정원 한구석에 반쯤 파다 만 구덩이들이 곳곳에 널려 있었는데, 그 구덩이 사이로 허연 해골들이 흩어져 있었다. 줄잡아 십여 구는 되고도 남았다.

"여긴 왕년 로그랜드 남작 애첩의 친척이 지내던 곳이라 합니다. 로그랜드 남작이 죽어버린 뒤에 누군가에 의해 하룻밤 사이에 이십여 명이 몰살당했다는군요. 시체는 버려져서 그대로 정원의 거름이 되었답니다."

그 살벌한 이야기를 듣고도 후작이나 메이의 얼굴은 변하지 않았다. 후작이야 그렇다 치지만 메이 역시 전혀 겁을 내지 않는 것은 좀 의외였다. 아직도 어린애는 어린애인데.

"좋아. 그럼 여기가 조용해서 좋긴 하겠군."

데블린 후작은 두 손을 비비더니 느긋하게 내 쪽으로 몸을 돌렸다. 정원과 이어진 테라스가 엉망인 것을 보아 안쪽은 더 엉망인 것 같아 나도 별로 들어가고 싶은 생각은 없었다. 하지만 솔직히 말해 후작과 마주할 시간을 좀 벌고 싶은 마음이 굴뚝같았다.

"혼자 오셨소?"

나는 슬쩍 물어보았다. 아무래도 제국 후작쯤 되는 인물이 혼자서 움직였으리라곤 생각되지 않았다. 설마 하니 나처럼 험한 산길을 두 주먹 불끈 쥐고 걸었을까.

"혼자가 아니지. 소울리에와 함께요."

그 말에 나도 모르게 흠칫했다. 그와 동시에 언젠가 꾸었던 꿈도 기억나면서 가슴속 한구석이 찌르르했다. 소울리에, 어린 소녀. 유일하게 록그레이드가 차마 손도 대지 못했던 소녀. 그리고 그런 소녀를 나는 거절했었다. 그러나저러나 왜 가슴이 이렇게 따끔거리는 걸까? 난 록그레이드가 아닌데.

"그래, 어쩔 테요?"

후작이 단도직입적으로 물었다.

"그녀는 어디 있소?"

슬그머니 말머리를 돌리자 후작은 대답 대신 눈살을 찌푸렸다.

"혹시 도노반을 만났었소?"

내 질문에 그는 미간을 찌푸리면서도 웃어 보이는 기묘한 재주를 선보였다.

"아뇨."

"……그럼 내가 황궁을 떠난 이유에 대해서도 모르겠군."

나는 깊게 심호흡했다.

대체 뭐라 말하면 좋을까 하고 잠시 망설이다가 나는 두건을 홱 벗었다. 모처럼 맨얼굴이 송두리째 드러나자 후작 뒤에 있던 메이가 눈을 부릅떴다.

"역시나."

데블린 후작은 작게 중얼거렸다.

"난 줄 어떻게 아셨소?"

솔직히 조금 궁금해서 그에게 묻자 그는 어이없다는 얼굴로 피식 웃었다. 계속 웃고는 있지만 눈은 여전히 차가웠다. 미끈한 얼굴에도 불구하고 꼭 늑대처럼 웃는 사내였다.

"소드 마스터에 흑마법사인 자가 이 대륙에 흔할 거라 생각하시나요, 전하. 게다가 전하가 사라진 직후에 대럴 켄이 등장했다는 것은 너무나 놀라운 우연이라 생각되는데요."

"그럼 다 알고 있는 건가."

내가 좀 씁쓸하게 중얼거리자 후작은 어깨를 으쓱했다.

"뭐, 알 만한 사람들은 알고 있을지도 모르겠죠. 폐하께서는 이미 알고 계셨으니."

나는 어쨌거나 이 후작이 점점 거북해지기 시작했다. 어쩌면 장인이 될 뻔했기 때문인지, 아니면 후작이란 사내가 워낙에 비수를 품에 안고 있는 타입이어서인지 그것은 잘 알 수 없었다.

"자아, 전 대답을 듣고 싶습니다만."

후작이 재촉했다. 그의 눈빛이 점점 황금빛을 띠고 있었다. 노골적인 적의가 스멀스멀 올라오는 탓에 내 안의 야수도 슬그머니 발톱을 드러내기 시작했다. 그의 전신에서 퍼져 나오는 위압감에 숨이 막혔다.

"여자라도 품에 안고 있었다면 그대로 목을 날릴 계획이었습니다만 의외로 정의의 용사 역할을 하고 계시는 탓에 김이 빠졌습니다."

김이 빠진 인간이 살기를 풀풀 날리냐? 얼마나 지독한 살기인지 얼굴이 따끔거릴 정도였다.

나는 항의하고 싶은 것을 꾹 참고 벤에게 눈짓했다. 벤은 잔뜩 굳어진 얼굴로 덜덜 떨고 있는 메이의 뒤통수를 잡고 어디론가 사라졌다.

"자아, 이제 변명해 보십시오."

이를 드러내며 웃는 후작의 얼굴은 아무리 봐도 웃는다기보다는 으르렁거리고 있었다. 하지만 그 으르렁거리는 얼굴이 묘하게도 그다지 밉지 않았다. 오히려 조금은 반가웠다고나 할까.

"다시 만나 반갑소, 후작."

내 말에 후작은 살기를 누그러뜨렸다. 하지만 웃지는 않았다.

"재미있는 인사말이시군요, 록그레이드 전하."

"아니, 사실은 다시는 만나지 못할 거라 생각했었소."

나는 순순히 털어놓았다. 하지만 그 말에 그의 얼굴은 삽시간에 일그러졌다.

"다시는? 결국 소울리에를 조롱하겠다는 심산?"

그 말에는 나도 모르게 울컥해졌다.

"아니오!"

소울리에를 생각하자 다시 가슴이 뻐근했다. 아니, 정확히 말하면 록그레이드를 생각해서 그런 것일지도 모른다. 나는 록그레이드의 몸을 빼앗았다. 그리고 록그레이드가 사랑한 여자가 그녀라는 것을 아는 유일한 사람이었다. 적어도 소울리에에게는 그 심정을 알려야 하지 않을까.

"……."

내 표정이 좀 평소와 달랐는지 그의 얼굴도 진지해졌다.

"말해 보시오, 전하. 대체 무슨 사연인지. 나는 전하가 머리 빈 바람둥이라고는 생각하지 않았소."

"……바람둥이 소드 마스터라고는 생각했겠지."

내 씁쓸한 웃음에도 그는 흔들리지 않았다. 그는 재촉하듯이 황금빛 오러를 일렁였을 뿐이었다. 오러를 거두지 않는 것을 보니 진짜 여차하면 날 그대로 죽여 버리겠다는 심산이 분명하다. 참, 아무리 소드 마스타라 해도 헤이스 공작은 나에겐 검을 들이대지도 못했는데 이 남자는 걸핏하면 죽인다고 난리라니.

"황궁에 돌아가면 아마 상황을 알게 될 거라 믿지만."

나는 심호흡을 했다. 두건을 벗은 순간부터 나는 록그레이드로서 움직였다.

"나는 곧 죽소, 후작."

그 말에 그의 눈썹이 꿈틀거렸다. 농담하느냐는 그 묘한 표정에 나는 한숨을 내쉬었다. 얼마 전까지만 해도 진짜 죽는 줄 알고 있었다. 물론 지금은 안 죽는다는 것을 알고는 있지만 적어도 록그레이드로서의 죽음은 확실했다. 지금 후작과 만나는 일이 끝난다면 난 분명히 록그레이드를 죽일 것이니까. 난 록베타가 될 거다.

조금은 홀가분한 기분으로 나는 후작을 보았다. 후작은 내가 장난을 하고 있지 않다는 것을 깨달았는지 얼굴이 굳어 있었다. 하지만 그의 오러는 여전히 그의 기분에 따라 흔들리듯 노을처럼 그의 전신을 감싸고 있었다.

"이유는 모르오. 내가 흑마법사이며 소드 마스터이기 때문이라 생각은 하지만. 얼마 전에야 나도 내가 죽을 거란 것을 깨달았소. 언제 죽을지는 잘 모르오, 유감이지만."

"농담하시나요? 궁의에게는 보였습니까?"

차가운 그 어조에 나는 자조했다.

"농담 아니오. 그렇지 않다면 내가 미쳤다고 황태자비 간택 회의까지 하고선 달아났겠소?"

"전하께서 당장 죽어 넘어진다 해도 황궁 내에서 죽어야 하지 않습니까?"

그 말에 나도 조금은 동요했다. 생각해 보니 그게 맞는 일이긴 하다.

"전하가 그대로 행방불명이라도 된다면 황실의 계보가 엉망진창이 될 거란 사실은 깨닫지 못했단 말인가요? 장난하지 마시지요, 록그레이드 황태자 전하. 기행은 그것으로 족합니다."

"…난 곧 죽고 내 뒤는 내 아우가 잇게 될 거요. 장난이 아니오, 후작."

그 말에 후작은 손을 허리춤으로 가지고 갔다. 검자루가 그의 손 안에 놓여지는 것을 보며 나는 말을 이었다.

"진심이오. 폐하께서도 알고 계시는 일이오. 난 곧 죽어 없어지게 될 거요."

"소드 마스터 대련을 계획한 것은 그 때문이었소?"

"그렇소."

그의 얼굴이 살짝 일그러졌다.

"그렇다면 왜 소울리에에게 희망을 불어넣었지!"

그가 갑자기 벼락같이 외쳤다.

"가만있는 아이에게 왜 희망을 불어넣은 거야? 그대로 죽어 넘어지지 않고!"

갑작스런 폭언에 나도 모르게 한 발자국 뒤로 물러섰다. 정말이다. 소울리에에게 아무런 말도 하지 않았다면 좋았을 것을. 나는 그녀에게 너를 황태자비로 삼겠다고 선언했었다.

"…나의 실수요."

"실수?"

마침내 그의 황금빛 오러가 구름처럼 일어나기 시작했다. 붉은빛을 띠기 시작하는 그 오러는 마치 해 지기 직전의 석양처럼 그의 전신을 휘감더니 폭발했다.

"실수라고!"

그 황금빛 오러가 초승달 모양의 잔상을 남기며 그대로 내게로 쏘아졌다. 타오르는 듯 뜨거운 오러 블레이드가 내 전면을 가득 메우며 달려들었다. 몸을 뒤틀며 피해냈지만 내 오러와 부딪친 그의 오러 블레이드는 황폐한 정원을 다 태워 버릴 화염을 일으키며 땅을 갈랐다. 불덩이가 눈꽃처럼 쏟아져 내렸다. 오러 플레임.

"감히 실수라고 말하는 건가!"

오러 블레이드를 채찍처럼 길게 내뻗으며 그가 허공을 밟았다. 불꽃이 어느새 정원을 야금야금 삼키고 있었지만 그는 아랑곳하지 않았다. 음산할 정도로 낮은 그의 목소리가 살의를 띤 채 속삭였다.

"나의 소울리에에게 상처를 주고?"

그 말에 나는 그가 얼마나 딸을 사랑하는지 깨달았다. 이 비수를 품고 있는 듯한 사내도 하나밖에 없는 딸을 사랑하는 것이다.

"어차피 죽을 거라면 내 손에 죽어도 별 상관은 없겠지."

고저없는 목소리가 낮게 울렸다. 소름이 끼쳤다. 타이레논과 싸울 때와는 전혀 달랐다.

"죽어."

그의 오러 블레이드가 갑자기 서너 개로 갈라지기 시작했다. 믿을 수 없는 일이었다. 어떻게 오러 블레이드가, 한 개의 검에서 시작된 오러 블레이드가 몇 개의 줄기로 나뉠 수가 있을까? 나도 이런 것은 처음이었다. 더 놀라운 것은 그 서너 개의 오러 블레이드가 마치 살아 있는 것

마냥 꿈틀대며 그대로 나를 그물처럼 덮쳐 오기 시작했다는 것이었다.

하나는 내 이마를 향해, 하나는 내 복부와 하체, 그리고 또 하나는 놀랍게도 휘어져 내 등줄기를 노렸다. 마치 네 명의 소드 마스터에게 공격받는 것과 마찬가지였다.

놀란 내 짐승이 으르렁거리며 포효했다. 시커먼 오러가 손바닥에서 자라나 전신을 휘감았다. 하지만 그것으로는 부족했다. 살기에 찬 오러 블레이드는 내 오러를 그대로 뚫고 다가들었다. 방법이 없었다. 나는 다급히 블랭크를 터뜨렸다.

콰앙, 하고 굉음이 터졌다.

동시에 터뜨린 네 개의 블랭크는 그의 오러 블레이드와 부딪쳤지만 쉽게 해결되지 않았다. 두근 하고 가슴이 뛰었다. 내 안의 짐승이 고개를 들며 환희로 포효했다. 그렇다. 짐승은 기다리고 있었다. 이 흉포한 감정이 마침내 폭발하기를.

이글거리는 오러가 몸 안에서 튀어나와 저 혼자만의 생각을 가지고 있는 양 으르렁대며 손끝까지 치달았다. 검푸른 블랭크가 아무런 조력도 없이 튀어나와 그대로 황금빛 오러에 작렬했다. 콰앙, 하고 폭발하는 소리와 함께 불꽃이 역류했지만 내 몸에는 닿지 않았다. 나의 오러는 생각을 가지고 있는 양 온몸을 휘감으며 달려드는 네 줄기의 소드 블레이드를 막아섰다.

콰앙! 콰앙! 콰앙!

귀가 멍멍해질 굉음이 몇 번이나 울려 퍼졌다.

"대단하시군."

나는 격렬한 충격을 느끼고 울컥 피를 토했다. 그래도 네 줄기의 오러 블레이드를 그대로 튕겨낸 것만으로도 엄청난 일이었다. 살아 있다는 게 기적이다.

"단순한 오러만으로 오러 블레이드를 막아내다니, 전하가 진정 사람인지 의심하게 되는군요."

차가운 어투로 후작이 속삭였다.

솔직히 말해 나도 이 정도이리라곤 상상하지 못했다. 죽었다 생각하는 순간, 오러가 제멋대로 움직였다. 나 자신의 능력을 내가 알지 못하다니. 이것도 나름대로 꽤 공포스럽군.

"죽어가는 사람을 상대로 좀 지나치지 않소?"

피를 닦아내며 중얼거렸다. 손발이 부들부들 떨리고 있다.

"농담도. 아직 힘을 다 발휘하지 않으셨을 텐데?"

"……"

그렇다. 나는 힘을 다 발휘하고 있지 않았다.

"텔레포트."

막 텔레포트를 하려는 순간이었다. 갑자기 뭔가가 앞을 가로막았다. 나는 벽에 충돌한 듯한 충격을 받으며 뒤로 물러섰다. 눈앞에서 별이 보였다.

"설마 도망가려 하시다니. 대륙 제일의 소드 마스터치고는 심하시군요."

나는 떨리는 손을 들어 이마를 만졌다. 대체 뭘 어떻게 했지? 가슴이 철렁했다.

이동하려는 순간 그가 가로막았다? 어떻게 가로막았기에 마법이 중단되어 버린 것일까? 이런 상황이라는 게 있을 수 있나?

"나는 어리숙한 어린애가 아닙니다, 전하. 마법 한두 개쯤 무력화시킬 수도 있지요."

"……."

"간단하지 않습니까? 소드 마스터는 마나의 사랑을 받는 자들. 마법은 마나의 움직임."

그가 이를 드러내고 히죽 웃었다. 송곳니가 유난히 반짝거렸다.

"당신 주위의 마나를 통제해 버리면 마법은 발동되지 않는다는 이야기죠!"

화악 하고 황금빛 오러가 내 눈앞에서 불타올랐다. 격렬한 증오가 스며 있는 그 오러 블레이드에 나 역시 뒤로 몸을 돌리며 검을 뽑으려 했다.

"……!"

하지만 검이 없었다. 그렇다. 나는 검을 맡겨둔 상태였던 것이다.

별수없이 오러 실드를 만들어냈지만 후작의 오러 블레이드는 실드를 찢으며 곧장 달려들었다. 나는 도약했다. 하나 그의 오러 블레이드는 허벅지를 찢으며 그대로 정강이까지 그어버렸다. 화끈하다 못해 끔찍한 고통이 피를 뿌리며 찾아왔다.

"어찌 된 겁니까, 전하? 검은 왜 안 뽑습니까?"

후작이 음산하게 물었다.

그는 내 다리에서 뿜어지는 핏줄기를 즐겁게 바라보며 허공에 떠 있는 나를 조롱했다.

다행히도 절단되지는 않았다. 오러 덕분이다. 덜덜 떨리는 손으로 허벅지를 매만졌다. 겨우 출혈이 멈췄다. 하지만 마법이라 해도 출혈이나 자잘한 상처를 아물게 할 뿐이다. 고통은 여전히 온몸을 부들부들 떨리게 했다.

"설마 양심 때문에 차마 장인에게 덤빌 수 없다는, 그런 귀여운 이유라도 있습니까?"

"⋯⋯검이 없어."

끔찍하게 아팠다. 처음 베일 때는 몰랐는데 시간이 지나면 지날수록 소름이 끼치도록 아파왔다. 오른쪽 다리는 이미 내 것이 아닌 것 같았다.

"저런, 검이 없다니. 소드 마스터치고는 자각이 없군요."

"죽어갈 몸이다 보니."

억지로 허탈한 척 웃었더니 그의 미간이 잔뜩 찌푸려졌다. 잘생긴 얼굴은 찌푸려도 멋지군.

한가한 생각을 하는 동안 그의 몸이 천천히 떠올랐다. 어라? 마법을 안 써도 공중에 떠오를 수 있는가?

그는 아마도 시퍼렇게 질렸을 내 얼굴을 물끄러미 바라보았다. 그리고는 신경질적으로 갑자기 앞머리를 쓸어 올렸다.

"진짜 죽는 거냐?"

"갑자기 웬 반말?"

그의 키는 나보다 조금 더 컸다. 막상 그가 공중에 떠올라 나와 비슷한 높이에 오르니 새삼스레 그가 크다는 것을 깨달았다.

"스승에게 지금 앞서 죽겠다는 소리를 지껄이고 있는 거냐!"

그가 갑자기 화를 버럭 냈다.

나는 깜짝 놀랐다. 어라라? 설마 하니 진짜로 후작이 록그레이드의 스승이었던 것인가? 내가 침묵하자 그는 참을 수 없다는 듯 검을 휘둘랐다. 그의 오러 블레이드가 다시 덮쳐 오기에 나는 화들짝 놀라 다시 몸을 숙였다. 웅웅대는 소드 블레이드는 결국 내 왼팔 한구석을 깔끔하게 베고 지나갔다. 다시 피가 솟구쳤다. 제길, 너무 아프잖아!

"아파!"

"아프다고 했어! 이 빌어먹을 놈! 이 빌어먹을 개자식아! 10년 동안이나 애지중지 가르쳐 놨더니 지금 내 앞에서 죽는다고? 죽어? 죽어?! 미친놈처럼 사방 돌아다닐 때부터 알아봤어야 했어! 온갖 미친 짓은 다 하고 돌아다니고 잘난 척은 다 하더니만 지금 내 앞에서 죽는다고?!"

그는 고함을 치더니 그대로 주먹을 내뻗었다. 나는 피했다. 아니, 피했다고 생각했다. 그런데 그의 주먹은 어느새 쭉 내 앞으로 뻗어오더니 그대로 턱을 내갈겼다. 오러로 휘감고 있는 몸인데도 불구하고 그 주먹에 나는 10페키나 그대로 날아가 버렸다.

콰앙 하고 빛 바랜 대리석 기둥에 부딪쳤다. 우직, 하고 기둥이 내려앉으며 먼지가 시야를 가렸다. 말 그대로 지붕이 내려앉았다. 돌 더미를 헤치며 나는 멍한 기분으로 주섬주섬 일어섰다. 말도 안 돼. 설마 록그레이드의 스승이 데블린 후작? 그럴 리가 없잖아?

턱이 얼얼했다. 그동안 한 번도 안 맞아본 것을 지금 다 맞는 것 같았다. 나는 엄청나게 강한 줄 알았는데 왜 반격 한 번 제대로 못하고 이 작자에게 다 맞는 걸까? 근데 이 작자는 왜 이리 강해? 타이레논과 비슷한 정도가 아니었던가?

"어서 기어나오지 못해? 그 정도로 죽을 새끼냐!"

"황태자에게 못하는 말이 없군."

비틀대며 돌 더미를 헤치고 기어 나가자 후작은 거만한 태도로 나를 쏘아보았다. 이글거리는 두 눈이 어쩐지 황제보다도 무섭다.

"……."

그래, 황제보다 무섭다.

"이놈아! 네가 지금 내 앞에서 죽겠다고? 그걸 지금 내 앞에서 내뱉는 거야? 소드 마스터씩이나 된 놈이 죽어? 아직 서른도 안 된 게?"

으르렁거리는 그 호통 소리가 황제보다도 아버지 같아 보였다. 어쩐지 가슴 한구석에서 묘한 감각이 일어났다. 나는 록그레이드가 아닌데도 비통한 듯한 그의 시선을 마주할 수가 없었다. 꼭 야단맞는 어린애처럼.

"이리 와, 이리 와봐. 네 몸뚱이 좀 보자. 대체 뭐가 어떻게 돼서 죽는지 좀 보자구!"

그가 갑자기 손을 내밀었다. 잔뜩 팰 때는 언제고 꼭 걱정하는 것 같은 발언을 하다니. 이 후작은 진짜 이상하군. 설마 록그레이드를 진짜로 자식처럼 사랑했나?

"…그렇게 말하고선 찔러 죽이려고?"

내가 중얼거리듯 말하자 그가 바락 소리를 내질렀다.

"록! 이 빌어먹을 놈이! 죽이려면 벌써 죽였어!"

"난 몰라."

내 대답에 그의 얼굴이 일그러졌다.

"기억을 잃었으니까."

Chapter 43

바람이 불었다.

바스락거리며 바짝 마른 낙엽이 굴러다녔다. 아무렇게나 파헤쳐진 정원은 황야보다도 더 황폐해 보였다. 말라비틀어진 피올라 나무와 누렇게 변색된 화초들. 그것들만 보면 봄은 영영 오지 않을 듯했다. 이곳만은 영원한 겨울을 보내고 있었다.

정원 아닌 정원의 끝 자락에 놓여진 벤치에 앉아서 나는 상처를 싸매고 있었다. 정확히 말해 내가 싸매는 것이 아니라 벤이 싸매고 있었다. 그는 침착한 손놀림으로 약을 바르고 붕대를 감았다. 그리고 그의 뒤에는 데블린 후작이 자신의 딸과 함께 나란히 서 있었다.

허탈하다기보다는 잔뜩 험상궂은 얼굴이 된 후작은 팔짱을 낀 채였다. 그리고 그 옆에 선 창백한 얼굴의 소울리에는 뭐라 말할 수 없는 슬픈 표정이었다.

그녀는 여전히 아름다웠다. 꿈속에서 봤던 천진한 소녀와는 너무나 다른 여인의 얼굴을 한 그녀는 낯설고도 아름다웠다. 내가 이런 식으로 떠나와서 상처를 받았을까? '록그레이드'가 청혼하고 사라져 충격을 받았을까.

"기억을 잃었다고?"

후작이 조용히 말했다.

"황후의 독에 의한 것입니다."

벤이 조용히 대답했다. 의외로 벤은 후작에게만은 고분고분한 듯했다. 어쩌면 후작이 진짜 내 스승이었는지도 모르겠다.

"간택식 며칠 전의 일이었습니다. 제가 자리를 비운 사이에 황후의 명령을 받은 시녀가 전하의 브랜디에 독을 탔습니다. 그리고 독은 해독된 듯하지만 그 과정에서 기억을 잃으셨습니다."

내가 말하지 않아도 벤이 설명했다. 오히려 더 그럴듯하다.

소울리에는 아름다웠다. 왜 전에는 그런 것을 잘 느끼지 못했을까? 새삼 그녀와 록그레이드의 관계를 깨닫고 보니 진짜 가슴이 아플 정도로 아름답게 보였다. 조금 창백한 안색도, 여윈 듯한 뺨과 황금빛으로 빛나는 머리칼과 나를 지켜보는 물기 어린 눈동자도.

"그걸 아무도 눈치 채지 못했던가."

허탈한 듯 후작이 중얼거렸다.

"그동안의 일이 많았지요. 게다가 전하께서는 기억을 잃으셨어도 여전히 명민한 분이시니 측근인 저희들을 빼고선 아무도 눈치 채지 못했을 겁니다."

벤의 말에 후작은 다시 물었다.

"곧 죽는다는 말은 뭐야?"

"……."

벤은 말을 하지 않았다. 나는 그가 잘 몰라서 말하지 않는다는 것을 깨닫고 대신 입을 열었다.

"진짜 제 스승이었단 말인가요?"

"너, 진짜 기억을 잃었구나."

후작이 한숨을 섞어 말했다.

"상식적으로 생각해 봐. 누가 네놈을 가르칠 수 있었단 말이냐? 십대에 이미 소드 마스터의 자질을 드러낸 놈에게 누가 검을 가르쳤겠어?"

"그도 그렇군요. 헤이스 공작도?"

"아니, 헤이스는 아니야. 헤이스는 널 두들겨 가며 가르칠 정도로 대담하진 못하지."

"……두들기며 가르쳤습니까?"

기가 막혀 되묻자 후작이 뻔뻔스레 대꾸했다.

"원래 검이란 맞아가며 배우는 거야. 그렇게나 이를 갈더니. 기억을 잃은 건 사실인 모양이군."

그의 담담한 어투에 비해 소울리에의 표정은 눈에 띄게 흔들리고 있었다. 그녀는 당장 쏟아낼 듯이 눈물을 글썽이고 있었지만 정작 울지는 않았다. 흐느끼지도 않았다. 그저 나를 넋을 잃고 바라볼 뿐이었다. 무척이나 아름답고도 거북한 시선.

"모든 걸 다 잊어버렸나?"

"아무것도 기억하지 못합니다."

내 대답에 후작은 잠시 눈을 감았다. 그는 벤을 슬쩍 보았다. 벤이 고개를 끄덕이자 그는 다시 한숨을 내쉬었다.
 "죽는다는 건 또 무슨 일인지 말해 봐."
 나는 붕대로 감싼 다리를 바라보며 뭐라 말할까 고심했다. 사실 진짜 죽는 건 아니다. 하지만 어쨌거나 난 사라질 예정이고 그에 따라 록그레이드가 사라지는 것은 정해진 수순이다.
 "계약입니다."
 "계약?"
 후작이 미간을 찌푸렸다.
 "나는 흑마법사가 되었습니다, 마족과의 계약을 통해."
 "그렇지. 그런데 그게?"
 나는 잠시 눈을 감았다.
 "생명과 맞바꾼 계약이었습니다."
 정확히는 미래지만 어쨌거나 틀린 이야기는 아니었다. 록그레이드는 죽었으니까.
 그 말에 후작이 고함을 질렀다.
 "미, 미친! 그 따위 계약이 어디 있나! 생명과 바꿔 흑마법사가 될 필요 따위가 있을 리가 없어! 넌 소드 마스터이며 제국의 황태자야. 그런데 왜 흑마법사가 되어야 했던 거냐? 왜 목숨까지 바쳐 가며 흑마법사가 되었어야……!"
 그는 그렇게 말하다가 갑자기 한 대 얻어맞은 듯한 표정을 지었다.
 "……황후였지."
 데블린 후작은 여지껏 내가 보지 못했던 표정을 지었다. 고통과 분노로 뒤범벅이 된 표정. 그는 믿을 수 없다는 듯이 속삭였다.

"황후를 구하기 위해 계약했지?"

"……."

"세상에. 이런 바보가. 이런 바보가 어디 있나. 저를 죽일 어미를 위해 목숨을 바쳤어?"

그의 말이 맞다.

록그레이드는 바보다. 그는 바보 천치였다.

나는 씁쓸한 기분이 들어 시선을 떨구었다. 그는 자신의 어머니를 위해 목숨을 바쳤다. 그리고 그의 어머니는 그를 죽이기 위해 온 힘을 쏟았다. 모정조차 영원한 것은 아니다. 모든 어머니가 무조건 자식을 사랑하는 것은 아니다. 그 한순간을 위해 그는 목숨을, 자신의 모든 것을 버렸다. 천재라 불리는 사내가 그런 어리석은 짓을 했다.

"황후는 알고 있는 건가?"

후작이 주먹을 쥔 채 부르르 떨면서 물었다. 나는 아무런 말도 하지 않았다.

가여운 록그레이드. 이제야 새삼스레 네 위치가 보이는군. 많은 사람들에게 애정을 받고 존경받았지만 그는 정작 가장 사랑받아야 할 어머니에게서는 증오만을 받았다. 처절한 희생을 하고도.

"황후도 곧 알게 될 겁니다."

벤이 조용히 말했다. 그는 내 앞에 무릎을 꿇은 채로 생채기가 난 손등에 약을 발랐다.

"자신이 뭘 했는지 알게 되겠죠. 그때의 그 일그러진 얼굴을 꼭 보고 싶습니다."

그 빈정거리는 소리에 나는 낮게 명령했다.

"닥쳐."

그는 입을 다물었지만 후작은 입을 다물지 않았다.

"병신. 멍청이 놈. 얼간이 같은 놈."

그는 조롱했다.

나는 고개를 들어 후작이 아닌 소울리에를 바라보았다. 그녀는 멍한 얼굴로 날 바라보고 있었다. 창백한 뺨 위로 마침내 한줄기 눈물이 흘러내렸다. 꼭 진주 같다.

"소울리에, 너와 어떤 일이 있었는지 난 기억 못해. 솔직히 말해 네가 누군지도 몰랐다."

그 잔인한 말에 그녀는 흐트러지지 않았다. 오히려 그녀의 표정은 점점 가라앉았다.

"그렇군요."

그녀는 한 발자국 내 앞으로 다가섰다. 그리고는 손바닥으로 거칠게 자신의 뺨 위로 흘러내리는 눈물을 닦아내고는 담담한 표정을 고수했다.

"그날 뵈었을 때, 이상하다고 생각은 했어요."

격랑이 이는 연초록빛 눈동자.

"내가 아는 전하가 아니었어요. 전하는 훨씬 더 차갑고 훨씬 더 고독한 눈을 하고 있었는데."

그녀의 눈에 다시 눈물이 차 올랐다.

"그걸 제가 알아챘어야 하는데."

그녀의 눈에서는 계속해서 눈물이 쏟아져 내렸다. 넘쳐흐르는 눈물. 하염없이 흘러내리는 그 눈물은 보석처럼 빛났다. 깨끗하고 깨끗해서

도저히 범할 수 없는.

"나만은 알았어야 했는데."

나는 이제 다시는 이런 눈동자를 마주 보지 못할 것만 같아.

"전하는 이제 없어요."

마침내 그녀는 두 손에 얼굴을 묻었다. 하얀 손가락 사이로 진주가 흘러 떨어졌다.

"내가 사랑하는 전하는 죽었어요. 항상 고독하기만 했던 전하는 죽었어요! 당신은, 지금 내 눈앞에 있는 당신은……."

애통한 울부짖음이었다. 너무나 애절해서 타인인 내 가슴마저 찢어 버릴 것만 같았다.

"록그레이드 전하가 아니에요. 당신은 다른 사람이에요!"

나는 눈을 감았다.

그녀는 마침내 알아챘다. 소울리에는 인정했다. 그녀만은 알았다.

나는 록그레이드가 아니었다. 처음 보는 순간부터 그녀는 알아차렸다. 부모도 모르는 것을 그녀는 알아차렸던 것이다.

"전보다 훨씬 온화한 눈을 하게 되셨군요."

소울리에는 나에게 그렇게 말했었다. 그렇다. 그녀는 그렇게 말했었다.

"이제 되었어요."

억지로 고개를 든 소울리에는 기품있는 아가씨답지 않게 주먹으로 얼굴을 문지르며 날 똑바로 바라보았다.

"이제 충분해요, 아버지."

후작은 아무런 말도 하지 않았다. 그는 그저 팔짱을 낀 채 보고만 있었다. 그의 얼굴은 갑자기 나이를 먹은 것처럼 보였다. 삼십 대 초반의 청년처럼 보이던 그의 얼굴에 깊은 그늘이 생겨났다.

"록그레이드 전하는 죽었어요. 여기 있는 분은 나의 전하가 아니에요. 내가 사랑하는 분이 아니에요."

억지로 웃는 듯한 입가에 경련이 이는 게 보였다. 그녀는 생긋 웃어 보이더니 내게 고개를 숙이고 우아하게 절했다.

"당신은 록그레이드 전하가 아니에요."

"맞아."

나는 동의했다.

"항상 혼자 계시던 그분이 아니에요. 약한 자를 경멸하고 우는 자를 증오하는 그런 분이 아니에요. 나를 조롱하고 나를 어린애라 부르던 그분이 아니에요."

"그래, 아니야."

나는 계속 동의했다. 정말로 그녀는 진실을 보고 있었다.

"그분은 독에 의해 죽은 거예요. 독살당해 사라져 버린 거예요."

"맞아, 죽었어."

나는 연신 고개를 끄덕였다. 너무나 옳은 소리를 해서 참을 수가 없을 지경이다.

소울리에는 다시 한 번 고개를 숙이더니 밖으로 사라졌다.

그녀가 또각또각 발자국 소리를 내며 사라지는 것을 나는 멍하니 지켜보았다. 얼마나 단호하게 사라지는지 단 한 번도 뒤돌아보지 않았다. 그녀는 작별을 고했다. 나와 록그레이드에게.

남아 있던 후작은 우울한 얼굴로 물었다.

"언제 죽는 건가?"

"곧."

피식 웃으며 대답하자 후작도 고개를 끄덕였다.

"그렇군. 내 제자인 록그레이드는 죽어버렸나?"

"그렇습니다."

"독살당했어."

"그렇죠."

맞장구를 치자, 그는 우울한 얼굴로 날 보더니 몸을 돌렸다.

"잘 죽었지, 그 병신 자식. 불면증에, 신경증에 온갖 너저분한 정신병은 다 달고 있던 그놈. 솔직히 말해 검에 대한 재능 이외엔 인간적으로 전혀 쓸모없는 놈이었어."

"심하네요."

피식 웃자, 후작은 무표정한 얼굴로 욕설을 퍼부었다.

"아니, 진짜야. 그놈은 미친놈이었어. 잠도 자지 못하고 밤새 날뛰며 안절부절못했지. 단 한시도 마음을 놓지 못했고 밥도 편히 먹지 못했어. 병신 자식."

그는 허리에 맨 장검을 툭 쳤다.

"잘 죽었어. 정말이야. 잘 죽었어."

그는 그렇게 말하더니 몸을 돌렸다. 소울리에와 달리 나에겐 인사도 하지 않았다. 록그레이드가 아니니까 인사도 할 필요가 없다는 식이다. 그는 그렇게 사라졌다. 나타났을 때와 마찬가지로 바람처럼 사라졌다.

바람이 차다.

발 밑으로 낙엽이 비명을 지르며 지나갔다. 나는 다친 몸을 새삼 느끼며 벤치에 몸을 기댔다. 묘하게도 마음이 편안했다. 정말 이상한 기분이었다.

벤과 나만이 남았다. 아니, 메이도 있었다. 메이는 방금 오고 간 이야기가 무엇인지 완벽하게 이해하고 있지 못하는 눈치였지만 그래도 나는 손을 뻗어 그 애의 기억을 지웠다. 내가 록그레이드 황태자라는 것이 알려지면 곤란하니까.

한참 동안 나와 벤, 그리고 메이는 석상처럼 그 자리를 고수했다. 메이는 멍한 상태로, 나는 허탈한 상태로, 그리고 벤은 여전히 무릎을 꿇은 채로.

"여관으로 돌아갈까?"

내가 조용히 말하자 그는 일어섰다.

여관으로 가며 나는 천천히 물었다.

"후작은 정말 나의 검 스승이었어?"

"네. 정확히 말하면 대련 상대였다고 보는 게 옳을 겁니다."

"그럼 황제 폐하의 명으로 날 가르친 게 아닌가?"

벤은 잠시 생각하더니 고개를 저었다.

"그건 아닌 것 같습니다. 제가 전하를 뫼시기 전부터 데블린 후작은 전하의 곁에 있었습니다. 아마 전하께서 소드 마스터가 될 거라는 소문을 듣고 흥미가 생겨서 전하의 주변을 맴돈 게 아닌가 하고 생각은 합니다만."

"그 성격에 날 차근히 가르쳐 줄 리는 없겠지."

내가 피식 웃으며 말하자 벤은 진지하게 대답했다.

"전하께 뭔가를 가르쳐 줄 정도로 대단한 사람은 없습니다."

그 말에 나는 그를 어깨 너머로 돌아보았다. 메이는 마법의 여파인지 아니면 원래 그런 건지 매우 지친 얼굴이었다. 생각해 보니 어제부터 내내 제대로 쉴 틈도 없었던 것 같다. 지치는 것도 무리는 아닐 것이다.

"그 정도로 내가 대단했나?"

작게 중얼거리자 벤이 너무나 진지하게 대답했다.

"대단하셨습니다. 전하의 스승을 자처할 수 있는 자는 아무도 없었습니다."

"마법의 기초를 가르쳐 준 분이 있었다던데."

"그분은 뭔가를 가르쳐 주셨다기보다는……."

벤은 잠시 망설였다.

"그냥 전하를 매우 아꼈던 것 같습니다."

말을 고르는 벤의 태도에 나는 조금 묘한 기분이 되었다. 성질 더러운 록그레이드를 위해준 사람이 있었다는 것이다. 천재인데다 성질도 이상하고 불면중에 광기(狂氣)까지 갖춘 그라는 존재를 사랑해 주는 사람이. 하지만 그도 결국은 록그레이드를 죽이려는 황후의 음모에 휘말려 죽임을 당했다. 나로서는 그렇게나 록그레이드가 황후에게 집착하고 있다는 게 더 놀라웠다. 아니, 어쩌면 록그레이드도 황후를 증오하고 있었을지도.

아까부터 거리가 매우 시끄럽다고 생각했다. 왠지 들떠 있는 듯했다. 파리한 얼굴을 한 사람들이 축배를 든다며 떠들어대고 있었다. 뭐지? 벌써 이 도시를 자유롭게 해주겠다는 공고라도 떴나.

"이겼다!"

"만세!"

의용병으로 보이는 몇몇의 늙수그레한 남자가 고함을 지르며 창이라 부르기에 민망한 작대기를 휘둘러 보았다. 떼거지로 몰려다니는 모습이 굉장히 어설퍼서 이 모양 이대로 전쟁터에 나가지 않아서 진짜 다행이라는 생각이 들었다. 셔든, 베어든의 군대는 정말로 정비가 잘 된 군대였으니까.

"살았어! 결국은 살았다구!"

"다른 영주들이 모두 물러나기로 했다!"

"셔든도, 베어든도 모두 사라질 거야!"

"만세!"

울부짖음이 여기저기서 터지고 있었다. 언뜻 봐도 주점에서는 술을 돌리고 축배를 드는 분위기였다. 여자들은 서로 얼싸안은 채 울고 있었고, 애들은 뭔지도 모르고 뛰어다녔다. 나는 전에 보았던 패더의 가게 방향으로 고개를 돌렸다. 그쪽에서도 환호성이 터져 나오고 있다. 갑자기 희미하게 패더의 가게에서 나에게 의뢰를 했던 작은 소녀가 떠올랐다. 그녀는 분명 이 도시를 구해달라고 그렇게 의뢰했었지.

"셔든과 베어든의 군대는 아직도 그 자리에 있나?"

"반나절 거리 정도로 물러선 모양입니다. 셔든이나 베어든은 아직도 시청에 머물고 있습니다만 그들로서도 허튼짓은 못할 겁니다."

"……."

벤은 잠시 침묵했다.

"데블린 후작이 있었으니까요."

그래, 그가 모든 것을 봤으니까 셔든이든, 베어든이든 어디 가서 딴 짓은 못할 것이 분명했다. 난 내 자신이 해결한 게 아니라는 찜찜함 때문에 울적해졌다. 이건 결국 후작이라는 거물이 등장해 도장을 찍어준 셈이 되었다. 서든도 베어든도 위협에 굴복하는 사내들은 아니었다. 하지만 나는 그저 사람들을 위협하는 방법밖에는 몰랐던 것이다.

굉장히 어설프지만 어쨌거나 해결은 된 것도 같다. 물론 원한을 무지하게 사면서 해결된 일이지만.

여관에 도착하자 갑자기 시끄럽던 주점 안이 삽시간에 조용해졌다. 시커먼 용병들이 죽치고 있던 여관에는 각기 술잔을 들고 있던 남자들이 놀란 눈으로 나를 보고 있었다. 다들 술을 마시고 있었는지 얼굴이 벌겋다.

"암격왕 만세!"

"만세!"

달려드는 시선이 따갑다 할 즈음 갑자기 환호성이 터졌다.

그들은 갑자기 나에게 달려들려다가 벤의 제지를 받고 잠시 머뭇거렸다. 그들이 뿜어내는 열기 때문에 어지러웠다. 순수한 감정의 파도가 내 앞으로 밀려왔다. 낯뜨거워질 정도다. 여관에 모인 수십 명의 사내가 모두 나에게 술잔을 들어 보이며 찬사를 보냈다.

"암격왕 덕분입니다!"

"당신이 안 계셨다면 모두 죽었습니다!"

"이거야말로 우리의 행운입니다."

"암격왕 만세!"

그렇게 순순히 그 찬사를 받아들일 정도의 기분은 아니었지만 최소한 소울리에의 울음소리를 지워줄 정도는 되었다. 그들은 나에게 술을 권하고 음유 시인 같아 보이는 남자는 내게 찬양하는 시를 짓겠다고 달려들었다. 어떤 애송이 용병은 자신의 흉갑 위에 내 사인을 받겠다고 내밀었다. 손이라도 한 번 잡아달라며 달려든 놈들도 있었다.

"이리 오십시오!"

여관 주인이 벌건 얼굴로 내게 의자를 빼주었다. 그냥 올라가서 자려고 했는데 왠지 그럴 분위기가 아니라서 우물쭈물 자리에 앉자, 여관 주인은 말 그대로 새끼 돼지를 통째로 구워 내왔다. 과일즙으로 향을 내고 캬라멜 소스로 윤기를 낸 그 통구이는 군침이 돌 정도로 맛있어 보였다.

"와아!"

옆에서 보는 자들이 부러움의 탄성을 올렸다. 술잔을 나르던 아가씨가 내 앞으로 맥주잔을 내려놓고 뒤이어 여관 주인의 아내가 허연 앞치마를 휘두르며 내 앞에 허연 케이크를 내려놓았다. 향기로운 크림 냄새에 여관 안의 사람들이 한숨을 내쉬었다.

"드세요!"

"드십시오!"

자랑스럽게 케이크와 돼지를 내놓는 사람들을 보며 나는 좀 묘한 기분이 되었다. 옆에서 벤이 돼지를 자연스레 잘라 내 접시에 놓고 케이크 한 조각을 내 앞으로 밀어냈다. 포크를 들어 케이크를 조금 집어 먹자, 안주인의 얼굴에 빛이 돌았다.

"맛이 어떻습니까?"

"…맛있군."

사실 빵은 딱딱하고 크림에선 비린내가 났다. 황궁의 호사스러움에 익숙해진 나로선 이 신선도가 떨어지는 케이크는 그다지 맛있진 않았다. 하지만 한참 동안 농성했던 이 허름한 산골 도시에서 케이크를 만들었다는 것은 대단한 일이었다. 버터도, 계란도, 우유도 매우 귀했을 텐데.

"맛있죠? 맛있죠? 내 마누라서가 아니라 원래 좀 솜씨가 있답니다."

우하하하, 웃는 여관 주인이 덩치를 흔들며 웃었다. 전에 보았을 때와는 전혀 다른 이 환한 표정에 묘하게 기분이 좋아졌다.

"아이, 원래 더 솜씨가 좋은데 재료가 영 부실해서……."

안타깝다는 듯 허리를 꼬는 안주인도 덩치가 만만치 않다. 부끄러워하는 그 모습에 한 용병이 투덜거렸다.

"이봐요, 우리도 좀 주슈. 냄새만으로도 돌아버리겠는데."

"어머머, 이건 내가 암격왕 나리에게 드리려고 아침부터 준비한 거란 말이야. 니들에게 줄 건 없어. 하지만 냄새만은 맡아도 좋아."

"이거 참, 박하우. 너무하네."

"그래, 너무한다!"

"너무하긴! 이분 아니었으면 우린 전부 다 죽었어!"

소리치는 안주인의 말에 모두 박장대소했다. 벤과 메이도 미소를 머금은 채 단정하게 서 있었다. 나도 웃고 싶은 기분이 되었다. 그러고 보니 황궁을 떠난 이후 웃을 기회가 지극히 드물었다.

"고맙네."

내 말에 안주인이 얼굴을 붉혔다.

"어마마! 뭘요."

얼굴과 태도가 절대로 어울리지 않는 안주인은 투박한 손으로 얼굴을 가리며 웃었다. 그 수줍은 듯한 태도에 야유가 쏟아졌다.

"우우우."

"시끄러워!"

"자아. 우리 축배를 듭시다!"

또다시 축배 시간이 되었다.

"페길 시를 지켜주신 암격왕님께 감사를 표하며!"

"암격왕님을 위하여!"

"위하여!"

모두 술잔을 높이 세우며 내 얼굴이 붉어질 정도로 찬양을 해댔다. 진짜 얼굴이 간지러워 죽을 지경이었다. 록그레이드는 대체 어떻게 견뎠을까. 하기야 그놈은 황태자니까 얼굴이 매우 두꺼웠을 것이다. 나는 키득거리며 술잔을 기울였다.

"메이."

케이크 조각을 메이에게 내밀었다. 아까부터 메이는 눈을 부릅뜨고 케이크를 바라보고 있는 중이었다. 그 애는 잠이 다 깬 얼굴로 돼지구이와 케이크를 넋을 잃은 채 보고 있었다.

"먹어라."

내 말에 메이는 어쩔 줄 몰라 하는 얼굴로 벤을 바라보았다. 벤은 눈썹을 한 번 치켜 올리는 오만한 표정을 지어 보이더니 고개를 가볍게 까딱거렸다. 그리고 나서야 메이는 허겁지겁 케이크를 먹기 시작했다.

"자, 너도."

나는 아까부터 침을 흘리고 있는 작은 꼬마에게 손짓했다. 여관에서 잔심부름이나 하는 꼬마였다. 바짝 마른 꼬마는 내가 자신을 부르자 믿어지지 않는다는 듯이 부들부들 떨었다. 그 모습에 뒤에 있던 한 용

벤이 꼬마의 등을 밀었다.

"가봐, 암격왕께서는 어린애들을 귀여워하신다."

별로 그런 건 아니었지만.

주춤 다가온 꼬마에게 케이크 한 조각을 잘라주었다. 망설이던 꼬마는 허겁지겁 먹고 있는 메이의 눈치를 살짝 보다가 작은 소리로 물었다.

"도, 도, 동……."

"뭐?"

"도, 동생한테 줘도 돼요?"

"돼."

벤이 대신 대답했다. 그는 한 조각을 더 썰어 꼬마에게 건넸다. 꼬마는 황홀한 얼굴로 나무 접시에 담긴 케이크 조각을 바라보았다. 하얀 크림이 얹어진 케이크는 달디단 향기를 뿜어내고 있었다.

"가, 감사합니다!"

고개를 바닥까지 숙인 꼬마는 허겁지겁 뒤로 물러났다. 그리고는 순식간에 사라져 버렸다. 그 모습에 몇몇이 웃음을 터뜨렸다.

그렇다. 난 결국 저런 걸 보기 위해 나섰는지도 모르겠다. 메이가 아귀아귀 먹어대고 있는 것을 바라보며 웃음이 터져 나왔다. 크림이 코에 묻고, 뺨에 묻고, 손가락에 묻은 걸 핥고 또 핥는 그 모습. 진짜 어린애들이 죽어가는 것은 싫다. 구해달라고 앙상한 손이 매달리는 것을 상상하는 것만으로도 가슴이 저렸다.

그런데 이건 록그레이드의 기분일까. 아니면 '나'의 기분일까.

"더 먹어."

순식간에 먹어치우고 너무나 불쌍한 표정을 짓고 있는 메이에게 한 조각을 더 주었다. 메이는 눈알이 튀어나올 것 같은 표정으로 열심히 먹는다.

"정말 자상하셔."

옆에서 안주인이 호호 하고 묘한 웃음을 지었다. 좀 거북하다.

"좀 더 드세요. 드세요."

자꾸 내미는 통돼지구이를 몇 점 집어 먹고 나는 눈을 밝히고 있는 자들에게 통돼지구이를 개방했다. 다들 먹고 싶어 죽을 지경이라는 것은 안 봐도 뻔했다. 잔을 비우고 천천히 일어나자 안주인이 안타까운 듯 새된 소리를 냈다.

"아니, 저! 벌써 일어나시려고요?"

"그만 쉬지."

내 말에 안주인은 두 손을 움켜쥐고 어쩔 줄 몰라 하는 표정을 지었다. 뒤에 있던 여관 주인도 얼굴을 찌푸리며 술을 권했다. 아예 술통 하나가 통째로 나와 있었다.

"제가 비장의 포도주를 올리려고 했었는데! 이거 한 잔만 더 하고 가십쇼!"

"네에! 그러세요!"

안주인이 교태 아닌 교태를 부리며 내 잔에 붉은 포도주를 따라주었다. 별수없이 들이키자 안주인은 기분 좋게 웃으며 물었다.

"맛있죠? 드세요, 드세요."

"이거 12년 묵은 놈입니다. 제 아버지가 담그신 거죠. 드세요, 드세요."

연신 권하는 바람에 난 연거푸 다섯 잔이나 마시고 말았다. 꽤 독해서 취기가 올라오는 듯하다. 조금 더운가 싶었는데 갑자기 누군가가 뒤에서 내 옷자락을 잡아당겼다.

이 대담한 짓을 한 녀석이 누군가 하고 고개를 돌렸더니 놀랍게도 패더의 가게에서 일하던 소녀였다. 이름은 잘 기억나지 않지만 그 커다란 눈만은 기억이 난다. 내게 의뢰를 한 당돌한 아가씨였다.

"저, 저기."

고개를 푹 숙이며 인사부터 하는 그 모습에 나는 미소를 지었다. 왠지 웃음이 절로 난다. 설마 취했나?

"메, 메어리라고 합니다. 저기, 저, 저를 기억하시지요?"

"그래."

"가, 감사를 드, 드리러 왔습니다."

소녀는 빨개진 얼굴로 연신 고개를 숙였다. 치맛자락을 움켜쥔 손가락이 부들부들 떨리고 있었다.

"구, 구해주셔서 감사합니다."

"그래."

나는 아무 말도 하지 않았다. 어린 소녀는 두 눈에 눈물을 가득 떠올린 채 갑자기 부들부들 떨던 두 손을 뻗어 내 옷자락을 잡았다. 나도, 벤도 깜짝 놀랐다. 나뿐만이 아니었다. 내 주변에 있던 자들 모두가 헉 하고 놀랐다.

"가, 감사합니다!"

소녀는 무릎을 꿇은 채 내 옷자락 끝에 키스했다. 흙이 묻고 너저분한 그 검은색 로브 자락 끝에.

"······."

충격적인 침묵이 내려앉았다. 시끄럽던 여관 안은 완전히 침묵에 휩싸였다. 벤조차도 놀랐는지 접시를 든 채 굳었다.

나는 작은 체구의 소녀를 물끄러미 내려다보았다. 자기가 하고도 놀랐는지 메어리는 어쩔 줄 몰라 하고 있었다. 나를 차마 올려다보지도 못하는 그 모습에 웃음이 새어 나왔다.

"메어리."

나는 피식 웃으며 작은 손을 잡아 일으켜 세웠다. 그리고는 천천히 로브의 두건을 뒤로 넘겨 얼굴을 드러냈다. 그 순간 놀란 사람들이 헉 소리를 냈다. 메어리 역시 두 눈을 부릅뜨며 입을 벌렸다.

"이왕 하는 거라면 더러운 옷자락에 하지 말고 여기다 해라."

나는 내 뺨을 가리키며 재촉했다.

그 말에 갑자기 환호성이 터져 나왔다. 휘파람 소리가 여관 안을 뒤흔들었다.

"와앗!"

"좋았어! 이왕이면 입술에 해라!"

"대담한 꼬마 아가씨가 암격왕의 가슴을 녹였어!"

"와, 대단해!"

환호와 야유가 뒤범벅이 된 상태로 나는 재촉했다.

"어서."

소녀는 아까와는 다른 의미로 새빨갛게 된 채 부들부들 떨며 내 뺨에 키스했다. 그 모습에 나는 소리 내어 웃음을 터뜨리고 말았다.

"대담한 아가씨가 왜 그리 겁에 질리나? 내가 잡아먹을까 봐 무서워?"

"아, 아, 아니오."

고개를 내젓는 그 모습에 나는 케이크 접시를 내밀었다. 메어리는 빨개진 얼굴로 주춤거리며 내 옆 의자에 앉았다. 벤이 내 술잔에 포도주를 한 잔 더 따랐다. 나는 그의 얼굴이 부드러워진 것을 눈치 챘다.

"취하신 모양입니다."

벤이 미소를 머금은 채 속삭였다.

"천만에."

"그럼 저 어린 아가씨가 마음에 드신 겁니까?"

나는 턱을 잡은 채 빙글 웃었다. 모처럼 맨 얼굴로 사람들 앞에 앉아 있으려니 좀 쑥스럽긴 하지만 시원하긴 했다.

"침대 시중을 들라고 할깝쇼?"

그의 말에 나는 허탈하게 웃었다. 옆에 있던 여주인이 그 소리를 듣고 큰 소리로 웃었고 메어리 자신도 웃었다.

"암격왕 나리가 이렇게나 미남이신 줄 정말 몰랐어요. 아, 정말 끝내주게 미남이세요!"

묘한 시선을 보내며 안주인이 허리를 흔들었다. 그녀는 의미심장한 눈으로 내 앞으로 고기 접시를 밀면서 물었다.

"진짜, 밤 시중을 들 애를 올려 보낼까요?"

"됐수."

벤이 거절했다. 그는 눈살을 찌푸리며 턱짓했다.

"주인님께서는 조용히 쉬시는 것을 택할 것이니 신경 쓰지 마시오."

"어머머, 난 어디까지나 나리도 남자시니까 오늘 같은 날은 따스한 여자의 품 안에서 쉬시라는 의미였는데."

"됐다니까."

"암격왕 나리와 한 번만이라도 잘 수 있다면 알몸으로 춤이라도 출애들을 몇이나 알고 있다구요. 이렇게나 젊으신 미남이라는 게 밝혀졌으니 이제 페길 시 전체의 여자들이 다 들고일어날 게 뻔해요."

"됐다니까."

지쳤다는 듯 벤이 손사래를 쳤다. 여기가 만약 황궁이었다면 저 여주인은 이미 몇 번이나 죽었을 게다.

"무시무시한 흑마법사라 하시더니 이렇게나 젊은 미남이셨다니."

그녀는 두 손을 마주 잡고 별빛이 일렁이는 눈으로 날 바라보았다. 매우 거북하기에 슬그머니 시선을 술잔으로 돌렸다. 갑자기 내게 친근감이라도 느꼈는지 용병들 몇이 내 어깨 너머로 소리 내어 웃으며 말을 걸었다.

"맞아, 맞아. 이렇게나 젊은 미남이었다니. 얼굴을 그동안 왜 가렸는지 몰라."

"난 정말 백발이 성성한 노인이라고 상상했다구."

"나도 그랬어. 대장이 스승님 스승님 하고 매달리니 더 더욱 그랬지 뭐야!"

웃는 자들 속에서 나는 낯익은 얼굴 몇을 발견했다. 나와 함께 왔던 일행― 게일즈라든가 로빈, 랠프 등이 보였다. 그들은 내 얼굴을 보고 놀란 얼굴을 감추지 못했지만 단 하나, 랠프만은 내 얼굴이야 어쨌든 나와 시선이 마주친 것만으로도 무서워하는 것 같았다. 그렇군. 전에 케세피아네카스를 소환했을 때 옆에 있었지. 로빈이 나에게 술잔을 들어 보이며 목례를 했기에 나도 나름대로 고개를 끄덕거려 주었다. 하지만 역시 다가서진 않았다. 두꺼비의 여파가 좀 컸나 보지.

"이제 서든도, 베어든도 자기 영지로 돌아갈 거야."

"페길 시는 이제 안전해졌어. 이게 다 멜더른 남작의 음모였다며?"
"아아, 세상에. 기가 막혀서."
"음모였지, 음모! 이것을 밝혀낸 분이 바로 암격왕이셔!"
"이제 두 다리 뻗고 잘 수 있겠네. 다음 영주는 누구래?"
"로그란드 소공자라고는 하는데, 어쩌면 게올레 대장이 대리 영주가 될지도 모른대."
"그럼 지금과 별 차이 없겠네!"
"게올레 대장이 영주가 됐음 좋겠다."

게올레가 영주라. 그는 어떤 귀족이 될까? 나는 그들이 하염없이 떠드는 소리를 귓등으로 흘리고 구석에 얌전하게 앉아 있는 메어리에게 물었다.

"패더는?"
"주인님께서는 지금 가게에 계세요. 저는 주인님께서 일이 해결되었다고 하셔서 여기에 왔어요."

공손하게 메어리가 대답했다. 내가 어려운지 여전히 얼굴을 푹 숙인 채였다.

"그래."

패더는 아마도 나를 내내 원망하겠지. 아니, 무서워하겠지. 어쩌면 밤중에 내가 나오는 악몽을 꿀지도 모른다. 시커먼 두건을 눌러쓴 흑마법사가 나와서 마구 사람들을 학살하는 그런 꿈. 패더만이 아니고 서든이나 베어든, 그리고 짐도 날 두려워하게 되었다. 어젯밤에 보여준 그 말도 안 되는 웃기는 연극을 보고 더 그렇게 되었을 것이다. 내가 사악한 흑마법사라는 것을 뼛속까지 깨달았을 테니까. 패더가 마음에 묘하게 걸리는 것은, 그가 진짜로 순수한 인물이기 때문인지도 모른다. 짐과는 달리 그는 자신의 지식을 사람들에게 사용해 본 적이 별로 없었던 것 같다. 그래서 자기 힘을 자기 스스로가 인식하지 못했다. 그렇지만 이제 그는 자신의 지식을 분명히 사용하게 될 것이다. 그리고 뼈저리게 느끼겠지. 자신이 얼마나 대단한 힘을 가진 인간인지.

술을 몇 잔 마시고, 운율도 안 맞는 어설픈 음유 시인에게 찬사를 받고, 한참이 지나서야 나는 자리를 뜰 수 있었다. 후작에게 다친 상처가 욱신욱신 아팠다. 내가 자리를 뜰 때까지도 술판은 끝나지 않았다. 밤새도록 놀아보겠다는 듯 소란만 더해갔을 뿐이었다. 계속 찬사를 듣기도 그래서 나는 슬그머니 일어나 계단을 올랐다. 꾸벅꾸벅 졸던 메이는 이미 잠들어 있었다. 벤은 메이의 몸을 안아 들고 계단을 오르면서 혀를 찼다.

방 안에 들어서자 벤은 재빨리 침대 정리를 하면서 물었다.

"브랜디를 올릴까요?"

"아니, 차나 한 잔 마시고 자겠어."

"세피로 차를 올릴까요?"

"그래."

벤은 준비해 온 차를 꺼내 찻주전자에 담았다. 대체 어디서 찻주전자를 구했는지 참으로 놀랍기만 하다. 그는 차 준비를 마치고 내 다리의 상처를 돌보았다. 출혈은 이미 마법으로 멈췄지만 아무래도 꿰매야 할 상처인 듯싶다.

"전하, 아까 그 소녀 하마터면 큰일날 뻔한 거 아십니까?"

"응?"

벤이 작게 웃었다.

"역시 모르셨군요. 옷자락에 키스하는 것은 황족이나 성자로 인정받은 자들에게나 할 수 있는 존경의 표시입니다. 보통 사람에게 할 수 있는 일이 아닙니다."

"그런가."

나도 놀랐었다.

그렇게나 경건하게 무릎을 꿇고 내 옷자락에 키스하리라곤. 그 순간 내 자신이 전설 속의 영웅이나 된 듯 느껴져서 기분이 묘했었다. 사악한 흑마법사 대접을 실컷 받고 온 이 마당에 갑자기 성자나 영웅을 대하듯 무릎 꿇은 소녀라니.

"얼굴을 드러내신 것은 잘한 건지 잘못한 건지 모르겠지만, 이 여관 안에도 어쩌면 전하의 얼굴을 알고 있는 자가 있을지도 모릅니다."

"글쎄."

내가 시큰둥하게 중얼거리자 벤은 작은 소리로 설명했다.

"용병들 중에는 분명 전하의 얼굴을 본 자들이 있을 겁니다. 곧 소문이 퍼지겠지요."

"암격왕이 록그레이드 황태자다, 라고 말인가?"

"네, 그럴 겁니다."

"아무래도 상관없다고 생각하는데. 어차피 황궁을 떠나왔으니 더 이상은 관계없어."

나는 눈을 감았다. 차 향이 우아하게 코끝을 건드렸다. 취기로 달아오른 몸이 천천히 가라앉는 것 같았다. 기분이 점점 가라앉았다.

"전하께서 좋은 기분이 되셔서 다행입니다."

작은 목소리로 벤이 덧붙였다.

창밖의 나뭇가지가 문 위에 그림을 그렸다. 차가운 바람이 들지 않도록 벤은 꼼꼼하게 덧창까지 닫았다. 어둠침침한 방 안에 퍼지는 차향(茶香). 벤은 내게 고개를 숙여 보이고는 밖으로 나갔다.

식량 사정이 열악한 이곳에서 과자는 또 어디서 났는지. 차는 또 어디서 났을까. 나는 궁금히 여기지 않기로 했다. 그냥 있는 그대로 받아들이기로 하자. 너무 지쳤다.

오늘도 많은 일들이 있었다.

새삼스레 나는 끔찍한 흑마법사이며 악당이라는 것을 깨달았고, 데블린 후작과 소울리에에게서는 사망 판정까지 받았다. 갑자기 황제와 황후의 얼굴까지 보고 싶어지는 것은 내 마음이 지금 정상이 아니라는 증거였다.

뜨거운 찻잔을 들고 생각한다. 대체 뭐가 잘못된 걸까.

흑마법사인 내가 왜 록그레이드의 몸속에 들어온 걸까. 난 누굴까. 가끔 백일몽처럼 등장하는 자들, 낯선 장소의 낯선 사람들. 너무나 상반된 두 사람— 원당과 유데이스 겔. 그들과 나는 어떤 관련이 있는 걸까. 그리고 내 계약자는 누구인가.

"그러고 보니 빨리 검을 찾아와야겠지."

멍청하니 혼잣말을 하다가 나는 촛불을 끄고 침대에 누웠다. 잠이나 잘까 싶어 눈을 감았다. 그리고 잠시 후 눈을 다시 떴다.

뭔가 굉장히 거슬리는 감각이 느껴졌다. 인기척이라고 하기엔 너무 희미하고, 그렇다고 해서 아니라고 할 수도 없었다. 천천히 일어나 앉아서 방 안을 재빨리 훑었다. 어두운 방 안에는 분명 아무도 없었다. 허름한 가구 몇 점만이 방문을 통해 스며드는 작은 불빛을 받아 희미하게 윤곽을 드러내고 있을 뿐이었다. 하지만 거슬렸다. 눈에 보이지는 않지만 뒤통수가 간질거리는 묘한 느낌마저 들었다. 누군가가 나를 보고 있었다.

나는 천천히 일어나 촛불을 켰다. 조금 어설퍼서 엄지손가락으로 촛농이 흘러내렸다. 벤이라면 이런 일은 당하지 않겠지만 쑥스럽게도 시중에 익숙한 몸은 이런 일에 서툴렀다. 벌써 사치스러운 생활에 익숙해졌구나 싶어 나도 모르게 얼굴이 조금 일그러졌다.

방문은 닫혀 있었다. 걸쇠는 걸려 있지 않았지만 어쨌거나 사람이 드나든 흔적은 없었다. 사람이 드나들었다면 내가 모를 리가 없었다. 창문을 보니 창문도 닫혀 있었다. 완벽하게.

나는 놋쇠 촛대에 초를 꽂아 테이블 위에 올려놓았다. 촛농이 계속 떨어졌다.

촛불이 방 안을 비춰주었다. 그림자도 그만큼 생겨났다.

"안녕."

누군가가 있었다.

나는 고개를 돌렸다. 머리가 완전히 비어버린 것만 같았다.

눈을 억지로 비비자 '그'는 우아하게 다리를 꼬며 찻잔에 손을 댔다. 하지만 그 손은 유감스럽게도 찻잔을 그대로 통과해 버렸다.

"맙소사!"

절로 신음이 터졌다.

'그'는 쓸쓸한 웃음을 지었다. 하지만 차가운 눈동자와 단정한 자세를 무너뜨리지는 않았다. 낯익은 얼굴, 낯익은 옷차림, 그리고 낯익은 눈매.

그는 록그레이드 펠러스였다.

Chapter 44

"……."

할 말이 없어 가만히 그를 보고만 있었다. 또 그 빌어먹을 마족 계집의 장난질인가 싶어 떠들고 싶지 않았다.

"화를 내는 건가?"

록그레이드가 물었다.

그 순간 나는 바보스럽게도 내가 드래곤에게 록베다라는 이름을 받은 게 다행이라고 생각했다. 그렇지 않았다면 이 상황이 얼마나 이상했겠는가. 록그레이드가 록그레이드의 유령을 만나다니.

"어떻게 된 거지?"

조금 가라앉은 음성이 나왔다. 그는 얼굴을 조금 찡그렸다. 괴상한 표정이었다.

"이상한 기분이로군, 내 목소리를 듣는 건."

그의 말이 옳았다. 내 목소리는 록그레이드의 것이다. 모두 그의 것이다.

"완전히 겁에 질렸나?"

그가 느긋한 음성으로 물었다. 진짜 정나미 떨어지는 말투였다. 나와 똑같은 얼굴로 저 오만하고 거만한 태도라니.

"어떻게 된 거냐고 묻잖아?"

내가 다시 묻자 그는 진지한 태도로 자세를 바꿨다. 그리고는 턱을 괴고 나를 관찰하듯 바라보았다. 나 역시 그를 관찰했다. 록이 록을 본다. 진짜 웃기는 상황이다. 거울을 보는 것도 아니고.

"……."

사실 완벽하게 같지는 않았다.

나는 얇은 튜닉 위에 검은 로브를 걸치고 있었고 그는 내가 황궁에서 입었던 자줏빛 가운과 검은 튜닉을 입고 있었다. 신발은 귀족들이 신는 것처럼 뭔가가 주렁주렁 달린 게 아닌 사슴 가죽으로 만든 심플한 것이었고 안에 입은 셔츠는 흰색이었다. 다행히도 레이스는 달려 있지 않았다. 보석은 호박 브로치 하나. 나는 그 브로치가 낯익다는 것을 깨달았다. 그의 옷도 낯익었다. 그렇다. 얼마 전까지 내가 입었던 옷이다. 하지만 몸놀림은 역시 조금 달랐다. 거만함이 몸에 배인 자세. 테이블에 팔을 대고 의자의 팔걸이에 팔꿈치를 기댄 자세도 평소의 나와는 달랐다. 손놀림도, 눈매도, 표정도 다르다. 같은 얼굴인데도 이렇게나 이질적으로 느껴지다니. 그동안 황궁의 사람들이 나를 그라고 믿어왔다는 게 의심스러울 정도였다.

"관찰은 끝났나?"

진짜 록그레이드는 저랬던가.

"무슨 볼일이야?"

그는 차가운 표정으로 날 다시 보았다. 내 태도가 마음에 들지 않는 모양이었다. 하긴 나라도 싫긴 하겠지. 정체 모를 놈이 남의 육신을 처억 하니 빼앗아 쓰고 있으니. 생각해 보니 좀 불쌍했다. 말 그대로 불쌍했다.

"죽어서 이미 이곳을 떠난 것으로 생각했는데."

내가 자신을 향해 바로 앉자 그도 자세를 바꿔 일어섰다. 의자를 그대로 통과하는 모습을 보니 앉아도 앉아 있었던 게 아닌 모양이다. 발치가 좀 흐린가 하고 자세히 보았더니 아닌 게 아니라 조금 흐렸다. 그리고 그림자도 없었다.

"그렇게 쉽게 떠날 수 있겠나?"

그의 말에 나도 수긍했다. 하긴 좋은 상황은 결코 아니었지.

"하지만 그 마족 계집이 내내 네 영혼을 탐내고 있었던 것 같은데. 유령이 되면 더 더욱 곤란한 것 아니야?"

베세레스 아이의 이야기가 나오자 그는 불쾌한 듯 미간을 잔뜩 찌푸렸다.

"그 여자와 만났었지? 뭐라던가?"

"몰라? 내내 내 옆에 있었던 것 아니야?"

"아니야. 의식은 희미했어. 그대가 황궁을 떠날 무렵부터 또렷한 의식이 돌아왔다고나 할까. 게다가 내내 그대 옆에 있던 것도 아니었으니."

"그럼 황궁을 떠돌아다녔나?"

"그랬던 것 같아."

유령과 이런 대화를 나누다니. 그것도 좀 묘한 기분이었다. 대체적으로 유령이란 이런 식으로 의식이 또렷하지 않다. 죽은 당시의 충격으로 유령이란 단편적인 기억과 감정만을 가지고 흐느적거릴 뿐 이처럼 이성적인 대화를 나눈다는 것은 불가능한 일이었다. 록그레이드가 특별한 케이스인 것만은 확실했다.

"그럼 내가 황궁을 떠난 이후부터는 내내 내 옆에 있었나? 아니, 왜 내 옆에 있었던 거지? 육체를 되찾기 위해서?"

"난 이미 죽었다는 걸 잊지 마라."

록그레이드의 말투는 매우 거슬렸다. 황제와 똑같은 그 말투를 듣고 있자니 좀 부아가 났다.

"내 옆에 내내 있었는데 왜 이제야 나타났지? 설마 하니 나에 대한 원망이 사무쳐서 그런 건가?"

그는 피식 웃었다.

우울한 웃음이어서 나는 사실 내가 이렇게 잘난 척할 상황이 아니라는 것을 깨달았다. 진짜 록그레이드가 '내 몸 내놔' 하고 달려들 수도 있는 것이다. 이건 위기였다.

"그럴 리가. 그대에 대한 원망은 별로 없어."

"믿어지지 않는군. 내가 갑자기 그대의 몸을 빼앗았는데 원망이 없다니?"

미심쩍다는 표정으로 그를 보자 록그레이드는 팔짱을 낀 채 내 앞으로 걸어왔다. 발자국 소리도 나지 않아서 눈앞에 뭐가 있다는 게 실감이 나지 않았다.

"그건 계약에 의한 것이었어. 그리고 나는 십여 년간 그것을 충분히 되새기고 있었지."

 조용한 그의 말에 나도 조금은 가라앉았다. 그리고 새삼스레 깨달았다. 내 눈앞에 있는 인간이 정말 얼마나 강한 인간인지.

 "타인이 갑자기 내 몸을 빼앗아 내 이름을 가지고 내가 가야 할 길을 걸을 것이라는 건 예상하지 못했었어. 나는 내가 어느 날 갑자기 소멸할 것이라 생각했었지. 그래서 내가 가진 모든 것이 다 사라질 것이라고, 그렇게 믿고 있었어."

 나도 비슷한 생각을 했었다.

 "그런데 그게 아니었지."

 "맞아, 아니었지. 나라는 자가 갑자기 그대의 몸을 하고 그대의 행세를 했지."

 조용히 그의 말에 수긍하자 록그레이드는 한숨을 쉬었다.

 "묘한 기분이군."

 흐릿한 웃음. 나와 똑같은 얼굴인데 정말 달랐다.

 "내 얼굴을 보고 이런 말을 하게 되다니."

 "동감이야."

 잠시 이상한 침묵이 가라앉았다. 나는 일렁이는 촛불을 멍하니 바라보면서 이 비현실적인 상황을 이해하려고 애썼다. 설마 이건 또 꿈일까? 원당과 유데이스 겔처럼 내가 환상을 보는 것 아닐까? 죽어버린 록그레이드의 유령이 내 앞에서 이런 식으로 지껄이다니. 상상도 못했던 일이다.

 "이봐."

 냉담한 어투로 그가 멍한 내 얼굴을 보며 말을 걸었다.

 "당신은 누구지? 어쩌다가 내 몸속에 들어가게 된 거지?"

"나도 몰라. 내 옆에 항상 당신이 있었다면 알았을 텐데, 내가 진짜 아무것도 모른다는 것을?"

솔직히 대답하자 그는 고개를 끄덕였다.

"기억을 잃었다고 했지."

"그래."

"하지만 난 그걸 곧이 믿지는 않았어."

"어째서?"

내가 반문하자 그는 싸늘하게 웃었다.

"그대의 행동은 기억을 잃은 자의 것이 아니었으니까. 자기 자신을 모르는 것은 분명하지만 행동은 확신을 가진 자의 것이었어. 광기가 스며 있었지만 자제할 수 있는 자의 것이었지. 그저 이름만 모를 뿐, 그대는 정확히 자신이 어떤 자인지 알고 있지 않았던가?"

"정말 거슬리는 말투로군. 그거 황태자 전하의 말투인가?"

"이십여 년간 쌓여온 버릇이 한순간에 날아갈 순 없잖아? 그대는 귀족은 아니야. 하대가 익숙한 것을 보아하니 범상한 인물은 아니겠지만 말투나 행동으로 봐선 귀족의 교양이 보이지 않아."

"교양없어서 미안하군."

조금 울컥했다. 하지만 황궁에서는 다들 나를 좋아했다구.

잠깐 어색한 침묵이 흘렀다. 나는 이 작자를 어떻게 해야 할지 알 수가 없었다. '유령아, 물러가라' 하고 오러를 발현할 것인가, 아니면 마주 앉아 이야기라도 길게 늘어놓아야 할까. 하긴 그동안 의문이 너무 많았다. 록그레이드 본인이 아니면 절대로 모를 그런 비밀들이 아직도 내 주변에 널려 있었다. 하지만 이렇게 오만하기 짝이 없는 면상을 보고 있자니 그가 그런 이야기들을 줄줄이 늘어놓을 것 같지는 않다. 그리고 그게 중요하게 느껴지지도 않았다. 아, 상처가 아프다. 열이 나는 것도 같다.

"아직 궁금한 게 많아, 그대에 대해선."

내가 그렇게 말하자 그는 자연스럽게 나를 바라보았다. 아무리 보아도 익숙해지지 않는 저놈의 이목구비. 같은 얼굴을 하고 있으면서도 이렇게나 다르다니.

"나에 대해서? 하긴 내 흉내를 내고 있으니 궁금도 하겠지."

조금이라도 분노가 묻어 있을까 싶어 자세히 그를 관찰했다. 하지만 파리한 그의 얼굴은 여전히 냉담하기만 했다. 꼭 수정으로 깎아놓은 조각상처럼 단정하기만 하다.

"어째서 화를 내지 않지? 이건 굉장히 너에겐 불공평한 일일 텐데."

너라는 말에 그의 얼굴이 조금 불쾌한 듯 일그러졌다. 하지만 그도 잠시 후 무표정으로 돌아왔다.

"어차피 모든 것이 다 불공평하지. 하지만 계약을 했으니 별수없어. 내가 어리석었던 거지."

"너무 냉정하군."

나는 어쩐지 침착할 수 없는 기분이 되었다. 나도 베세레스 아이를 만나고 나서 날뛰었는데 정작 본인이 이렇게나 태연자약하다니. 어이가 없다.

"마족과 흑마법사가 되는 계약을 해서 힘을 손에 넣었다. 그리고 계약에 따라 육신을 빼앗겼다. 그것뿐이야. 여기서 발광이라도 하란 말인가? 이미 난 죽었는데."

"내가 네 얼굴을 하고 있는 것이 불쾌하지 않단 말인가?"

"불쾌해."

여전히 차분했다. 나는 저놈의 머리통을 탈탈 흔들어주고 싶은 충동에 휩싸였다. 유령이라지만 너무 냉담하지 않은가!

"하지만 그대는 모든 일을 결국 내가 원한 대로 처리해 주었다. 그대에 대한 원망은 없으니 걱정은 말도록."

"진심이야?"

미심쩍어 되묻자 그는 차갑게 웃었다.

"만약 그대가 황태자의 자리에 그대로 앉아 있었다면 나는 그대를 원망했을지도 몰라. 하지만 그대는 내 자리를 빠져나왔지."

그는 차분한 어투로 그렇게 말하고는 다시 왕자다운 우아한 태도로 턱을 괴었다. 얼마나 그 모습이 유령답지 않게 생생한지 그의 움직임에 따라 옷자락이 바스락거리는 소리까지 날 정도였다.

"네가 원한 대로 했다고?"

"그래."

그는 차분한 어투로 다시 입을 열었다. 내가 흥분하지 않자 조금은 안심한 모양이었다.

"소드 마스터 대련도 그대는 이겨주었다. 나였다면 리베이드의 검공을 그런 식으로 이기지 못했겠지. 자연스레 이겨주어 잘됐어."

"난 너보다 강하니까."

일부러 도발하듯 말하자 그는 나를 흘긋 보았다. 하지만 타이레논처럼 불타오르는 타입이 아닌지 그는 여전히 무심한 태도였다. 아아, 진짜 짜증나는군. 왜 내가 더 화가 나는 거야?

"그대는 확실히 나보다 강해. 경험도 나보다 많았던 것 같고."

"나에 대해 얼마나 알지?"

갑자기 진지하게 묻자 록그레이드는 고개를 저었다.

"나도 몰라."

"베세레스 아이에게 뭔가 들은 거 없어?"

"내가 알 리가 없지. 그녀는 그저 나를 조롱하기에 급급했어."

희미하게 그의 눈가에서 증오가 보였다. 다른 건 몰라도 베세레스 아이는 증오하는가 보다. 나도 정말 그 여자는 싫었다. 영혼의 가치 운운하면서 나를 조롱했었지.

"아니, 너는 뭔가를 더 알지도 몰라. 적어도 천재라 불리던 남자 아니야?"

그 말에 록그레이드는 쓴웃음을 머금었다. 기품이 넘치는 그 웃음에 나는 속이 꼬이는 기분이었다.

"그대도 기억을 잃은 자치고는 잘했어. 그대는 확실히 생각하는 훈련을 받은 사람이야."

"그거 고맙군. 하지만 천재까지는 아니지."

"말을 뒤집어보자구. 그대 역시 흑마법사이며 소드 마스터야, 나와 같은, 아니, 나보다 강한."

"그건 그렇지."

어쩐지 이 대화가 매우 유쾌해지기 시작했다. 록그레이드가 나에게 적의를 가지고 있지 않다는 것을 아는 순간, 나는 묘하게도 안도했다. 그와 동시에 무척이나 그에게 친근감이 들기 시작했다. 어쩌면 그가 유일하게도 나의 정체를 아는 사람이기 때문인지도 모른다. 그 앞에서라면 나는 가면을 쓸 필요가 없었다. 나는 가짜였고, 그는 진짜였으니까.

"소드 마스터이면서 흑마법사란 매우 드문 존재이지."

"그래."

"그런데 당신은 나보다 강하고 베세레스 아이보다 강해. 소드 마스터로서도, 흑마법사로서도. 그건 결국 당신이 베세레스 아이보다도 고위의 마족과 계약했다는 증거지."

그의 말에 나는 고개를 끄덕였다. 나도 거기까지는 추리했다. 하지만 그 다음부터는 진도가 나가지 않았다. 그저 록그레이드의 그림자에 휩싸여 버둥거렸을 뿐.

"당신이 기억을 잃고 내 몸에 들어왔다는 것은 당신이 흑마법사이기 때문일 거야. 그리고 그런 짓을 한 것은 분명 당신이 계약한 마족일 테고."

그는 조용히 말하고는 잠시 입을 다물었다. 지친 듯한 표정에 나는 서둘러 물었다.

"그리고?"

"그 마족은 왜 그렇게 했을까? 나는 그게 더 궁금해."

"뭐라고?"

"마족이란 한 번 계약한 흑마법사가 죽으면 그뿐이야. 당신처럼 다른 육체에 고스란히 옮겨주진 않아. 안 그래도 수명이 짧은 흑마법사에게 연연한다면 이미 마족이 아니겠지."

그 말에 나는 고개를 끄덕였다. 그렇다. 수명이 짧은 흑마법사 따위에 연연할 마족이 아니었다. 베세레스 아이는 록그레이드가 죽자 그대로 사라져 버리지 않았던가. 어차피 인간의 수명은 짧다. 마족과는 비교할 수조차 없다. 그런 마족이 굳이 나를 새로운 육체에 옮기게 해서

까지 되살릴 필요가 있었나?

갑자기 그것을 깨닫자 가슴이 두근거렸다. 나는 그런 식으로는 생각한 적이 없었다. 아니, 생각할 여력도 없었다.

"그건 당신이 그 마족에게 꽤나 중요한 인물이라는 증거야."

"그, 그럴 수 있겠지. 하지만 그렇다면 왜 기억을 지웠지? 그리고 내 계약자라면 왜 내 앞에 나타나지 않는 거지?"

내가 다시 질문하자 록그레이드는 고개를 저었다.

"그거야 모르지. 그 마족에게 뭔가 사정이 있는지도 모르지. 하지만 그대는 그래도 마법을 마음껏 쓰고 있지 않은가? 그건 그대가 여전히 계약 상태라는 것을 의미해. 죽었는데도 계약 상태라니. 그것도 묘하지."

그렇다. 내가 이 육체에 들어와 있는 걸 보면 난 죽었을 거다. 그런데 왜 나는 계약도 없이 마법을 쓸 수 있는 거지? 육신이 죽으면 계약도 끝일 텐데.

머리가 점점 복잡해졌다. 내가 누군지 캐려고 하면 할수록 의문만 더해갈 뿐이다. 나는 애써 고개를 돌리고 화제를 바꿨다.

"그건 그렇고, 너는 어떻게 내 앞에 나타난 거지? 내 옆에 있었다면서 여지껏 왜 내 앞에 나타나지 않았어?"

그 말에 그의 얼굴이 슬픈 듯이 일그러졌다.

투명한 녹색 눈동자를 마주하고서야 나는 내 눈앞에 있는 이 청년이 아직 이십 대 중반의 젊은이라는 것을 새삼 깨달았다. 젊은이. 그렇다. 아직은 많은 꿈과 욕망을 가지고 앞으로 돌진할 나이인 것이다. 이미 황혼인 나와는 달리.

"형식의 문제일까."

"형식?"

"나도 정확히는 모르겠군. 이렇게 내가 내 모습을 이룰 수 있었던 것은 오늘이 처음이야."

"그럼 그전에는?"

"이런 모습이 아니었어. 굳이 설명하자면 공기 속에 날리는 먼지 같았다고나 할까."

그는 쓴웃음을 짓고는 몸을 돌려 창문가에 기대섰다.

"데블린 후작과의 만남 뒤에 형태를 갖추게 된 거야."

그 말에 나는 아무런 말도 할 수 없었다.

"……."

소울리에. 그녀가 말했었다, '록그레이드는 죽었다'라고.

"정확히 그녀 덕분일 거라 생각해. 그녀가 나를 인정해 주었으니까. 일종의 언령일까. 그녀는 내가 죽었다고 말했어. 데블린 후작도 내가 죽었다고 했지. 그리고 너와 나는 다르다고 했어. 다른 인간이라 했지."

그는 흐트러지지도 않은 앞머리를 쓸어 올렸다. 저게 버릇인 모양이다. 벌써 세 번째 저 동작이다.

"그리고 나서 난 형태를 갖출 수 있게 된 거야."

"묘한 이야기군."

"그래, 나도 그렇게 생각해."

소울리에는 그가 고독하다고 말했다. 이렇게나 측근에게 둘러싸여 있는데도 그는 고독했던가.

"그래, 이제부턴 어쩔 거지?"

내가 할 질문을 그가 대신했다. 내가 눈을 크게 뜨자 록그레이드는 팔짱을 끼며 조용히 물었다.

"이제 이곳을 떠나 어떻게 할 거냐고 묻잖아?"

"그건 내가 할 질문 아닐까? 너야말로 그렇게 형태를 갖추게 되어서 뭘 할 거야?"

내 말에 그는 피식 웃었다. 정말 씁쓰레한 웃음이어서 죄책감을 느낄 정도였다.

"뭘 할 거냐고? 이봐. 그대는 바보인가?"

"……."

"난 유령이야. 유령인 내가 뭘 할 수 있다고 생각해?"

난 아무런 말도 할 수 없어 그저 입만 다물고 있었다. 생각해 보니 바보 같은 질문이었다.

"게다가 나를 볼 수 있는 것은 그대뿐이다. 나는 그대에게 붙어 있는 거야. 아니, 정확히 말하면 내 몸이었던 그 몸에."

씁쓸한 표정과 달리 목소리는 담담했다. 어째서 이렇게나 담담할까. 이십 대의 젊음에서 생명을 빼앗긴 남자라고는 볼 수 없을 정도로 달관한 듯한 그 태도가 나는 점점 짜증스러웠다. 하지만 솔직히 몸을 빼앗은 내가 그에게 화를 낼 입장은 아니지.

"그대야말로 내 몸을 가지고 있으니 뭔가를 할 수 있지. 그래, 그대는 뭘 할 거지?"

"글쎄."

나는 턱을 괸 채 바닥으로 시선을 돌렸다. 뭐가 어찌 되든 유령 신세인 그보다 내 신세가 낫다. 그러나 뭘 할 거냐고 저렇게 노골적으로 물어오면 할 말이 없다.

"일단은 여행을 하려고 하는데."

"리베이드로?"

"그쪽으로 가는 길이었어."

"그렇지."

그는 잠시 허공을 바라보았다. 그리고는 조용히 물었다.

"소울리에를 좋아했었나?"

"그래."

얼굴에 잔물결이 이는 것처럼 미세한 감정이 스치고 지나가는 게 보였다. 아아, 유령의 얼굴을 살피는 나도 참 기가 막힌 인생이다.

"왜 그녀를 황태자비로 맞이하고 그대로 황궁에 남지 않았어?"

그가 조용히 물었다. 어쩌면 그게 가장 묻고 싶었던 이야기인지도 모른다.

"난 네가 아니야."

그 대답에 그는 조용히 재촉할 뿐이다.

"뭐라고 말할 수는 없지만, 나는 황후가 진짜 다정한 어머니인 줄 알았어. 그리고 모두가 날 좋아해 준다고 생각했지."

그가 머리카락을 또 쓸어 올렸다. 나도 모르게 록그레이드처럼 머리카락을 쓸어 올렸다. 꼭 거울을 보는 것 같다.

"하지만 그게 아니었지. 그들이 사랑하는 것은 너야. 그리고 황후는 내가 생각했던 것처럼 다정한 어머니가 아니었어. 그녀는 그저 너를 증오했던 것만큼 나에게 죄책감을 가지고 있었을 뿐이지. 황궁은 편하지 않았어."

"……그래, 편하진 않지."

그의 우울한 얼굴을 보고 있자니 여지껏 그를 질투했던 내가 좀 바보스러워졌다.

"난 언제까지나 너의 그림자에 휘말려 살 수는 없어. 모두가 너를 원해. 모두가 록그레이드라고 날 불러. 하지만 난 록그레이드가 아냐. 그러니까 참을 수 없어."

"……."

갑자기 속이 부글부글 끓었다. 이런 모든 이야기를 털어놓을 수 있는 상대가 다름 아닌 바로 록그레이드 본인이라니. 생각해 보면 진짜 기가 막힌다.

"뭐라 말하기가 어렵지만, 어쨌든 그래."

"그대도 꽤 피곤하게 사는군."

그 말에 둘 다 웃고 말았다.

그가 촛대 가까이로 다가왔다. 그리고는 침대 위에 앉아 있는 나를 향해 슬쩍 웃는다.

"이제 그만 가는 게 좋겠어. 나도 오랫동안 떠들어서 피곤해."

"유령도 피곤한가?"

"그래. 형체를 이런 식으로 유지하고 그대와 떠드는 건 꽤나 많은 힘을 필요로 하는 것 같아. 하지만 그대와 떠드는 동안 어쩐지 조금 힘이 덜 드는 것도 같군."

"나야말로 너를 확실히 인정하는 단 하나의 인물이니까."

그 말에 그가 피곤한 얼굴로 웃었다.

"그거야말로 피차일반."

촛불이 꺼졌다.

빗소리에 눈을 뜨자 아침이었다.

빗방울 묻은 창문을 통해 들어오는 빛이 문 위로 무늬를 그렸다. 음습한 봄비가 등골을 오싹하게 했다. 진짜 이런 날씨는 별로 좋지 않다. 창문을 열자 짙은 아침 안개가 고원의 도시를 하얗게 감싸고 있었다. 그 안개 때문에 도시를 감싼 방책이나 검푸른 이끼가 낀 산등성이는 보이지 않았다. 멀리 삐죽삐죽한 산봉우리에 하얀 비구름이 부딪쳐 흩어지는 게 보였다. 바람도 제법 부는 모양이다.

다친 상처는 아파 죽을 지경이었고 날씨는 엉망이었다. 하지만 기분은 묘하게 좋다. 내 옆에 록그레이드가 있단 말이지? 바로 내가 누군지 알고 나처럼 내가 누군지 밝혀내려는 녀석이 있단 말이지?

그건 어쩐지 동지를 하나 얻은 듯한 묘한 안정감을 갖게 했다. 이 세계에 누군가 나를 알아주는 뭔가가 생겼다는 뿌듯함과도 같은 그런 것. 하지만 록그레이드도 그럴까?

쓸데없는 잡생각은 관두기로 하고 나는 어젯밤에 있었던 일이 꿈일까 싶어 슬그머니 중얼거려 보았다.

"어이, 록그레이드."

대답은 없었다.

"밤에만 나오는 건가? 아니면 대답하기 싫은 건가?"

내가 조금 큰 소리로 중얼거렸는데도 반응은 없었다. 나는 좀 풀이 죽었다. 역시 꿈이었던 모양이다. 하도 두 눈 뜨고 백일몽을 많이 꾸다 보니 또 그런 이상한 꿈을 꾸었던 듯하다.

노크 소리가 났다.

"주인님."

문을 열고 대야와 수건을 든 벤이 보였다. 내가 일어나 있는 것을 확인하고는 그가 고개를 숙이며 인사했다.

"안녕히 주무셨습니까?"

"그래."

"기분이 좋아 보이시는군요. 어제 과음하지 않았습니까?"

"괜찮아."

과음해서 나타난 환상이었던가. 내가 그렇게나 외로웠나? 록그레이드의 유령까지 볼 정도로? 어쩌면 거울을 보다가 착각을 한 것일지도 모른다고 생각하니 속이 더 썼다.

"아침 식사는 방으로 가져올까요?"

"그래."

"그럼 곧 준비하겠습니다."

그가 나가고 나서 세수를 했다. 차가운 물에 손을 담그자 어젯밤에 있었던 일이 더 더욱 파노라마처럼 펼쳐졌다. 그건 진짜로 꿈이었던가. 록그레이드는 나타나지 않았던 걸까.

"후우."

꼭 실연당한 기분이었다. 기분 좋게 그와 떠들고 나의 정체에 대해 토론했던 것이 어쩐지 무척 바보스럽다는 기분이 되었다. 그렇겠지. 그가 나를 증오하며 이를 드러내지 않은 게 더 이상한 이야기였어. 몸을 빼앗은 나에게 친근감을 보이다니 그거야말로 꿈이라는 증거다.

얼굴을 닦고 옷을 껴입다가 창문으로 스며드는 빗물을 보고 창문을 닫았다. 산중 도시라 공기는 더 더욱 차다. 하지만 산 밖으로는 이미 봄이 왔을 텐데. 그러고 보니 항상 춥기만 했다. 나는 아직 이 제국의 봄을 보지 못했다.

"후우."

한숨을 쉬는 순간 뒤에서 누군가가 물었다.

"왜?"

놀라 뒤를 돌아보니 록그레이드가 어젯밤과 똑같은 자세로 앉아 있었다. 하지만 옷차림만은 또 달랐다. 오늘은 녹색 망토를 걸치고 진홍의 튜닉을 입고 있었다. 죽어서도 멋을 부리는 거냐?

"……꿈이 아니었군."

"꿈인 줄 알았나?"

그는 피식 웃더니 벤이 가져온 대야에 손가락을 살짝 댔다. 잠잠하던 물에 둥근 원이 몇 개 그려졌다. 하지만 그렇다고 해서 그의 손가락에 물이 묻은 것은 아니었다. 그것을 보고 그는 조금 우울한 표정을 짓더니 날 바라보았다.

"왜 불렀어?"

"왜… 라기보다는 어젯밤의 일은 꿈이라고 생각했어."

그 말에 그의 눈썹이 가볍게 움직였다. 조롱하는 표정이다.

"재미있군. 꼭 애인을 처음 불러들인 정숙한 귀부인 같은데."

"그거야말로 재미있는 농담이군. 나는 귀부인을 농락하는 재주는 없어."

마주 쏘아봐 주었더니 쓴웃음을 짓는다.

"그건 마가렛 궁부인 이야기인가?"

"그래."

나는 새삼스럽게 그를 자세히 관찰했다.

객관적으로 보아도 그는 아름다운 젊은이었다. 아니, 아름답다기보다는 잘생겼다고 말할 수 있겠지만. 그는 윤기있는 검은 머리카락과 검푸른 눈동자, 그리고 잘 단련된 체구를 하고 있었다. 물론 그 정도 외모는 귀족 중에도 많이 있었다. 저 찬란한 미모의 세클리어를 생각해 보라. 하지만 지극히 오만하면서도 당당한 기품이 그에게 있었다. 사람들 속에 아무리 묻혀도, 오러를 뿜어내지 않아도 분명히 드러나는 지배자다운 강렬한 존재감이 그를 돋보이게 했다. 또한 젊은 나이답지 않게 오랜 시간 동안 고통과 극기로 단련되고 또 단련된 정신이 육체 속에 숨어 있었다. 그것은 마치 잘 벼린 명검과도 같은 기운이었다. 아름다운 황금 조각상이 무색한 강함이 거기에 있었다.

벤이, 도노반이, 그리고 데이빗 등 그를 따르는 자들이 그에게 보이는 절대적인 충성심이 이해가 갔다. 게다가 나는 이해할 수 없지만 왕자다운 그 기품있는 태도와 남을 조롱하는 그 아니꼬운 태도는 남자들에게는 역겹지만 여자들에게는 의외로 인기가 있는지도 모른다.

"마가렛 궁부인의 아이들은, 그러니까… 너의 아이인가?"

"몰라."

"뭐?"

어이가 없어서 그를 바라보자 록그레이드는 천연덕스레 대답했다.

"그건 나도 몰라. 하지만 내 아이일 가능성은 있지."

"어째서 그런 일을 했지? 아이를 가지고 싶었어?"

"그런 건 아냐. 나도 여자가 필요했으니 손을 댔을 뿐이지. 하지만 누군가가 내 아이를 낳게 되기라도 하면 곤란하잖아? 펜게이드의 핏줄은 진하거든."

너무 담담해서 기가 막혔다.

"그녀를 좋아한 게 아니야? 그녀는……."

"아무 데나 핏줄을 뿌릴 순 없지. 계보가 복잡해지니까."

그 태도가 점점 사람을 화나게 한다. 이런 놈과 비슷하다고 생각했던 내가 바보다. 이건 뼛속까지 귀족, 아니, 황족이다. 사람을 사람으로 안 보는 이런 냉혈한 놈!

"그렇다고 자기 어머니뻘 되는 여자에게 손을 대냐?"

내가 화를 내자 그는 코웃음을 쳤다.

"진짜 어머니도 아닌걸. 궁부인일 뿐이야."

"그, 그녀는 진짜 널 좋아했어!"

내가 소리를 죽여 외치자 록그레이드는 어이가 없다는 듯 나를 바라보았다.

"그럴 수도 있겠지. 그리고 나도 나름대로는 그녀를 좋아했어. 얌전하고 입이 무거웠지."

"…왜 하필 그녀야?"

"애를 배도 나와 똑같은 외모의 아버지 덕분에 아무도 의심하지 않을 테니까."

간결한 그 대답에 기가 막혔다.

나는 뭔가 대단한 이유가 있을 줄 알았다. 마가렛 궁부인은 아주 슬퍼했고, 나는 그녀의 아이들이 내 아이들이라 생각해 데리고 나올 생각까지 했다. 그런데 정작 이놈은 그럴 생각조차 없었다니. 아니, 대단한 감정도 없이 그저 사생아를 뿌리지 않기 위해 그녀랑 잤다는 건가? 그

동안 고민했던 것이 분해 나는 입을 다물었다. 진짜 몸을 가진 보통 인간이었다면 후려 패고 싶을 지경이다.

"궁비들도 있었잖아? 둘이나 있었는데 그녀들은 외롭게 하고선 아버지의 여자에게 손을 대다니, 그게 정상이냐?"

기가 막혀 소리를 지르자 그는 어깨를 으쓱했다.

"만약 내가 완전히 사라지게 된다면 내 아이를 밴 그녀들은, 그리고 또 내 아이의 미래는 어떻게 된다고 생각해?"

"그……."

"그녀들은 외국인이야. 물론 자기 고국으로 돌아가던가 외국인 공녀로서 책정된 예산에서 평생을 먹고 살 수 있어. 하지만 그것뿐이지. 그녀들에겐 국내에 기반이 전혀 없어. 고국에도 없지. 공녀로 바쳐진 왕녀라면 그 지위를 알 만하지 않겠어? 그런 그녀들에게 애를 낳게 해서 뭘 어쩌겠어? 난 황제가 아니라 황태자에 불과해. 내 아이들은 내가 있고서야 그 의미를 가진다고. 왜냐면 나에겐 아우가 있고 젊은 부황이 있으니까."

"……."

할 말이 없었다. 그렇게까지 멀리 내다보고 있을 줄은 몰랐으니까. 하지만 그의 생각처럼 간단한 것은 아닐 터였다. 카치아의 입장은? 에이리아는 그렇다 치더라도, 그녀는 고국에서 사랑받는 왕녀가 아니었다. 그녀는 고국에서도 버려진 터라 그대로 사라지고 말 여자였다. 나는 갑자기 가슴이 욱신거렸다. 내가 한 짓도 그다지 잘 한 것은 아니었다. 그녀에게 평생 잘해줄 것처럼 말하고 또 자신감을 불어넣고선 여기에 와버렸으니까.

"카치아는, 그녀는 고국에서 환영받는 입장이 아니야."

내가 억지로 말하자 록그레이드는 어깨를 으쓱했다.

"그건 내 알 바가 아니지."

"뭐야?"

울컥해 소리치자 그는 조소했다.

"잊고 있군. 나는 유령이야. 나보고 어쩌란 거야?"

할 말이 없어 결국은 입을 다물고 말았다. 그의 말이 맞다. 카치아를 건드린 것은 그가 아니라 나였다. 그녀는 내 품 안에 안겨서 이제 자존심을 지키며 궁비로서 살아가겠다고 결심했다. 아아, 제기랄. 그렇게 말하게 한 것은 나였다.

"내 위치에선 아무나 건드려선 안 되는 거지. 그대야말로 그런 것을 잊고 있어."

록그레이드가 조소하듯 충고했다.

"……"

그 말에 반격할 수 없는 게 슬펐다. 한편으로는 그렇게까지 계산하고 여자를 안아야 하는 그의 신세도 참으로 가련하다고 생각된다. 여자가 많다고 해서 아무나 건드릴 수는 없는 것이다. 결국은 풍요 속의 빈곤이다.

그도 내가 침묵하자 입을 다물었다. 별로 할 말도 없었는지 그저 빗물이 스며드는 창가를 바라보았을 뿐이다.

"그러고 보니."

갑자기 그가 말을 돌렸다. 여자 이야긴 그도 좀 찜찜했겠지.

"뭔데?"

"그대는 내내 실수를 하고 있었어."

"무슨 실수?"

그가 다시 창문을 열었다. 차가운 빗방울이 쏟아져 들어왔다. 나는 창가에서 물러나 의자에 앉았다. 그는 빗방울이 마구 튀어 들어오는 창가에 그대로 선 채 움직이지 않았다. 하기야 유령이니 젖지도, 차갑지도 않을 것이다. 빗방울들은 반쯤 투명해진 그의 몸을 통과해 그대로 방바닥에 떨어져 내렸다.

"나는 그를 황제라고 부르지 않아. 아버지라고 부르지."

"뭐?"

나는 그제야 황제가 처음 날 만났을 때 떨떠름한 표정을 짓던 것을 깨달았다. 분명히 그때 황제 폐하라고 불렀던 것 같다. 그런데 왜 도노반이나 데비드는 가르쳐 주지 않았을까.

"내가 아버지라 부르는 것은 조롱의 의미였어. 그는 아버지 노릇을 못했으니까."

하긴, 원래대로라면 황제 폐하라고 부르는 것이 정당한 호칭이니까 그들은 고쳐 주지 않았던 모양이다. 그리고 그가 아버지 노릇을 못했다는 것도 나름대로는 분명한 사실이다.

"그에게 중요한 것은 오로지 황후뿐이지. 자식들에 대한 애정은 지극히 희박하지. 어쩌면 그건 황실 특유의 내력이겠지만."

그는 피식 웃었다.

"그래서 마가렛 궁부인에게 손을 대도 죄책감이 없다고 말하려는 건가?"

내가 비꼬자 그는 피식 웃었다.

"뭐, 그렇다고 해두지. 그대는 모르겠지만 마가렛도 그것쯤은 잘 알고 있었으니까."

갑자기 노크 소리가 들렸다.

"주인님, 식사입니다."

나는 록그레이드가 사라지리라 생각했지만 그는 여전히 태연자약하게 의자에 앉아 있었다.

마침내 문이 열리고 벤이 들어왔다. 메이와 벤이 나란히 쟁반을 가지고 와 테이블 위에 음식을 내려놓았다. 나는 순간 긴장했지만 벤이나 메이는 바로 눈앞에 앉아 있는 록그레이드가 보이지 않는지 천연덕스럽게 식사 시중을 들었다.

"오늘은 날씨가 고약합니다. 아, 그리고 어젯밤 시청 쪽에서 사람이 왔습니다. 앞으로의 일을 의논하자고 게올레 준남작이 주인님을 청하는 것 같습니다만."

"그래?"

나는 수프를 마시다 말고 재미있다는 듯 나를 빤히 바라보고 있는 록그레이드 때문에 숨이 턱 막혔다. 사레가 들릴 것 같다.

"일 처리가 미숙해."

옆에서 록그레이드가 비웃었다.

그럼 어쩌라고? 하는 얼굴로 그를 쏘아보았다. 하지만 벤이 눈치를 챌까 봐 시선은 돌리지 않았다. 그저 못마땅한 듯 록그레이드의 코앞에 있는 빵을 노려보았을 뿐이다. 벤은 내가 빵이 싫어서 그런 줄 알고 당황한 듯 물었다.

"아, 다른 빵을 내올까요? 호밀 빵은 역시 너무 거칠어서……."

"아냐. 그거나 썰어."

빵을 자르고 있는 벤의 손을 노려보며 나는 록그레이드의 뒷말을 기다렸다. 록그레이드는 웃고 있었다. 그는 웃겨서 죽겠다는 듯 나와 벤을 번갈아 보더니 말을 계속했다.

"여기서 그냥 손을 털면 꼭 뒤탈이 생기게 되어 있어. 셔든이나 베어든은 욕심이 많은 자들이야. 자부심도 강하지."

그래서?

"그들에게 데블린의 이름으로 편지를 써. 앞으로 잘 부탁하노라고."

나는 어이가 없어서 고개를 들었다. 내가 왜 데블린의 이름으로 편지를 쓴단 말인가?

"위협으로 막을 수 있는 자들이 아냐. 그런 자들에겐 나름대로의 명예를 주어야 해. 암격왕과 싸우는 모습을 보았다, 암격왕이 그대들이 보여준 명예로운 태도에 무척 감명을 받았다고 전해왔다, 나 역시 맬더른 남작과는 전혀 다른 그대들의 용맹함에 감명받았다. 이렇게 쓰란 말이야."

그렇군. 그래서 그들이 데블린과 암격왕이라는 두 소드 마스터에게 인정받았다고 느끼게 하라는 건가?

"이런 지방의 소영주 따위가 데블린 후작이 칭찬하는 편지를 받을 기회란 전혀 없다 해도 과언이 아니지. 그런데 그가 그런 편지를 보내온다면 당연히 감격하지 않겠어?"

나는 별로 감격하지 않을 것 같은데. 귀족의 심리를 내가 어떻게 알겠어? 나로선 두들겨 패는 것이 더 이해 가능한 수법인데.

"그리고는 이 지역에 관심이 있다고 한마디만 쓰면 돼. 그러면 알아서들 하게 될 거야."

어떻게 알아서 하는데 하고 반문하고 싶은 것을 억누르자, 록그레이드는 특유의 냉혹한 미소를 머금은 채 설명했다.

"멜더른에게 모든 죄를 뒤집어씌우고 암격왕이 관심을 보였던 이 지역의 농노들에게 손을 대지 않겠지. 그리고 자자손손 대대로 자신들의 긍지 높은 태도에 소드 마스터 두 사람이 경의를 표해왔다며 자랑하겠지."

그렇게 간단히? 구체적으로 명령하지 않아도 될까?

"벤에게 편지를 쓰게 해."

벤에게? 하지만 데블린의 이름으로 쓰다가 걸리면 어떻게 하지? 내가 조금 당황하자 록그레이드는 나른하게 웃었다.

"벤은 항상 그런 짓을 해왔다구."

"……"

"주인님?"

벤이 숟가락을 든 채 굳어 있는 나에게 빵을 내밀며 물었다. 아까부터 빵을 노려보고 있는 내가 이상했던 모양이다. 아니, 확실히 이상한 몰골이었겠지.

"아무것도 아냐, 생각을 좀 하고 있었어."

제기랄, 이길 수 없군. 무리도 아니지. 원래 벤은 그의 부하니까. 게다가 그가 진짜 록그레이드니까. 암격왕이니까.

어쨌거나 나는 벤에게 그대로 명령했고, 벤은 고개를 숙이고는 밖으로 나갔다. 마침내 메이도 빈 그릇을 치우고 밖으로 나가자 나는 깊게 한숨을 내쉬었다.

"미치겠군."

"잘해봐. 나를 향해 말을 거는 바보 짓은 하지 말라고."

그는 쿡쿡 웃었다. 내가 당황하는 게 웃기는 모양이다.

"작은 목소리로 말해도 들리나?"

"들려."

그는 마치 식사를 막 끝낸 사람처럼 두 손을 모으고 테이블 위에 놓여진 냅킨에 손을 댔다. 하지만 손은 냅킨을 그대로 통과했다. 그 모습을 잠시 바라보고 있던 그는 내게로 시선을 돌렸다. 그 표정이 조금 우울하다고 느끼는 것은 내 착각일까.

"다른 질문은?"

"데블린 후작은 진짜 네 스승인가?"

"아니, 하지만 도움은 확실히 되었다고 말할 수 있겠지."

여전히 건방지다. 아아, 건방져. 진짜 한 대 쥐어박고 싶어질 정도로 건방지다. 젊은이다운 패기라든가 열정은 눈곱만큼도 없고, 지독한 냉혈한에 걷어차 주고 싶을 정도로 오만했다. 타이레논과 정말 너무나 다르다.

"그는 무지하게 강하더군."

"나도 놀랐어. 오러 블레이드를 몇 개나 만들어 휘두르다니. 그런 방식은 생각지 못했어. 하지만 생각해 보면 그 작자는 채찍의 명수이기도 했지."

"그래. 데블린 후작에게는 손을 쓸 수 없었어."

"그 늙은이에게 감정이 있어서 그럴 뿐이야. 사실은 그대가 더 강하겠지."

묘한 침묵이 가라앉았다. 왠지 무척이나 어색했다. 그리고 점점 더 어색해졌다.

"감정을 가진 것은 너지 내가 아냐."

"아니, 그대야. 그대야말로 후작에게 미안한 감정을 가지고 있었기 때문에 못 움직인 거지."

"미안해야 할 것은 넌데 왜 내가 미안해한단 거야?"

이를 갈자 그는 턱을 괸 채 허허 웃었다.

"나보다 훨씬 마음이 약하니까 그렇지."

"웃기지 마."

"그가 진짜 내 스승이고 나를 자식처럼 사랑한다고 생각하니까 차마 검을 휘두르지 못한 거겠지. 내 말이 틀리나?"

정곡을 너무 찔려 화가 났다. 이게 진짜 스물여섯 살밖에 안 먹은 놈이 할 소리인가?

"애늙은이 같으니라구."

내 말에 그의 눈썹이 척 치켜 올라갔다.

"뭐라구?"

"그래도 울 줄은 알아서 다행이네."

나는 히죽 웃었다. 소울리에를 생각하며 그가 울었던 일을 기억해내자, 갑자기 눈앞에 있는 이 시건방진 청년이 꽤나 귀엽게 생각되었던 것이다. 친근감은 묘하게도 배가된다.

"뭐, 뭐라구?"

"소울리에를 생각하며 울었지? 건방진 낯짝을 하고 있지만, 사실은 사랑에 눈물짓는 애송이지."

사실 애송이란 단어처럼 그와 안 어울리는 단어도 드물 것이다. 하지만 나는 그렇게 놀리고 싶었다. 싸늘하고 기품있는 듯한 그의 태도를 좀 무너뜨리고 싶었던 것이다. 하지만 그는 달려드는 대신 이를 뿌드득 갈았다. 붉어진 안색이 꽤 우습다. 유령이면서.

"누가 울었다는 거냐?"

음산하게 말은 하지만 조금도 무섭지 않았다.

"난 알아. 알고 있다구. 꿈을 꾸었거든."

내 말에 그는 두 눈을 부릅떴다.

"꿈이라니?"

"너는 모르겠지만 네 몸은 너의 기억을 가지고 있는 것 같아. 얼마 전에 네가 억지로 소울리에게 모진 말을 해서 떼어놓는 꿈을 꾸었어. 한, 스무 살 때쯤인 것 같던데."

그의 얼굴이 창백해졌다가 점점 벌겋게 변했다. 마구 일그러지는 것이 방금 전까지 그렇게도 오만하던 녀석이 아닌 것 같아 웃음이 새어 나왔다.

"일부러 모진 말을 하고서 울기는. 덕분에 이 몸도 울고 말았어."

"운 적 없어!"

단호하게 그가 잘랐다. 그리고는 약간 불안한 듯 다시 물었다.

"그 외의 것은?"

"없어. 소울리에를 볼 때마다 가슴이 묘하게 저리는 것은 분명히 네 기억 때문이겠지."

나는 히죽 웃었다.

"사랑의 감정은 심장에 각인된다더니 그 말이 사실이었던 모양이야. 애절하기도 하지."

그의 얼굴이 잔뜩 굳었다. 이런 조롱을 받아본 적이 없는지 당장이라도 폭발할 듯 두 눈이 번쩍번쩍 했다. 하지만 덕분에 그럭저럭 젊은이다운 얼굴이 되었다.

"내가 기억을 다 잃긴 했지만 한 가지만은 분명한 것 같더군. 난 자네처럼 젊은이가 아냐."

그는 눈썹을 다시 한 번 꿈틀거렸다. 저 표정은 실로 황제와 똑같다. 본인은 싫어하겠지만.

"뭘 하고 싶냐고 물었었지?"

"그래."

그는 여전히 침착했다.

나이는 사십 대라도 방방 뛰던 타이레논이나 차이나를 생각해 보면 눈앞에 있는 이 이십 대 중반의 청년은 진짜 청년인데도 오십 살 먹은 데블린 후작보다 더 나이 들어 보였다. 자제력이 너무 뛰어난 탓인가. 아니면 마음 고생을 너무 해서 그런 걸까? 그래, 다른 사람은 몰라도 나는 알고 있었다, 그의 고통을. 나는 보고 느꼈으니까. 그 역시 나의 고통을 알 수 있을 것이다. 그 역시 보고 느꼈을 테니까.

"날 록베더라고 불러."

"록베더? 그게 그대의 이름인가?"

"그렇게 되었어. 누군가가 나를 그렇게 불렀다."

록그레이드는 이상하다는 듯 눈썹을 치켜 올렸지만 꼬치꼬치 캐물으려 들지는 않았다.

"나는 리베이드로 여행할 생각이었지만 마음이 바뀌었어. 드래곤의 레어로 갈 생각이야."

그의 눈에 처음으로 놀라움이 떠올랐다. 그는 믿어지지 않는다는 듯 내 앞으로 걸어왔다.

"드래곤? 드래곤을 봤다고?"

"아아, 그때는 곁에 없었던 모양이군. 나는 드래곤의 레어에서 지내기로 약속했어."

"누구와?"

"당연히 드래곤이지. 황금의 드래곤 에메타이드 에페. 그와 약속했어."

"뭐라구?"

그는 소리 질렀다. 그리고는 믿어지지 않는 속도로 바로 내 앞까지 다가오더니 재촉하듯 턱을 들었다.

"어떤 약속이지? 정말로 드래곤을 만났다는 건가? 대화를 나누고 약속까지 했어?"

그 다급한 태도에 나는 느긋하게 웃었다. 이거참, 정말로 이 눈앞의 록그레이드가 비로소 젊은 청년처럼 보였다. 역시 드래곤이란 보통 존재가 아닌 것이다.

"그에게서 이름을 받고, 그의 알을 지켜주기로 약속했어."

"알?"

록그레이드는 경이에 찬 표정으로 입을 벌렸다. 턱이 빠질 정도는 아니었지만 이 싸늘한 청년이 입을 벌렸다는 것 자체가 놀라운 일이었다. 나는 왠지 굉장히 즐거워졌다. 어쩌면 그와 나는 누구보다도 더 가까운 사이일 수도 있었다.

"아아, 네가 나와 같이 있게 되면 드래곤을 볼 수 있을 거야. 참, 텔레포트는 할 수 있나?"

나도 모르게 목소리를 낮췄다. 록그레이드는 표정을 싸늘하게 굳히고는 되물었다.

"텔레포트해서 레어로 들어갔단 말인가? 하지만 그건 불가능한 일인데? 마나의 지배자인 드래곤 레어에 인간이 텔레포트로 들어간다는 것 자체가 가능한 일이 아니라고 아는데."

"우연이었어. 극도의 우연. 만약 일부러 텔레포트하려 했다면 불가능했겠지. 하지만 나는 그저 막무가내로 텔레포트한 거야. 좌표도 없이."

"미친 짓을 했군."

그는 턱을 만지며 희한하다는 듯 나를 바라보았다.

"무엇 때문에 그런 미친 짓을 한 거지? 당신은 그런 충동적인 짓을 할 사람이 아니잖아?"

나는 오히려 그런 말을 하는 록그레이드가 더 놀라웠다. 내 성격이 어떤지 그는 알고 있단 말인가?

"나를 아주 잘 아는 것처럼 말하는군?"

"알지. 그대의 곁에 내내 붙어 있었으니까."

씁쓸한 얼굴로 그가 웃었다. 절대로 파안대소하지 않는 가느다란 웃음. 소울리에는 그래서 그를 가장 고독한 사람이라고 생각했을까.

"그대는 의심이 많고 주의력이 깊은 사람이야. 오랫동안 흑마법사로 살아와 그 조심성이 몸에 배인 이기적인 사람이지."

"허."

"그럼에도 불구하고 정에 약해."

"설마."

내가 어이없다는 듯 항의하자 록그레이드는 조소했다.

"나라면 그 더러운 어린애를 끌어안지 않아. 그대는 아무도 믿지 않고, 아무도 가까이 하고 싶지 않은 주제에 누군가가 옆에 있어주길 바라는 습성을 가졌어."

얼굴이 덜컥하고 굳었다. 하지만 그는 비웃지 않았다. 그는 대신 머리카락을 쓸어 올리며 조각처럼 단아한 얼굴로 한숨을 내쉬었다.

"흑마법사가 다 그런지도 모르지."

"뭐라 할 말이 없군."

멍하니 중얼거리자 록그레이드는 잠시 창가로 가서 비가 내리는 거리를 내려다보았다.

"너는 앞으로 나와 같이 움직이는 건가?"

"그렇게 되겠지. 네 몸과 연결되어 있으니까."

"싫은가?"

내 질문에 그는 잠시 입을 다물었다. 반투명한 몸이 어쩐지 불안했다.

"먼지보단 낫잖아? 나와 어울리는 게."

그 말에 그가 어이없다는 듯 피식 웃었다.

"어지간히도 어설프게 유혹하는군. 그대는 내가 같이 있는 게 좋은가 보지? 유령인데도?"

"나를 알아주는 존재니까."

내 말에 그는 가만히 창밖을 바라보고 있었다. 진짜 어설픈 구애 같아 조금 거북했지만 상대는 유령이다.

"내 말을 제대로 듣고 내 말을 이해할 수 있는 자가 단 하나도 없었어. 네가 처음이다, 록그레이드. 웃기지만 내가 누구인지 아는 건 오로지 너뿐이잖아?"

"그것도 그렇군."

원래라면 멱살 잡고 흔들 적이어야 했다. 그는 제물이었고 나는 포식자였으니까. 그런데 어쩐지 지금은 관계가 뒤바뀐 것처럼 느껴졌다. 하긴 그가 진짜였으니까.

"그나저나 어째서 유령인데도 물건을 만지거나 할 수 있는 거지?"

그 말에 그가 움찔했다. 그리고는 처음 보는 물건인 양 자기 손가락을 내려다본다. 반투명한 몸에 모든 물건이 그대로 투과하는 것도 아니니 생각해 보면 사리에 안 맞는다. 그의 행동은 꼭 사람 같았다.

"유령 생활이 몸에 맞나 보지. 처음부터 이런 힘을 가진 것은 아니었지만."

영혼의 강함일까. 생전에 강했던 영혼은 죽어서도 강한 걸까. 베세레스 아이의 말대로 그가 너무나 강한 영혼이기에 이런 일이 벌어진 걸까.

나는 경이에 차서 그를 올려다보았다. 록그레이드는 빗방울을 받으며 창밖을 내다보고 있었다. 그 모습이 옛이야기에 나오는 저주받은 왕자 같아 조금은 안쓰러웠다.

"그나저나."

그가 갑자기 화제를 바꾸었다.

"오랫동안 흑마법사에 대해 생각해 왔지만."

그는 나직한 목소리로 중얼거리듯 말했다.

"그대처럼 강한 자는 처음이야."

그의 눈이 똑바로 나를 쏘아보았다. 마치 내 온몸을 해부라도 하겠다는 듯 냉철한 눈동자였다.

"그대는 지나치게 강해."

Chapter 45

록그레이드와는 그 이후로 길게 대화할 새가 없었다.

벤이 항상 붙어 있는 데다가 사람들이 놔주질 않았기 때문이다. 검을 찾기 위해 일주일 더 페길 시에 머무는 동안 나는 내내 다른 사람들 사이에 끼어 축배를 들거나 찬양을 받거나 해야 했다. 귀찮아서 여관 방에 처박히고 싶었지만, 꼭 짐이나 게올레가 찾아와 조언을 구했다.

페길 시는 안정을 되찾았다. 편지를 보낸 이후 서든과 베어든의 태도는 매우 변했다. 그들은 놀랍게도 내게 호의적인 태도를 보였다. 내가 명예롭게 굴었다느니, 고통에도 굴하지 않았다느니 하는 말을 편지에 썼기 때문인지 그들은 내가 일부러 그들을 시험하려고 그런 짓을 했다고 생각하는 모양이었다. 그래서 짐이 하듯 나에게 존대하기 시작했다. 소드 마스터라면 어디를 가도 공작 자리 하나는 꿰어 찰 수 있는 능력이라 그들이 나에게 존대한다고 해서 부끄러울 것은 없었다. 능력이 넘쳐흐르는 이 젊은 영주들은 페길 시의 부족한 식량 사정을 해결해 주기 위해 식량을 공급해 주고 그동안에 있었던 '오해'에 대해서도 말끔히 털어버리기로 했다.

물론 사람들은 학살당한 일을 기억하고 있었다. 그들에 대항하기 위해 의용병을 모집하고 용병들이 모여들었던 것을 기억했다. 하지만 그것을 입에 올리는 자는 이제 없었다. 죽은 자는 죽은 자이고, 산 자는 산 자였다. 단 일주일 만에 페길 시의 분위기는 완전히 바뀌었다.

결국 가장 손해를 본 것은 멜더른 남작이었을 것이다. 그는 로그란드 남작을 살해한 죄명으로 참수되었고, 그의 가족들은 농노로 격하되었다. 그의 영지는 몰수되어 게올레가 영주 대리로 있는 로그란드 령에 흡수되었다. 그의 기사들은 모두 게올레의 휘하로 들어갔다. 셔든이나 베어든에게로 가기에는 그들이 보이는 혐오가 너무나 강했던 탓이다. 모든 일이 너무나 빨리 돌아갔다.

짐은 게올레에게서 돈을 약속받았다. 말이야 의용병이라고는 하지만 용병이 돈 한 푼 받지 않을 수는 없는 일이다. 영지가 다 정리되고 나면 게올레가 중앙에 있는 백작의 허락을 받아 상당 금액을 지불하기로 했던 모양이다. 패더는 책방으로 돌아가려 했지만 게올레의 부탁에 따라 영주의 행정 고문 담당으로 취업했다. 그 외에 그와 함께 움직였던 상인 멤버들도 모두 행정 고문으로 초청받았다. 달라진 것은 하나도 없었다.

나는 셔든과 베어든에게 동시에 초대받았다. 어쩐지 묘했다. 그들을 그렇게나 죽도록 갈구고 고문을 가했는데 새삼스레 나를 초대하다니.

귀족이란 자들의 머리통을 까뒤집어보고 싶은 충동이 일었다. 록그레이드의 말대로였다. 그들은 위협한다고 될 인간들이 아니었다. 세상에는 죽음이나 고통보다도 명예를 택하는 인간들이 종종 있다. 사실 웃기는 노릇이지만 셔든이나 베어든이 그랬다. 바락바락 대들던 베어든이 내 앞에서 공손히 미소 짓는 얼굴을 하던 순간, 나는 록그레이드와 나의 차이점을 확실히 깨달았다. 그래, 아무나 지배자 노릇을 하는 게 아니다. 아무나 황태자 노릇을 하는 게 아니었다.

검을 찾으러 대장간에 갔더니 부루퉁한 얼굴을 한 여주인이 돈을 돌려주었다.

"당신이 암격왕 나리시죠? 돈은 안 받겠수다."

"왜?"

"당신이 휘두를 검을 내가 만들었다는 것만으로도 영광이니까."

그 무뚝뚝한 얼굴로 여자는 히죽 웃었다. 그 철판을 깐 듯한 얼굴에 홍조가 떠올랐다. 벤과 핀이라는 그 대장간 네 소년과 나를 안내했던 꼽추가 아예 허리를 반쯤 굽히고 인사를 했다.

"영광입죠."

"네, 영광입니닷!"

"소드 마스터의 검을 만들다니, 그지없는 영광입니다!"

근처에 있던 대장간 주인들도 나서서 떠들었다. 나는 조금 민망했지만 내색하진 않았다. 요 며칠 내내 사람들은 내게서 돈을 받지 않았다. 여관 주인은 숙박비를 받지 않았고 식비도, 술값도 받지 않았다. 나를 알아보는 사람들은 그저 인사를 했으며 여자들은 비명을 올리며 의미심장한 눈길을 보냈다. 그리고 지금은 검을 공짜로 얻었다.

"……."

돈 굳었다. 이것도 나쁘진 않군. 의뢰비는 얼마 안 되었지만 이런 식으로라면 의뢰비가 그럭저럭 꽤 되는 셈 쳐도 될 거다. 아, 이것도 록 그레이드의 표현대로라면 귀족답지 못한 지극히 천한 것다운 발상인가.

"그런데 원래 소드 마스터들이 쓰는 검은 미스릴 제여야 하는 거 아닌가요? 일반 철검은 오러 블레이드를 견디지 못하잖습니까?"

여주인이 심각하게 물었다.

나는 그녀가 만들어준 검날을 살피며 대답했다.

"조절을 잘하면 철검이라도 오러 블레이드를 쓸 수 있어."

검은 원당의 기억 속에 있는 그것대로 였다. 조금 넓은 검신에 양날을 날카롭게 벼렸다. 언뜻 보아 바스타드 소드처럼 보이지만 바스타드 소드치고는 무겁고 길다. 그렇지만 크레이모어치고는 얇다. 손잡이를 가죽이 아닌 뿔로 해넣은 것이 묘했다. 나는 원래 가죽으로 하려 했는데 여주인은 뿔로 처리했다. 뿔과 얇게 무두질한 송아지 가죽으로 감긴 검자루는 생각보다 훨씬 더 고급스러웠다. 여기에 금술만 달린다면 진짜 원당이 썼던 것과 거의 같다.

"더 고급스러운데."

"소드 마스터께서 쓰실 검입니다. 제 생전 그런 검을 다시 만들게 될지는 아무도 모르지 않습니까?"

여주인이 약간 눈물을 글썽이며 말했다. 아닌 게 아니라 전에 쓰던 연습용 철검과는 아주 다른, 잘 벼려진 검이었다. 강도도 만족스러웠고 무게도 좋았다. 나는 손가락으로 검날을 튕기며 잠시 소리를 들어

보았다. 챙, 하고 맑은 소리가 났다. 검신에 새겨진 무수한 물결 무늬를 보며 나는 이 여주인이 진짜 심혈을 기울여 이 물건을 만들었다는 것을 새삼 깨달았다. 이런 검을 보름 만에 만들었다는 것은 진짜 보통 일이 아니다.

"원래는 그거 크레이모어였습니다. 제가 다듬은 거죠. 보름 안에 뚝딱 해치울 수도 있었지만 손님이 암격왕이시라는 것을 알게 돼서 그대로는 드릴 수 없었죠."

여주인은 그렇게 말하며 옆에 서 있던 꼬마 둘을 앞으로 내밀었다. 얼굴이 벌겋게 된 벤과 핀이 고개를 푹 숙였다.

"그때는 몰랐지만 이놈들을 안전하게 이곳까지 데려와 주신 분도 손님이셨죠. 감사합니다."

"감사합니다."

"감사합니다."

사실은 벤의 고집이었는데. 나는 이 꼬마들에게 전혀 관심도 없었다.

"은인의 검을 만들게 되어 영광입니다."

여주인이 머리를 다시 조아렸다. 나는 그 인사를 받기가 민망해서 흠흠 하고 헛기침을 하고는 돈주머니를 꼬마 핀에게 건넸다.

"받아라."

"아? 아닙니다!"

"좋은 검은 공짜로 받는 거 아니다."

"아, 하, 하지만!"

"아이고, 아닙니다요!"

거절하려고 버둥거리는 그들에게 억지로 돈을 쥐어주고 나는 황급히 그곳을 빠져나왔다. 조금만 더 있었더라면 그들이 옷자락을 붙잡고 늘어지며 식사에 초대했을 것이다. 정말 기분이 이상하다.

더러운 골목은 여전히 더러웠다. 악다구니를 쓰는 상인들과 거리를 휩쓰는 부랑아들도 별로 다를 바 없었다. 구걸하는 아이들도, 허름한 옷을 걸친 창녀들도 모두 다 별로 변하지 않았다. 하지만 그래도 당장 죽을 걱정은 덜었다는 그런 표정이 사람들 사이에 떠돌고 있는 것을 보니 내가 뭔가 하긴 한 모양이다. 하지만 실감은 별로 나지 않았.

결국은 이 모든 것도 록그레이드가 한 것이니까. 그의 이름으로 말이다.

여관에 돌아와 보니 짐이 기다리고 있었다. 그는 전보다 더 말끔해졌다. 하지만 술 냄새는 더 났다. 요즘 내내 여자들과 술타령을 한 모양이다.

"떠나실 겁니까?"

짐이 물었다.

"그래."

"벤 경은 어디 갔죠?"

"심부름 보냈다."

내 말에 그가 킬킬 웃었다.

"하여간 그 무시무시한 벤 경에게 심부름 보냈다고 말씀하시는 걸 보니 진짜 무섭네요."

방 안으로 들어가 보니 메이가 공손히 인사하며 차를 내온다.

찻잔에 차를 어색하게 붓는 모습이 굉장히 우스웠지만 웃지는 않았다. 메이가 그동안 벤에게 얼마나 닦달당하며 차 따르기 수업을 받았는지 알고 있었기 때문이다. 하지만 짐은 눈이 휘둥그레져서 그 모양을 빤히 보고 있었다.

"드세요."

엄숙하게 말하는 메이는 살이 좀 붙었지만 여전히 앙상해서 소년처럼 보였다. 그래도 그 앙상한 몸에 무슨 궁정 시종인 양 진지한 태도가 어울렸다. 대체 벤은 얼마나 이 애를 닦달했을까. 제2의 도노반이다.

"음, 차를 드시는 겁니까?"

내가 차를 마시는 것을 보고 짐이 팔짱을 낀 채 중얼거리듯 물었다. 그는 잠시 입을 다물고는 망설이고 있었다. 그가 무슨 말을 하려는지 나도 눈치 챘기 때문에 아무 말도 하지 않았다.

"그게, 그게 말입니다……."

그는 잠깐 동안 망설이더니 차와 함께 놓여진 과자를 하나 집어 우적우적 씹었다. 뭐라 말을 하긴 해야겠는데 차마 할 수가 없는 모양이다.

메이는 그의 그런 태도를 사뭇 싸늘하게 바라보고 있었다. 벤에게서 교육을 받긴 받았구나. 어린애에게 어울리지 않는 저런 눈초리라니.

"소문이…… 그러니까 소문이 돌고 있습니다."

"무슨 소문?"

반문하자 그의 얼굴이 벌게졌다. 그리고는 잠시 머리를 긁적이더니 또 과자 하나를 집어먹는다. 별로 깨끗한 손도 아닌지라 메이의 눈초리가 더 매서워졌다.

"그러니까 스승님이……."

"내가?"

"록그레이드 황태자 전하라는 소문이오."

그는 자포자기한 듯 그렇게 말했다. 그리고는 불안한 눈초리로 나를 흘긋거렸다.

"스승님이 록그레이드 황태자 전하라는 소문이 페길 시에 돌고 있습니다. 아세요?"

"몰라."

모른 척했더니 짐은 머리를 쥐어뜯으며 다시 과자를 집어 먹으려 했다. 하지만 그 순간, 메이가 재빨리 과자 접시를 밀어버렸다.

"전 스승님이 몰락 귀족의 후예라고 생각하고 있었습니다. 그런데 그런 소문이 도는 이유가……."

그는 흘긋흘긋 두건을 쓴 내 얼굴을 바라보았다.

"스승님이 흑발의 미남자란 소문이 좍 돌아서 말이죠. 아시다시피 록그레이드 황태자 전하는 흑발의 미남자라고 알려져 있잖습니까?"

"흑발의 미남자가 어디 그 작자뿐인가?"

홍 하고 내가 비웃었더니 짐은 어색한 표정을 지었다.

"뭐, 그, 그건 그렇지요. 말하자면 뭐, 흑발의 미남이란 널려 있긴 해요."

그는 계속 망설였다. 그러더니 한숨을 푹 쉬고 다시 말했다.

"그런데 아는 놈들 중에 황태자 전하의 얼굴을 본 놈이 있거든요. 놈은 왕년에 황실 사냥 행사에서 몰이꾼 역할을 했던 놈입니다. 그런데 그놈이……."

그의 시선이 점점 집요해졌다.

"스승님을 보고는 록그레이드 황태자 전하와 똑같다는 거예요."
"그래서?"
"그러니까……."
짐은 내가 반문하자 할 말이 없었는지 한숨을 푸욱 내쉰다.
"하, 할 말은 없어요. 그냥… 그러니까……."
그는 그렇게 말하고는 머리칼을 또 박박 긁었다. 먼지가 우수수 떨어진다. 그나마 비듬이 아닌 게 다행인가. 메이의 눈초리는 더 싸늘해졌지만 짐은 몰랐다.
"……."
잠깐 동안 망설이던 짐은 결국 다시 말했다.
"하기야 스승님께서 황태자 전하시든 아니든 어쩌면 별 상관이 없을지도 모르죠. 어쨌거나 전하는 전하고, 스승님은 스승님이고…… 우릴 구해주신 것은 변하지 않고."
"요점이 뭐야?"
귀찮아서 되물었더니 짐은 고개를 내저었다.
"아닙니다, 아니에요."
귀찮아져서 나가라고 할까 하던 중에 마침 벤이 들어왔다.
"다녀왔습니다."
"그래, 어땠어?"
"델시테 백작은 우호적인 모양입니다. 뭐, 무리도 아니죠. 데블린 후작에게 맞설 생각은 없을 테고. 어차피 여긴 대단한 지역도 아니니까요."
"그 소공자는?"

"어린 소공자는 소문과 달리 겨우 다섯 살배기 꼬마라고 합니다. 몸도 약해서 이런 먼 곳까지 올 수 있는 상황도 아니고요. 당분간 이곳은 별로 달라질 게 없을 겁니다."

"돈이나 잘 갖다 바치면 별로 달라질 건 없겠군."

내 말에 짐이 열심히 고개를 끄덕였다. 그런 그를 보고 벤은 그대로 게올레에게 전하라고 시켰다. 짐은 잠시 나와 벤을 번갈아 보더니 별 수없다는 듯 밖으로 나갔다. 내가 황태자인지 추궁하려던 마음은 이제 가셨나 보다.

"거리가 좀 떠들썩합니다."

"그런가."

"주인님이 황태자 전하라고 소문이 돌고 있으니까요."

"상관없어. 떠날 테니까."

그 말에 놀란 것은 메이였다. 메이는 조금 당황스러운 표정으로 벤을 슬그머니 올려다보았다. 설마 버리고 갈까 싶어 두려운 모양이다. 나는 이제 벤에게 분명히 말해 두어야겠다고 생각해 입을 열었다.

"벤."

"네?"

"너에게 명령할 게 있다."

벤은 그 말에 공손히 무릎을 꿇고 나를 바라보았다. 얼마나 공손한지 보는 내가 다 민망할 지경이었지만 그것도 몇 번 계속되니 그럭저럭 괜찮다. 뒤에 서 있던 메이는 벤이 무릎을 꿇자 자신도 같이 무릎을 꿇었다.

"나는 이제 여행을 떠난다."

벤의 얼굴이 조금 일렁였다. 불안감이 떠오르는 그 눈에 나는 분명히 말해 주었다.

"나 혼자 간다."

눈이 좀 커졌지만 그렇다고 해서 흔들리지는 않았다. 나는 이 작자가 몰래 나를 따라올 심산이라는 것을 깨닫고 속으로 웃었다.

"너는 못 따라와. 내가 가는 곳은 어느 누구도 따라올 수 없는 곳이다."

"……."

불신하는 것 같다. 하지만 드래곤 레어에 대체 누가 들어올 수 있단 말인가.

"게다가 너에겐 할 일이 있다."

"명을 받들겠습니다."

벤이 공손히 고개를 숙였다.

"저기, 저 메이를 잘 돌보는 거다."

그 말에 메이가 헉, 하고 소리를 내며 날 바라보았다. 둥그런 큰 눈과 앙상하게 드러난 손목뼈가 안쓰러웠다. 그런 아이에게 나는 미소 지어주었다. 그래, 나도 모처럼 착한 일을 하자구.

"저 애는 나를 따르기로 했었다, 벤. 그러니까 내버려 둘 수는 없지. 저 애를 딸로 삼아 사랑스럽게, 강하게, 그리고 행복하게 해줘라."

메이의 눈은 혼란으로 가득 차 있었다. 그녀는 어떻게 해야 할지 알 수 없다는 듯 두 손을 맞잡은 채 나와 벤을 번갈아 보았다. 그 모습이 겁에 질린 짐승 같아서 나는 좀 애잔해졌다. 사람이란 얼마나 간사한지 며칠 전만 하더라도 나는 내가 잔인무도한 흑마법사라 사람을 마구

해쳐도 상관없다는 기분이었다. 그리고 그 며칠 전에는 내가 언제 죽을지 모른다는 기분에 잔뜩 황폐해져서 광기에 사로잡혀 있었다. 그리고 또 그 며칠 전에는 내가 누군지 몰라서 안절부절못하며 항상 웃는 얼굴로 가면을 쓰고 있었다.

그리고 지금은……

작은 소녀가 내 옷자락을 잡고 키스했다. 구해주어서 감사하다며 키스했다. 모두가 다 두려워하는 흑마법사에 정체도 알 수 없는 괴물에게 키스했다. 사실, 이건 나의 변덕에 지나지 않는 행위였는데.

거기에 록그레이드가 나타났다. 그가 나에게 증오 대신 호감을 보였다. 너는 강하다고. 자신이 본 중 누구보다도 강하다며 그 강한 놈이 인정해 주었다. 나는 그를 질투하고 질시하며 증오하고 두려워했다. 그가 갑자기 나타나 내 자리를 빼앗을까 봐 두려워했었다. 그런데 그는 내 상상과는 전혀 달랐다. 가장 나를 증오해야 할 그는 나를 인정해 주었다.

가슴속에서 따스한 물이 찰랑이며 솟아오르는 것 같았다. 나는 지금 안정되었다. 이상한 일이지만 분명히 안정된 기분이었다. 갑자기 록그레이드가 된 이래 이렇게 침착한 것은 처음이었다. 항상 그렇듯 불안하기 그지없었는데도 지금 내 마음은 평온하다. 여러 가지 의문 중에 밝혀지지 않은 것이 많이 있었지만 마음만은 평온했다.

"전하!"

벤이 나직이 외쳤다. 비통함이 담긴 그 음성에 나는 고개를 저었다.

"괜찮아. 너는 저 애를 돌보아라."

"메이를 거둔 것이 저 때문이었던 겁니까?"

그가 바락 외치자 나는 킬킬 웃었다.

"말도 안 되는 소리 마라. 어쨌거나 나는 혼자 떠난다. 넌 따라올 수 없어."

"하지만! 저는 전하의 개입니다. 저를 떼어놓으신다는 것은 제게 죽으라는 것과 같습니다!"

그 맹목적인 눈을 보니 정말로 묘한 기분이었다. 록그레이드는 대체 그를 어떻게 다루었기에 개를 자처하는 것일까?

"전하는, 전하는 저의 모든 것입니다. 차라리 저에게 죽으라 하십시오!"

갑자기 그가 두 팔을 벌려 내 다리를 끌어안았다. 절박한 그 표정에 나는 혀를 찼다.

"이봐, 난 죽으러 가는 게 아냐. 내 병을 고칠 수 있다는 분이 있어 그를 만나러 가는 거다."

진짜인가 하는 얼굴로 날 올려다본다. 그 얼굴에 나는 다시 웃었다.

"저 애를 행복하게 해주라고 명령했다. 넌 그렇게 하면 되는 거야, 넌 나의 개니까."

그 말에 벤의 얼굴이 조금 허물어졌다. 불신과 불안이 마구 뒤섞인 그 표정은 그동안 느끼지 못했던 벤에 대한 애정을 느끼게 했다. 그렇다. 나는 벤에게 애정을 느끼기보다는 솔직히 말해 좀 두려움을 느끼고 있었다. 그에게 내 자신을 들키게 될까 봐 얼마나 두려워했던가. 맹목적인 애정을 퍼붓는 것만큼 그가 좀 무서웠다. 진짜 무서웠다.

하지만 이젠 달랐다. 나에게는 록그레이드가 있었다. 비록 유령이지만 그는 내가 누군지 안다. 그것만으로도 내가 헤맬 염려는 없었다.

"정확하게 온 거야?"

그가 의외로 불만을 토했다.

차가운 공기가 뺨을 건드렸다.

우울한 젖빛 하늘은 여전히 잔뜩 찌푸린 상태였지만 습기에 찬 공기는 그다지 나쁜 기분은 아니었다. 좌표를 읽어서 드래곤 레어로 텔레포트하긴 했지만 도착한 곳은 전과 달리 산등성이 한구석이었다. 전처럼 동굴 안이 아니었다. 아, 잘못 온 건가?

고산에서나 자라는 키 작은 관목들이 열 지어 검푸른 그림자를 만들어냈다. 이끼가 낀 어수룩한 바위들이 납작하게 엎드려 있는 터라 사방은 탁 트여 있었다. 하지만 아무리 둘러봐도 드래곤의 레어로 씀 직한 커다란 동굴은 보이지 않았다. 공기는 희박하고 바람은 차다. 주변을 둘러봐도 온통 얼음이 스며 있는 뾰족한 바위산뿐이었다.

별수없이 바위 위에 걸터앉자 록그레이드가 다시 물었다.

"좌표가 틀린 것은 아니겠지?"

"아냐. 아무래도 에메타이드님이 초청하기 전까지 기다려야 하는 모양이다."

"하긴, 그렇게 쉽게 레어에 들어갈 수 있을 거라고는 생각지 않았지만."

허탈한 듯 말하는 그가 새삼 우스웠다. 어지간히 기대를 했던 모양이다.

"다시 묻는 거지만, 정말로 너는 날 원망하지 않는 거냐?"

그 말에 그는 나를 돌아보았다. 오늘 그는 화려한 자줏빛의 튜닉에 검은 망토를 걸치고 있었다. 어디로 보나 진짜 왕자님이다.

"원망?"

그는 어이없다는 듯 눈썹을 찌푸렸다.

"남을 원망할 정도로 나는 어리숙하지 않다, 록베더."

록베더라고 불리운 순간 변태처럼 짜릿했다. 록그레이드라는 이름 말고 다른 이름으로 불리는 것이 이처럼 짜릿할 줄이야.

"나는 힘을 가지기 위해 마족과 계약했고, 그 마족은 그대를 소환해 내 몸에 집어넣었다. 마족과 계약한 것도 나고, 완전 소멸을 피하기 위해 죽음을 택한 것도 나다. 그런데 왜 내가 그대를 원망해야 하지? 이 상황에 빠진 게 그대 때문이라는 거냐?"

갑자기 할 말이 없어 입을 다물자 그는 다시 조소했다.

"그대는 진정 어리석지 않은가. 그대와 나는 별개다. 만약 그대가 나를 찔러 죽였다면야 나는 그대를 원망이 아니라 증오와 원한으로 바라보겠지만, 그게 아닌 이상 그대에게 내가 구질구질한 감정을 가질 필요는 없는 거다."

왜 이 녀석과 말싸움을 하면 꼭 졌다는 기분이 드는 걸까.

"나는 나 자신이 이 상황을 불러들였다고 생각한다. 내가 마족과 계약하지 않았다면 이런 바보 같은 상황은 벌어지지 않았다. 그러니까 내가 이 모양이 된 것은 결국 나 자신의 문제라는 거지."

그는 그렇게 당당하게 말하고는 갑자기 생각난 듯 내 앞에 주저앉아 날 물끄러미 바라보았다.

"그대는 그렇게 생각하지 않는가? 누군가를 원망하고 있는 건가?"

"……."

한순간에 말이 막혔다. 울컥하긴 했지만 무엇 때문에 기분이 상하는 것인지 알 수가 없었다. 그의 말이 옳은 것 같긴 한데 왠지 마음에 들지 않았다. 하지만 내가 진짜 누군가를 원망하고 있는 것은 아닌 것 같다.

"이봐, 나는 누굴 원망하고 싶어도 원망할 상대가 누군지도 몰라."

그렇게 억지로 말했더니 그는 쯧쯧 혀를 찼다. 진짜 저놈의 주둥이를 뭉개주고 싶다!

"그대는 상황을 원망하고 있다. 어리석게도 상황을 증오해 봐야 무슨 소용이 있나?"

"닥쳐!"

울컥 화가 치밀어 바닥에 있던 돌멩이를 그 면상에 집어 던져 버렸다. 하지만 그 돌멩이는 그의 몸을 그대로 통과해서 멀리 떨어졌다. 그는 내가 돌멩이를 던져도 별로 놀라는 얼굴은 아니었다. 그저 턱을 괸 채 혀를 찼을 뿐이다. 울화가 치밀어서 진짜 견딜 수가 없었다. 이놈이 있어서 좋다는 소리 다 취소다!

"어차피 상황이 안 좋다면 그것을 어떻게든 자기에게 유리한 방향으로 돌리면 되는 거다. 남을 원망하고, 상황을 원망해서 대체 뭐가 해결된다고 생각하나?"

"웃기지 마! 너는 내가 아니야! 나는 기억을 못해! 내가 누군지도 모른다! 그런데 뭐가 나에게 유리하고 좋고를 구별할 수 있다고 생각하나, 이 빌어먹을 놈아!"

욕설을 퍼부었더니 그의 얼굴이 확 굳어버렸다.

"너야 너 자신이 누구인지 뼈저리게 잘 알고, 네 상황을 속속들이 잘 알고 있으니까 그 따위 소리를 지껄이는 거야! 네가 내 속을 어떻게 안다는 거냐? 나는 네가 아니야! 나는 빌어먹을 록그레이드 팰러스가 아니라구!"

한참 동안 소리를 고래고래 질렀다. 아는 욕설을 총동원해서 그 잘난 척하는 녀석을 욕했다. 마구 소리를 지르다 보니 어쩐지 상쾌해지는 것 같기도 했다. 그렇다. 내가 그놈이 아니라고 소리치는 것만큼 속 시원한 것은 없었다.

"록그레이드?"

한참 소리 지르다가 주변을 살펴보니 그의 모습이 보이지 않았다. 하도 소리를 질렀더니 목이 쉬었다.

"제기랄."

나 혼자뿐이었다. 록그레이드는 화가 났는지 사라져 버리고 나 혼자였다.

아무것도 없는 산등성이에 나 혼자 있었다. 하늘과 땅과 그리고 나.

나는 멍하니 하늘을 올려다보았다. 시원한 만큼 허전했다. 그리고 끔찍하게 외로웠다.

"록그레이드."

대답은 없다.

"록그레이드, 다 듣고 있겠지? 미안하다. 흥분했다."

여전히 대답은 없다.

"사람이란 흥분하면 원래 마구 떠들기 마련이잖아."

그래도 대답없다. 하지만 대답이 없다고 해서 그가 없는 것은 아닐 터였다. 그는 내 몸, 아니, 그 자신의 몸에 붙어 있는 상황이라고 했으니.

내내 불러도 대답없는 그에게 지쳐서 결국 바위 위에 아무렇게나 드러누웠다. 한기가 밀려들어 왔지만 오러를 휘감자 그 한기도 사라졌다.

얼마나 누워 있었을까. 해가 질 무렵 산등성이 아래쪽에서 뭔가 바스락거렸다. 작은 덤불이 살짝 흔들렸다. 나는 그 흔들림을 멍하니 바라보았다. 혹시 산양인가?

하지만 덤불 속에서 불쑥 나타난 것은 오크 두 마리였다. 나는 오크를 처음 보았으므로 눈을 크게 뜨고 관찰했다. 오크들은 날 보지 못했는지 덤불 속에서 기어나와 축 처진 걸음으로 바위 위로 올라왔다. 아니, 올라오는 것 같았다.

"……!"

일순 쑤욱 하고 오크가 사라졌다. 마치 환영이라도 되는 양 사라진 그 모습을 보고 나는 마나를 움직여 보았다. 마나가 흔들리며 궤적을 만들면서 내 주변을 빙글빙글 돌았다. 그리고 마침내 오크가 사라진 바위 위로 스며들기 시작했다. 마나가 모이는 곳.

나는 벌떡 일어나 오크가 사라진 바위로 다가가 손을 뻗어보았다. 그러자 마치 물에 닿은 듯 부드러운 감촉이 손끝에 와 닿았다. 그리고 쑤욱 하고 손이 사라졌다.

"환영이었군."

놀라고 감탄한 나머지 말이 튀어나왔다.

주변 마나가 작게 일렁이며 모여드는 것이 느껴졌다. 마나가 모인다는 것은 그곳에 마법이 펼쳐져 있다는 증거였다. 나는 고개를 바위 속으로 들이밀고 한 걸음 앞으로 나섰다.

"헤에."

안으로 들어서자 온화한 공기가 흘러 들어왔다. 밖과는 전혀 다른 온화하고 부드러운 공기에 온몸이 따스해진다. 나는 손을 비비면서 주변을 둘러보았다. 동굴이다. 내가 들어선 곳은 통로 중 하나인지 좁았다. 하지만 길다. 약간 어둠침침하긴 했지만 벽에 매달려 있는 횃불 탓에 넘어질 정도는 아니었다. 옅은 회색 벽이 완만한 곡선을 그리며 주욱 이어져 있다.

역시 에메타이드의 레어일까?

"록그레이드, 이봐. 여긴 레어일지도 몰라."

말을 걸었지만 무시당했다. 그는 여전히 대답이 없었.

기척도 전혀 느껴지지 않았다. 만약 그가 내 몸 주변에 맴돌고 있을 거란 확신만 없었다면 그가 사라졌을 거라고 생각했을 것이다. 내 말에 화가 나서 안 나타나는 것일까?

나는 단념하고 그냥 걷기 시작했다.

얼마나 걸었을까. 발자국 소리와 함께 그림자가 보였다. 벽면에 비치는 그림자는 무지하게 컸지만 나는 곧 그것이 아까 보았던 오크들의 그림자라는 것을 깨달았다. 오크 특유의 거친 숨소리가 벽면을 울리고 있었다.

"쿠르륵, 쿠르르륵."

뭐라 말하는지는 잘 모르겠지만 오크를 이렇게 가까이서 보는 것은 처음이다. 대륙에는 깊은 산중이 아니고선 몬스터를 볼 기회란 그다지 많지 않았다. 산속에서 사는 화전민들이나 사냥꾼들은 몬스터가 지나는 길목을 유심히 살폈다가 알아서 피했고, 몬스터들은 인간이 사는 곳에는 다가오지 않는다. 그 때문에 대개의 사람들이 몬스터에 대해서 아는 것이라곤 거의 없었다. 몬스터를 연구하는 학자들이라면 모를까. 나는 도서관에서 본 몬스터에 대한 기억을 열심히 떠올렸지만 그다지 기억나는 것은 없었다. 하지만 내가 흑마법사인 이상 몬스터가 나에게 달려들지는 않을 것이다.

몬스터—마물(魔物)이란 마계의 틈에서 비어져 나온 짐승들을 말한다. 또는 마계의 기운을 받아 변형된 짐승이라고도 한다. 몬스터가 언제부터 대륙에 살게 되었는지는 잘 모르겠지만, 일설에 의하면 고대에는 인간보다도 숫자가 더 많았다고 한다. 그러나 신성전쟁이라 불리는 대혼란 이후에 몬스터의 숫자는 극도로 줄어들었다. 많은 몬스터들이 바다를 건너 다른 대륙으로 가고, 혹은 사라졌다. 마계로 사라졌다는 말도 있었지만 그것은 확실치 않다.

나 역시 마계로 사라졌다고는 생각지 않는다. 몬스터와 마족은 근본부터 다르기 때문에 몬스터가 마계에서 살 수 있을 거라고는 생각지 않기 때문이다. 몬스터는 생김새야 어쨌든 마족과는 달리 이곳의 짐승이 변형된 것이다. 즉, 다시 말해 나름대로의 지능을 가진 야수다. 그 때문에 몬스터는 자신보다 강한 자를 알아차린다. 사슴이 호랑이에게 달려들지 않고 토끼가 늑대에게 달려들지 않듯 마족이나 고도로 단련된 전사에게 덤비는 몬스터는 없다고 한다. 그러니까 내게도 달려들진 않겠지.

이런저런 생각으로 오크들의 뒤를 따라가는 동안 희미하게, 어쩐지 예전에도 이런 일이 있었다는 느낌이 들었다. 왜인지는 모른다. 어쩐지 내가 오크를 본 것이 처음이 아니라는 생각이 든다. 하지만 그것이 원당의 기억인지, 유데이스 겔의 기억인지 그것을 알 수 없었다.

"제기랄."

또 울컥 치밀어 오르는 것을 억지로 삼켰다. 누구의 기억인지는 모르겠지만 어쨌든 기분이 좋지는 않았다. '나는 오크를 처음 본다고 생각하지만 이것은 처음이 아니다'.

슬슬 미쳐 가는지도 모른다. 나는 애타는 기분으로 록그레이드를 불렀다. 그를 눈앞에 두면 기분이 좀 나아질지도.

"록그레이드."

대답은 없다.

"제발 록그레이드, 내가 미치기 전에 좀 나와 봐."

이러다가 진짜 미치겠다. 나는 벽에 머리를 기대고 두통을 참았다.

"부탁이다. 내가 잘못했어. 잠깐이라도 좋으니 나에게 말해 줘."

그는 여전히 나오지 않았지만 조용히 말을 걸어주었다.

"뭐냐?"

"아까 욕했던 것은 사과하겠다. 참을 수 없어서 그래."

부글거리는 심정이 가라앉았다. 나는 벽면에 머리를 대고 중얼거리듯 사과했다. 뼛속까지 고귀하신 왕자님의 얼굴에 대고 욕설을 퍼부었으니 화를 내지 않는 게 더 이상하겠지. 그는 적어도 얼마 전까지만 해도 자신에게 조금만 거슬려도 주저없이 사람을 죽이던 자였다. 그래, 조금만 거슬려도 죽였다.

"……."

그는 아무 말도 하지 않았다. 나는 관자놀이를 누르며 물었다.

"오크를 본 적 있나?"

"있다."

"싸웠어?"

"오크가 미쳤나? 나에게 덤비게."

그는 가볍게 코웃음을 치고는 다시 침묵했다. 아마도 이곳에 들어선 후부터 여기가 드래곤의 레어인지 살피느라 바쁜 듯하다. 그것을 다시 떠올리니 기분이 한결 나아졌다.

"나는 곧 미칠지도 모르겠어, 록그레이드."

"왜?"

"기억을, 나와 남의 기억을 구분할 수가 없어."

솔직히 말하며 바닥에 주저앉았다. 분명 마음은 평온해졌다고 생각했는데 그게 아니라 점점 불안정해지는 것 같았다.

"너의 기억과 또 다른 두 사람의 기억이 계속해서 떠돌아다니고 있어. 이런저런 기억들이 교차하니까 나는 어떤 게 나의 것인지 구분할 수가 없어."

두통을 참자니 욕지기가 일었다. 토할 것 같아서 나는 깊게 심호흡했다.

눈을 억지로 떴더니 록그레이드가 날 내려다보고 있었다. 그는 아까와 달리 금빛이 섞인 초록색 튜닉에 검은 망토를 걸치고 있었다. 그새 옷을 갈아입었나 하고 생각하니 조금 웃음이 나왔다.

"토할 것 같은가?"

그는 묘한 표정으로 날 내려다보고 있었다. 그 얼굴은 조금 창백해 보였다.

"그래. 하지만 널 보니 좀 나아지는데."

"난 약이 아니야, 얼간이."

왕자님다운 그 표정으로 욕설을 퍼붓는 게 너무 안 어울려서 나는 킬킬 웃고 말았다. 그는 희미한 웃음을 머금고는 팔짱을 끼고 날 내려다보았다. 그 내려다보는 얼굴이 너무 건방져서 나는 벌떡 일어서고 싶은 충동이 일어났다. 진짜 남을 코끝으로 보는 왕자님이군.

"뭐가 문제인지 알 만은 하군."

그는 턱을 어루만지며 건방지게 말했다.

"하지만 결국 극복하는 것은 그대의 문제다, 록베더."

나는 깊게 한숨을 내쉬었다.

"하지만 한 가지 힌트를 줄까."

그는 조용히 미소 지었다.

"나와 또 다른 두 사람의 기억이 교차하고 있다고 했지?"

"그래."

"그렇다면 그대는 어쩌면 적어도 세 사람분의 육체를 입은 적이 있다는 의미인지도 모른다."

"에?"

나는 너무 놀라 눈을 부릅떴다.

"영혼이 바뀌어도 몸에는 나름대로의 기억이 스며 있는 것 같다. 나도 잘은 모르지만 네가 나의 은밀한 기억—이 대목에서 그는 놀랍게도 얼굴을 붉혔다!—을 알아냈다고 하는 걸 보니 실제로 그런 모양이다. 그러니 두 사람의 기억이 있다는 것은, 즉 나 이외에 두 사람의 육신을 네가 입은 적이 있다는 이야기가 되지."

나는 입을 벌렸다.

한 명은 소드 마스터 유데이스 겔. 또 하나는 미지의 나라에 있던 강한 무사 원당. 그 둘의 기억을 가지고 있다는 것은 내가 둘의 육체를 록그레이드처럼 빼앗은 적이 있다는 의미인가? 그렇다면 대체 나는 몇 살일까? 그리고 원래의 나의 몸은?

"역시 그대는 나이가 많았던 것 같다. 유별나게 침착하다 생각했더니 역시 그렇군. 어쩌면 그 둘 중 하나가 원래의 그대인지도 몰라."

록그레이드의 냉정한 말에 나는 깊게 심호흡했다. 욕지기는 날아가 버리고 없었다.

"그건 그렇고 여기, 진짜 드래곤의 레어일까?"

록그레이드는 그게 더 궁금했는지 주변을 살피고 있었다.

"내 쪽이 더 급하잖아?"

좀 부아가 나서 묻자 그는 어깨를 으쓱했다.

"그대의 일은 그대가 알아서 해결해야 하는 거 아닌가? 나는 알 바가 아니다."

"내가 미쳐 죽어버리면 너 역시 사라지는 것 아니야?"

심술궂게 말하자 그는 흥 하고 비웃었다.

"멍청하군. 물론 그대가 사라지면 나도 사라지겠지. 하지만 지금의 난 어차피 유령이다. 즉, 지금 나의 상황은 덤이라는 거지. 나는 그런 것에 미련을 두지 않는다."

"……."

그래, 잊고 있었다. 너는 원래 미련을 가지지 않는 성격이었지.

"하지만 유령이란 건 뭔가에 미련이 있어서 남는 것 아닌가?"

일부러 빈정거렸지만 그의 반응은 또 예상을 빗나갔다.

"글쎄. 그게 좀 이상하긴 하군. 난 별로 미련을 가지고 있지 않았는데 유령이 되었으니까."

그도 이상하다는 듯 고개를 갸우뚱했다.

"내가 육신에 미련이 있었던 것인지, 그 빌어먹을 마족 계집의 수작인지 그건 잘 모르겠다. 하지만 어쨌거나 지금은 즐기도록 하지. 어차피 유령이니까."

이 냉정한 반응은 신선하다 못해 얄미웠다. 나는 고민해서 머리가 빠질 지경인데 유령인 지금의 삶(?)은 덤이라니. 유령이어서 그런 건지 아니면 원래 그의 성격인 건지 알 수 없었다.

"마나가 모이는 곳이라고는 생각했지만 정말 묘한 기분이군."

록그레이드가 통로를 둘러보며 말했다.

"뭐?"

"마나가 흐르고 있지 않은가? 그것도 마치 물처럼."

그는 묘한 표정을 지으며 내 주변을 어슬렁거렸다. 그의 말을 듣고 보니 아닌 게 아니라 마나가 흐르는 게 느껴졌다. 한 방향으로 흐르고 있었다. 바로 오크가 사라진 방향으로.

두통을 떨치고 일어나 그 방향으로 걷기 시작하자 록그레이드도 따라 걸었다. 오크를 본 적 있다는 그의 말을 들으니 누구의 기억인지 알 수는 없지만 어쨌거나 본 적 있기는 한 모양이라고 적당히 타협했다. 록그레이드의 말을 듣다 보면 나의 고민은 다 쓰잘데기없는 것처럼 생각됐다. 그의 말대로라면, 지금의 내 삶이란 덤이다.

어느 정도 걷다 보니 여러 갈래로 갈라지는 곳이 나왔다. 세 갈래로 갈라지는 곳 중 어느 곳을 택할까 하다가 가장 마나가 강렬하게 느껴지는 곳을 택했다. 한참 걷다 보니 또 발자국 소리가 들린다. 아까의 그 오크일까 싶어 조금 빨리 걸어가 보았더니 오크가 아니라 고블린들이었다.

고블린은 모두 세 마리였는데 작은 상자를 나르고 있었다. 언뜻 보니 꼭 옷 상자처럼 보였다. 그것도 사람의 옷이다. 그뿐만이 아니라 그릇이 담긴 상자도 있었다. 저런 그릇들이 왜 필요하지? 옷은 또 뭐야?

내가 물끄러미 보고 있는 동안 고블린들은 상자를 들고 조심조심 걸어갔다. 그 뒤를 따라가다가 결국 나는 고블린들에게 발각되었다. 하지만 별로 불안하지는 않았다. 고블린 몇이 날 어쩔 거라는 생각은 들지도 않았기 때문이다.

"이봐."

처음에는 비명을 지르거나 도망갈 거라 생각했지만, 놀랍게도 그들은 큰 눈을 더욱 크게 떴을 뿐이었다. 그러더니 날 물끄러미 보다 말고 고개를 숙여 인사했다.

인사.

"……."

고블린에게 인사를 받아?

나는 록그레이드를 흘긋 보았다. 그 역시 엄청나게 놀랐는지 눈을 크게 뜨고 가만히 서 있었다.

"혹시 고블린에게 인사를 받아본 적 있어?"

"…당연히 없다."

록그레이드는 잘라 말하며 날 다시 보았다.

"기가 막히는군."

"어찌 된 영문이지?"

"그대가 모르는데 내가 아나?"

어쨌거나 고블린들은 인사를 마치더니 우물쭈물하다 말고 결국은 상자를 들고 움직이기 시작했다. 내가 자신들의 뒤를 따라가는 것을 느꼈는지 발걸음이 좀 처지긴 했지만 그렇다고 멈추진 않았다. 고블린들은 어느 정도 걸어가다가 마침내 어느 방으로 들어섰다. 땅속 동굴에는 전혀 어울리지 않게 방문은 꽤 크고 호사스러웠다. 금빛으로 물든 방문을 슬그머니 밀고 들어갔더니 바삐 움직이는 고블린들이 보였다. 고블린들은 아까 들어간 세 마리를 더해 모두 다섯 마리였다.

내가 들어서자 고블린들은 잠시 움직임을 멈추고 날 바라본다. 나도 같이 마주 보았다. 인간과 다른 길쭉한 동공이 이리저리 움직이더니 마침내 아까처럼 나에게 고개를 푹 숙여 인사를 했다. 다섯 고블린의 인사를 받은 나는 잠시 동안 굳어 있었지만 고블린들은 인사를 마친 뒤 다시 열심히 일을 하기 시작했다.

"……."

"지금 고블린이 청소하고 있는 건가?"

느릿하게 뒤에서 록그레이드가 물었다.

그렇다. 고블린들은 지금 청소를 하고 있었다. 방 청소 말이다.

금빛 캐노피가 달린 커다란 침대가 커다란 방 한가운데 놓여 있었다. 그리고 우아한 페이즐리 문양의 테이블 보가 씌워진 묵직한 테이블과 두 개의 의자, 편안해 보이는 비단을 씌운 소파도 있었다. 방의 한 벽면은 책으로 가득한 책장이 메우고 있었고 다른 한 면은 초록빛과 금빛으로 수놓은 태피스트리가 가리고 있었다. 태피스트리는, 물론 황금 드래곤이 주제였다.

고블린이 딸깍거리며 가운데 놓인 장식장과 트레이에 은식기를 늘어놓고 있었다. 황금 잔도 있고 사기로 만든 찻잔도 있다. 나는 그 모습을 멍하니 지켜보았다.

침대 시트를 정리한 고블린 하나가 아름답게 수놓여진 베개를 하나 툭툭 치더니 쿠션 서너 개와 함께 침대를 장식했다. 그리고는 나를 흘긋흘긋 바라본다. 그 모습이 꼭 나에게 칭찬해 달라는 것 같아 나도 모르게 고개를 끄덕였다. 그러자 고블린은 기쁘다는 듯 쭉 찢어진 입가를 고스란히 드러내며 히죽 웃었다.

"······웃었군."

"고블린도 웃는구나."

록그레이드가 옆에서 조용히 논평했다.

"그나저나 좀 묘하군."

그는 방 안을 훑어보더니 바닥에 깔린 카펫을 발로 굴렀다. 그래 봐야 유령이니까 그 감촉은 모르겠지. 하지만 나는 그 카펫이 상당히 푹신하다는 것을 알 수 있었다. 갑자기 맨발로 있고 싶은 충동을 느낄 정도로 푹신하다.

"고급품이다."

록그레이드는 그렇게 논평하고는 방 안을 쭈욱 훑어보았다.

"테이블은 흑목으로 만든 거로군. 나쁘지 않아."

그래, 저놈이 왕자님이라는 걸 잊었다. 나쁘지 않은 정도가 아니라 호사스러움의 극치인 방 안이었다. 그런데 대체 왜 이런 방이 있는 걸까? 드래곤의 레어에?

책장을 살피던 그가 물었다.

"여기 있는 책, 읽을 수 있겠어?"

나도 모르게 책장 앞으로 다가갔다. 잘 정돈된 책 한 권을 꺼내 제목을 읽었다.

" '엡실론 전설에 나타난 에베앙 술법'."

그 말에 록그레이드가 미간을 찌푸렸다.

"뭐야, 그건? 어디 말이지?"

나도 미간을 찌푸렸다. 읽을 수는 있겠는데 이게 대체 어디 말인지는 나도 모르겠다.

"바다 건너 북대륙에 있는 고대 라시아나 왕국의 언어지."

낮게 울리는 목소리.

고개를 돌리자, 근처에 있던 고블린들이 납작하게 몸을 엎드린 모습이 눈에 들어왔다. 말 그대로 부들부들 떠는 모습이 애처로울 지경이다.

"생각보다 일찍 왔군. 아직 자네를 맞이할 준비가 덜 되었는데."

황금의 드래곤 에메타이드 에페였다.

Chapter 46

"일이 일찍 마무리되었습니다. 일찍 와서 실례일까요?"

고개를 숙이자 그가 피식 웃으며 손짓했다.

"나로선 아무래도 상관없지. 불편한 것은 그대니까. 여긴 인간이 살지 않기 때문에 자네가 살기에는 불편하거든."

에메타이드는 부드럽게 말했다. 물론 그가 부드럽게 말해도 뒤에 있는 고블린은 기절 직전으로 겁에 질려 있었다.

"그럼 고블린들이 꾸미고 있는 이 방이 제가 쓸 거였습니까?"

놀라서 묻자 그는 작게 웃었다.

"그럼 자네가 1년 이상 머물 텐데 방 하나 없이 지내게 할 수 있나? 생각해 보게. 여긴 아무것도 없어. 식량도, 옷가지도, 침대도. 그런 불편한 상황을 얼마나 참을 수 있을 거라 생각하나?"

"그렇군요."

그건 생각지 않았었다. 드래곤의 레어에 인간이 쓰는 물건들이 있는 것 자체가 이상하니까. 드래곤은 인간의 음식을 먹지 않는다. 그리고 당연하지만 침대도, 옷가지도 걸치지 않는다.

"추위야 타지 않는다 해도 먹지 않고서야 견딜 수 있겠나?"

그는 피식 웃더니 손짓했다.

"자네의 등 뒤에서 비정상적인 마나가 느껴지는데 그건 뭔가?"

"아?"

나는 그 말이 록그레이드를 뜻하는 것인 줄 뒤늦게 깨닫고 뒤를 돌아보았다. 록그레이드는 에메타이드를 보고 거의 넋이 나간 얼굴이었다.

"원래 이 몸 주인이었던 록그레이드 팰러스입니다. 전에 제가 말씀드렸지요."

그 말에 그는 흥미진진한 표정을 지었다.

"오, 그래. 들었다. 소드 마스터와 흑마법사의 재질을 동시에 타고난 드문 인간이라고. 그런데 그의 영혼이 어째서 저 세계로 가지 않고 여기에 머물러 있는 거지?"

록그레이드는 드래곤이 자신을 알고 있다는 것이 기쁜 듯 드물게 웃는 얼굴을 했다. 그가 고개를 숙여 인사했지만 나로선 에메타이드가 록그레이드를 볼 수 없다는 것을 알고 있었기 때문에 설명해야만 했다.

"잘은 모르겠지만 마족 때문에 뒤엉킨 운명 탓인가 합니다. 그가 에메타이드님을 향해 인사하는군요. 무척 뵙고 싶었나 봅니다."

그 말에 에메타이드도 웃었다.

"그를 보고 싶군. 하지만 내가 그에게 영향력을 행사하면 소멸되어 버릴 테니 별수없지. 그로서는 이곳에 있는 것만으로도 상당히 부담이 될 테니까."

"예?"

나는 무슨 의미인지 몰라 뒤를 돌아보았다.

"유령이란 결국 비정상적인 마나의 집합체야. 하지만 내 레어에서는 마나가 끊임없이 흐르고 모여들지. 그가 여기에 존재한다는 것은 그 흐름에 저항하는 것이니까 그로선 굉장히 힘든 일이 될 걸세. 나로선 유령 따위가 내 레어에 들어왔다는 것 자체가 놀라운 일이라 생각하지만."

에메타이드는 흥미롭다는 듯 록그레이드 쪽을 바라보았다.

아닌 게 아니라 록그레이드는 점점 희미해지고 있었다. 그럼 빨리 나타나지 않은 것이 화가 나서가 아니라 나타나기 어려워서였던가.

"마나의 지배자를 이렇게 뵙게 되어 영광입니다. 아닌 게 아니라 힘들군요. 전 곧 나가도록 하겠습니다만 저 얼간이의 곁에서 멀리 떨어질 수 없으니 레어 근처에 있도록 하겠습니다."

록그레이드는 에메타이드를 향해 인사하며 말했다. 이미 허벅지까지 사라진 뒤였지만 말하는 것은 여전히 태연자약하고 얄미웠다.

"이봐, 그럼 어떻게 하지?"

내가 묻자 그는 어깨를 으쓱했다.

"그대가 가끔 레어 밖으로 나와야지, 나를 만나고 싶다면."

"나의 곁에서 떨어지면 위험한 건 너지 내가 아냐!"

기가 막혀 소리 질렀다. 하지만 목까지 남아 있는 그는 태연한 태도였다.

"무슨 말을. 나를 안 보면 답답한 것은 그대지 내가 아냐, 얼간이."

그 말을 마지막으로 그는 사라졌다. 먼지처럼 파앗 하고 사라지는 것을 나는 넋을 잃고 바라보았다.

"푸하하하하하……!"

에메타이드가 웃고 있었다. 드래곤은 인간처럼 배를 잡고 웃더니 자연스레 의자에 앉았다.

"저기, 그의 말이 들렸습니까?"

그의 반응이 좀 이상해서 묻자 그는 고개를 끄덕였다.

"처음엔 못 들었지만 조금 뒤엔 들렸네. 마나를 뒤틀면 들을 수는 있지. 하지만 그의 모습이 보이게 할 순 없어. 잘못하면 소멸되어 버릴 테니."

"그의 모습을 고정할 수는 없는 건가요?"

"그에게 내 힘을 행사할 수는 없네. 기본적으로 유령은 내게 다가서는 것만으로도 소멸되는 게 보통이야."

그럼 정말 그를 만나려면 레어 밖으로 나가야 하나?

"정말 재미있군. 과연 미족들과 드래곤들이 모두 탐낼 만하지 않은가."

"죽어서도 저 정도라니. 살아 있을 때는 얼마나 대단했겠습니까."

기가 막혀서 내가 투덜거리자 그는 앉으라고 손짓했다.

"그래도 그가 곁에 있으니 자넨 살아난 기분 아닌가?"

여전히 예리한 그 말에 나는 순순히 동의했다. 상대가 드래곤이고 보면 자존심을 세울 생각도 나지 않는다.

"그렇습니다. 확실히 그가 있다는 것만으로도 안정되는 기분이지요. 비록 저와 똑같은 얼굴을 하고 있어 거북하긴 해도."

"그거야 자네 얼굴을 바꾸면 될 일이지, 뭐가 문제인가?"

"네?"

나는 입을 벌렸다.

"얼굴을 바꾼다고요?"

"당연하지. 자네 정도의 흑마법사라면 얼굴을 바꾸는 것은 문제도 아니지. 자네는 원소 자체를 뒤바꾸는 힘이 있지 않은가."

"…예?"

생각해 보면, 내게는 인간을 두꺼비로 만들 정도의 힘이 있었다. 그런 내가 얼굴을 바꾸지 못한다는 것은 말이 되지 않는다.

"하, 하하하하……."

내가 멍청히 웃자 에메타이드는 혀를 찼다.

"자네도 참, 묘한 데서 멍청하군. 록그레이드라고 불리고 싶지 않다면 얼굴을 바꾸면 그만일세. 그런 간단한 일을 왜 생각 못했나?"

"그게……."

그동안 록그레이드의 가면을 쓰고 살았는데 그런 생각을 차마 할 새가 있었어야지. 게다가 나는 얼굴을 바꾼다는 것을 상상조차 하지 못했다.

"어, 어떻게 하면 되지요?"

"잘 생각해 보게. 그리고 어떻게 변할 것인가를 생각해. 일단은 거울을 보는 게 좋겠지."

나는 문득 록그레이드가 자기 얼굴을 마구 바꿨다고 화를 내면 어떻게 하나 싶어 조금 망설여졌다. 흥분되는 것만큼 망설임도 컸다. 마구 만졌다가 이상해지면 어떻게 하지? 근본적으로 록그레이드의 몸은 아주 훌륭한 몸이었다. 마족과 드래곤이 모두 눈독을 들일 정도로.

에메타이드가 내민 거울을 물끄러미 보고 있자니 막막했다. 아니, 역시 그에게 허락을 맡아야 할지도 모른다.

"록그레이드가 화를 내면……."

"그가 왜 화를 내?"

"자기 육신을 마구 바꾸었다고 화를 낼지도."

"유령이 화를 낸들 그게 무슨 상관인가?"

지극히 드래곤다운 말을 하기에 나는 한숨을 내쉬었다.

"뭐, 그렇게 고민된다면 천천히 하게."

내가 한숨을 내쉬자 그는 씨익 웃었다. 장난기 어린 그 모습에 나는 그가 드래곤이라는 것도 잊을 뻔했다. 하지만 잊을 수 없는 것이 아직도 방 안 구석에는 고블린들이 벌벌 떨며 납작 엎드려 있는 중이었다.

"저 고블린들은 에메타이드님이 부리는 하인들입니까?"

"나에게 하인들이란 개념은 없어. 그냥 일을 시키는 것뿐이지."

그는 그렇게 말하고는 손짓했다. 그러자 고블린들은 말 그대로 달달 떨면서 뒷걸음쳐 밖으로 나갔다. 그와 나, 단둘이 남자 그는 방 안을 둘러보며 말했다.

"방은 마음에 드나?"

"아주 훌륭합니다."

"옷가지는 여러 벌 준비 못했네. 나중에 자네가 더 준비하게나."

"흑마법사가 옷이 뭐가 필요하겠습니까?"

그 말에 그는 이상하다는 듯 날 바라보았다.

"흑마법사와 옷이 무슨 상관이 있나?"

그 말에 나도 모르게 입을 다물었다. 그러고 보니 별 상관은 없다. 어차피 나 혼자인데 내가 로브를 입든 말든 무슨 상관인가. 게다가 흑마법사는 검은 로브를 입어라고 정해지진 않았다. 상관이 있다면 계약한 마족과 상관이 있겠지만 마족이 흑마법사에게 검은 로브를 입어 달라고 요청한 적도 없었던 것 같다.

"하여간 인간들이란."

쯧쯧, 혀를 찬 에메타이드는 머쓱해 있는 나에게 턱짓을 했다.

"나는 금빛을 좋아한다네. 자네가 좋아하는 색은?"

"…검은색인데요."

그 대답에 그는 다시 혀를 찼다.

"독창성이 없군."

그 말에 항의할 수 없는 것이 슬펐다.

"식량은 아직 다 채워지지 않았네. 따라오게. 적당히 내가 이곳을 안내해 주지."

"영광입니다."

레어 안은 굉장히 넓었다.

전에 잠시 내가 머물렀던 곳은 사실 방이라기보다는 창고였던 것 같다. 에메타이드가 예전에 엘프에게 받았던 물건들을 쌓아놓았던 방이었던 모양이다. 인간의 물건이나 음식을 탐하지 않는 그가 유일하게 즐기는 게 있다면 술인데, 내게 그때 권했던 술이 바로 엘프의 술이었다. 오래 저장될 수 있도록 마법을 걸어놓았다고 들었다. 전설처럼 드래곤이 보물을 쌓아놓는다는 것은 거짓이다. 사실 보석 같은 것이 드래곤에게 무슨 소용이 있겠는가. 인간이 탐하는 보물은 그에겐 그저 돌멩이에 불과한 것이었다.

그의 거처는 레어의 가장 안쪽이었다.

방이라기보다는 거대한 광장이었다. 본체의 크기를 생각한다면 그 광장도 그다지 큰 것은 아닐 터였다. 내가 둘러보고 있는 동안 에메타이드가 설명했다.

"내가 전에 말했듯이 나는 아이를 만드네. 내 몸을 조합해서 만드는 아이지."

나는 진지하게 경청했다.

"이곳에서 나는 아이를 낳을 거야. 그 아이는 그러니까……."

그는 잠시 동안 크기를 가늠하듯 손을 뻗었다.

"자네보다 조금 작을 걸세."

"그렇게 큽니까?"

그렇게 반문했다가 나는 어이가 없다는 에메타이드의 시선과 마주쳤다. 얼결에 어설프게 웃었다. 큰 게 아니다. 작은 것이다. 에메타이드의 본체에 비하면 얼마나 작은 것인가. 말 그대로 보통 아기라면 엄청나게 작은 셈이다.

"알을 낳는 게 아닌가요?"

내 말에 그는 한탄했다.

"자네, 바보인가? 드래곤이 뱀이라도 되나? 알을 낳게?"

"죄송합니다."

나도 모르게 록그레이드처럼 머리를 쓸어 올렸다. 민망해라.

"어쨌거나 그만한 아이를 낳지. 그리고 그 아이가 제대로 자라려면 한참이 걸리지."

얼마나 걸리느냐고 물으려다가 관두었다. 드래곤이 한참이 걸린다고 하면 1, 2년이 아닌 것은 확실하다.

"그리고 1년간 나는 힘을 쓰지 못해."

그는 진지하게 말했다. 조금 걱정스러운 듯 광장을 둘러보면서 그는 나를 돌아보았다.

"나와 아이를 지켜줄 수 있겠지? 1년이면 되네. 1년이면 나는 제 힘을 되찾으니까."

"네."

나는 웃으며 고개를 숙였다.

"저는 당신의 록베더이니까요."

그 말에 만족한 듯 에메타이드는 웃었다.

"자네가 일찍 왔으니 나도 일찍 애를 낳아야겠네. 되도록 서두르는 게 좋겠지. 나도 사실 아이를 보고 싶어 견딜 수가 없을 지경이거든."

"하하. 그런데 궁금합니다. 드래곤의 아이란 어떻게 생긴 거지요? 본체와 비슷합니까?"

궁금해서 묻자 그는 고개를 저었다.

"아니, 본체와는 비슷하지 않아. 드래곤의 아이는 엘프를 닮았다네."

그 말에 나는 입을 쩌억 벌렸다.

"에, 엘프요? 어째서요?"

기가 막혀 묻자 그는 쿡쿡 웃었다.

"재미있는 이야기지만 드래곤의 아이는 굉장히 약하네. 비늘도 없고, 이빨도 없고, 손톱도 없지. 말 그대로 연약하지. 드래곤은 사실 새와 아주 비슷해. 새처럼 조금 먹고 새처럼 가볍지. 그러다가 성체가 되면 완벽하게 변이하는 거야."

"그러니까, 드래곤의 아이는 엘프와 새를 닮은 겁니까?"

조금 당혹해서 그렇게 묻자 그는 고개를 끄덕였다.

"그럼 혹시 황금빛 살결과 머리칼을 가진 엘프와 닮은 아이가 나오는 겁니까?"

그 말에 그는 잠시 생각해 보더니 고개를 끄덕였다.

"그럴지도 몰라. 그리고 재미있는 일이지만 어쩌면 자네를 닮을 수도 있어."

"네?"

나는 입을 쩌억 벌렸다.

"보호자를 닮는 것은 약한 자들의 특성이라네. 우리는 마나로 이루어진 자들이니 가장 가까이 있을 자네를 닮을 수도 있어."

"하, 하하하……."

나는 당황했다. 왠지 가슴이 두근두근했다.

"결국 자네가 보모가 되는 걸세, 1년간."

"근데 드래곤의 아이는 뭘 먹습니까?"

"아무거나."

"아무거나?"

"오크든 고블린이든 인간이든 뭐든 먹네. 물론 안 먹어도 상관은 없지."

"돌멩이 같은 것도?"

미심쩍은 기분에 묻자 그는 크게 웃었다.

"그렇지. 아이는 아이니까 자네가 말리지 않는다면 뭐라도 집어 먹을걸."

그의 얼굴이 조금 부드러워졌다.

"그 아이는 자네를 맹목적으로 따를 걸세. 자네를 무조건 신뢰하며 의지할 거야. 힘들 수도 있어. 하지만 자네는 나의 록베더니까 피할 수는 없을 걸세."

"네."

따스한 물이 또 찰랑찰랑 채워지기 시작했다. 록그레이드가 아닌 나를 의지하는 존재가 나타난다는 것은 묘하게도 기가 막히게 달콤한 기분이었다. 어느 누구도 아닌 나만을 위한 존재. 즉, 록그레이드가 아닌 나만을 위한 존재. 내가 이 땅 위에 이렇게 두 발을 디디고 서 있다는 것을 증명해 주는 고리.

에메타이드는 내 얼굴을 보고 무슨 생각을 하고 있는지 알아차린 듯 묘한 미소를 지었다. 그가 그런 미소를 지을 때마다 나는 그에게 통째로 해부당하는 기분이 들었지만 그렇다고 해서 불쾌하진 않았다. 나는 이미 에메타이드의 록베더로 그에게 얽매인 존재였다. 그에게 이름 지어진 존재.

"내가 조언 하나 해주지."

갑자기 에메타이드가 인간처럼 윙크를 했다. 남자라는 것을 알고 있어도, 아니, 드래곤이라는 것을 알고 있어도 굉장히 매혹적이어서 나도 모르게 두근두근했다.

멍청히 그 윙크를 받아든 나에게 그는 폭탄을 하나 던졌다.

"자네는 엄청나게 강한 흑마법사네. 내 생전 처음 볼 정도로 강한 마법사야."

그 말은 록그레이드도 했었다.

"자네는 원소를 바꿀 힘이 있어. 오크를 고블린으로 바꿀 정도의 힘이 있다는 것이지."

그렇다. 나는 인간을 두꺼비로 만들 수 있다.

"그건 다시 말해 자네가 원소를 뒤바꿀 정도의 힘을 가진 마족과 계약했다는 거야."

그는 매혹적인 미소를 머금은 채 덧붙였다.

"그리고 내가 아는 한, 그런 힘을 가진 것은 마왕뿐이라고."

머리 속에서 천둥이 치는 것 같았다. 아니, 폭풍이 일어나 머리 속을 완전히 날려 버렸다. 나에게 생각이란 게 남아 있다면 모르지만, 어쨌거나 남은 게 있다면 그 나머지도 모조리 날려 버렸다.

멀리서 새매가 울고 있었다. 먹잇감을 찾고 있는 모양이다.

잠시 지켜보는 사이에 운없는 땅 쥐 한 마리를 재빨리 움켜쥔 새매는 어디론가 사라져 버렸다. 봄이다. 이제 새들도 새끼를 낳고 키우는 시기가 왔다.

이 차가운 디아드라 산맥에도 분명히 봄기운이 드러나고 있었다. 얼마 전 얼음처럼 차가웠던 비를 쏟아냈다는 게 거짓인 양 하늘은 푸르고 구름은 솜털처럼 희었다. 얼음으로 채워졌던 바위틈 사이엔 이미 파릇한 새싹이 돋고 있었다. 보잘것없던 산등성이 위로 녹색이 번져가고 멀리 보이는 장엄한 산봉우리들은 이제 옷을 입기 시작했다.

비록 작긴 하지만 봄을 알리는 신호로 이름 모를 하얀 꽃들이 향기를 뿜었다. 나직하게 엎드린 거대한 바위 사이로 꽃이 피었다.

나는 깊게 심호흡하며 이미 손에 익을 대로 익은 검을 검집에 넣었다. 한바탕 땀을 흘리고 났더니 기분이 좋아졌다. 소드 마스터라고 말은 하지만 몸을 놀린다면 겨우 단련해 놓은 몸이 말랑해지고 말 것이다. 상대는 없었지만 어쨌거나 한바탕 움직이면 기분은 좋다.

아래쪽으로 오크 다섯 마리가 지나갔다. 나를 구경하던 놈들이었다. 시선이 마주치자 고개를 푹 숙여 인사하며 지나간다. 오크에게 인사받는 것은 고블린에게 인사받는 것만큼 괴상한 기분이다.

에메타이드의 레어 근처에는 오크와 고블린이 살고 있었다. 그 외에도 더 있다고 말은 들었지만 직접 내 눈으로 본 적이 없었다. 나는 레어에서 거의 벗어난 적이 없었고, 레어의 가이드라인은 몇 겹이라 아래쪽은 알 수가 없었다.

날씨가 무척 좋았다. 마음은 평온하다.

잠시 동안 바위 위에 드러눕자 슬그머니 록그레이드가 나타났다. 그는 내가 말을 걸지 않는 이상 말을 별로 하지 않았다. 원래 과묵한 편일 것이다.

"드래곤의 아이는 태어났나?"

"아직. 곧 태어날 거라고 에메타이드님은 말했지만."

나도 그도 기다리고 있었다, 드래곤의 아이가 태어나는 날을.

이렇게나 편안한 시간은 다시없었다. 요 한 달간 나는 정말 살아 있다는 것을 실감할 정도로 기분 좋았다. 시간이 나면 검을 수련하고 록그레이드와 함께 체스를 두거나 마법에 대해 연구도 했다. 에메타이드는 자신의 거처에 틀어박혀 있었다. 아이를 만드는 것은 그의 신체에 상당한 부담을 주는 게 사실인 모양이다. 대체 드래곤은 어떻게 아이를 낳는 것일까? 사람처럼 낳는 게 아니라는 것쯤은 짐작할 수 있지만 궁금하기 짝이 없었다.

그는 사실 체스를 두거나 카드놀이를 하기에 적합한 상대는 아니었다. 나도 지는 것을 싫어하지만 그 정도는 아니었다. 그에게 이긴 적은 단 한 번도 없었다. 유령이 돼서도 오만한 그를 옆에 끼고 산다는 것은 생각 외로 짜증스러운 일이었다.

그는 실제로 그다지 말을 자주 하지도 않았다. 그가 아직 스물여섯 살의 젊은이라는 것을 생각한다면 그 과묵함이나 지나친 자제력은 믿어지지 않을 정도였다. 그가 말을 거는 경우는 오로지 에메타이드가 아이를 낳았는가, 혹은 그 아이는 어떤가, 드래곤의 생각은 어떤가 등등의 호기심에 차 있을 때뿐이었다.

"좋은 날씨야."

나는 길게 누운 채 히죽 웃었다. 그는 내 옆에 서서 아무런 말도 하지 않았다.

문득 벤이 생각나 그를 돌아보며 물었다.

"벤은 잘살고 있을까?"

"글쎄. 그다지 잘살고 있을 것 같지는 않지만."

그 말에 조금 불안해졌다.

"그는 내가 그렇게 길들였다. 그러니까 별수없지."

록그레이드는 팔짱을 낀 채 아지랑이가 피어오르는 땅을 바라보고 있을 뿐이었다.

"길들이다니?"

"그는 미친 작자였으니 별수없지."

나는 뜻밖의 말에 이해가 가지 않았다. 비록 록그레이드가 냉혹한 녀석이긴 하지만 그를 위해 목숨을 거는 자들이 많은 만큼 사악하다고는 생각지 않고 있었다. 신분이 낮든 높든 그에게는 그저 사용하고 버릴 말에 불과하다는 것을 알고는 있었다. 하지만 그에게도 분명히 소중한 사람들이 있었다.

"벤에게…… 무슨 짓을 한 거야?"

그를 물끄러미 바라보자 록그레이드는 날 돌아보며 물었다.

"눈치 채지 못했나? 그는 정상이 아니야."

그에게 들은 바에 따르면, 벤은 부유한 상인의 아들로 망나니 중에 개망나니였다고 한다. 그는 검술이 대단했기 때문에 누구보다도 쉽게 기사가 되었고, 그 다음에는 무력과 재력으로 온갖 나쁜 짓은 다 하고 돌아다녔다고 한다. 부녀자 강간 살해는 기본이요, 심지어는 귀족 여자도 넘보았다. 길거리를 지나다가 발에 채이면 어린애도 주저없이 살해했다. 그러던 어느 날 그는 아리따운 귀족 아가씨를 마음에 들어했지만 그녀는 그의 청혼을 거절했다. 벤의 행동거지가 기사임에도 불구하고 사악했기 때문이다. 하지만 그녀는 대놓고 그에게 뭐라 할 수는 없어서 절대로 그가 해낼 수 없는 조건을 걸었다. 즉, 황실 기사가 되라는 것이었다. 전에도 말했지만 황실 기사단은 아무나 들어갈 수 있는 게 아니다. 하지만 벤은 그만큼 자신만만했다. 그는 돈을 써서 신분을 위조했다. 그리고 실력을 자랑하며 황실 기사단에 들어갔던 것이다.

"적어도 벤이 사악하다는 내 느낌은 잘못된 게 아니었군."

내가 혀를 차자 록그레이드는 가볍게 웃었다.

"그러나 그녀는 이미 다른 귀족과 약혼한 상태였지. 그는 격분해서 그녀의 집에 쳐들어가 그녀를 강간하고 그녀의 부모를 해쳤다. 상당한 희생을 치른 뒤에야 그를 잡아 넣을 수 있었지. 그때까지도 그는 그녀가 배신했다며 증오하고 이를 갈았다."

"허참."

"그런 인간이 있지. 자신의 잘못은 생각지 않고 남의 탓만 하는 자들. 다시 말해 벤 가울링은 미친 작자였다는 거다. 결국 그에게는 케노피 형이 부여되었지."

"그런데 왜 넌 그를 살렸지?"

그는 어깨를 으쓱했다.

"살리려던 게 아니었어. 나는 그저 그를 내 검술 상대로 쓸 생각이었지."

"뭐?"

"나와 진심으로 상대하려는 자가 점점 줄어들고 있는 상태였다. 데블린 후작 이외에는 나와 검을 대기도 두려워하고 있으니 대체 내가 누구랑 검술 수련을 할 수 있었겠나?"

"……."

"광기에 차서 두려움도 없이 달려드는 그는 정말 쓸 만한 상대였지.

나는 매일매일 그를 상대로 죽도록 때려주었어. 사실 나도 많이 쌓였거든."

그는 히죽 웃었다.

조금 소름이 끼쳤다. 그 당시 그는 열세 살이라고 들었다. 그런데 열세 살짜리가 입에 거품 문 미치광이 살인마를 상대로 검을 휘둘렀다니.

"그게 가능한가? 그래도 열세 살이라면 근육량이 그다지 많지 않을 때인데. 난 네가 열다섯 살 때 소드 마스터가 되었다는 게 믿기지가 않아."

"열세 살 때 난 블랭크 시전이 가능했어."

그 말에 나는 입을 쩌억 벌렸다. 록그레이드는 건방진 태도로 머리카락을 쓸어 올리며 담담히 말했다.

"어쨌거나 그를 두들겨 주는 건 꽤나 재미있었지만 나중에는 별로 도움이 안 되어 내버려 두었지."

"그런데?"

"그랬더니 밤마다 찾아와 우는 거야. 허참, 자길 버리지 말아달라나."

"에?"

"3년간 상대를 해주는 것은 나밖에 없었던 거지. 그가 행한 일은 모두 다 알고 있었어. 하인들도, 기사들도, 한낱 시녀들도 그를 마치 끔찍한 물건 보듯 피해 다녔지. 나는 그에게 아무도 말을 걸지 말라고 명을 내려놨었거든. 그리고 그에게는 아무에게도 주먹질을 하지 말라고 명령을 내려놓았고."

3년간.

아무에게도 말을 듣지 못한다면 그게 어떤 기분일까.

"그리고 그때쯤 나는 흑마법사가 되어서 좀 바빴어. 내 힘을 확인하느라 정신이 없었거든."

그는 느긋한 어조로 말했다. 사람 하나를 폐인 만들어놓고도 태연자약하다.

"하도 매달리기에 그의 정신을 좀 건드렸지. 적당히 살아갈 수 있도록. 하지만 나를 배신하지 못하도록 말이야."

"…정신 조작?"

"그렇지. 그는 내가 없는 곳에서는 괴물이 되는 인간이었어. 아니, 기본적으로 인간이 아니었다고나 할까? 조사를 해보고 알았지만 그가 첫 살인을 한 것은 열 살 때라고 하더군. 자신에게 매질한 유모를 찔러 죽였어."

나는 아무런 말도 못했다. 벤이 그렇게나 무조건적으로 록그레이드에게 매달리는 것은 이유가 있었던 셈이다. 도노반과는 달랐다. 도노반은 록그레이드를 마치 자식처럼 사랑했지만 벤은 그의 노예였다. 아니, 개였다.

"개에게는 목걸이를 매어놓지 않으면 안 돼. 사나운 이빨을 아무에게나 드러내면 곤란하니까."

그는 그렇게 덧붙이고는 여상스럽게 나를 돌아보며 말했다.

"그런데 뭐 할 말이라도 있는 건가?"

"아니."

나는 쓸쓸하게 웃었다.

개라……. 록그레이드는 확실히 나와는 다른 인종이다. 나라면 죽일

지언정 벤을 그런 식으로 다룰 생각은 하지 못했을 것이다.

멀리서 흰 구름이 흘러갔다. 나는 벤의 일을 머리에서 지우려고 애쓰며 눈을 감았다.

책을 읽고 마법을 연구하면서 시간이 흘렀다. 지극히 평온한 시간이었다.

나는 내 계약자가 마왕일지도 모른다는 결론에 이른 이래로 그저 담담했다. 내가 몇 번인가 재생 아닌 재생을 했고, 또 그만큼 강한 흑마법사라는 것이 전부였다. 그냥 모든 것을 그대로 받아들이자 별로 대단한 문제가 아니라는 생각마저 들었다. 그래, 내가 몇 번씩 재생했다고 치자. 그게 또 뭐 얼마나 대단한 일이겠는가.

록그레이드와 에메타이드가 너무나 태연했기 때문인지 나도 그게 별로 대단한 일은 아니라고 생각하게 되었다. 사람이라는 건 정말 간사하기 짝이 없다.

"록그레이드."

"왜?"

"내가 얼굴을 바꾸어도 화내지 않겠어?"

한 달여 동안 나는 여러 가지 연습을 했다. 내 얼굴을 잘 바꿀 수 있도록 여러 가지 물건으로 실험을 했던 것이다. 오크나 고블린으로 연습해 본 결과 나는 확실히 내가 마음먹은 대로 얼굴을 바꿀 수 있다는 것을 확인했다. 하지만 확인한 것과 그것을 그대로 행하는 것은 달랐다.

"뭐?"

내 질문에 록그레이드는 어이없다는 듯 바라보았다.

"내가 얼굴을 바꾸어도 괜찮겠냐고."

"얼굴을 바꿀 수 있다면 얼마든지 바꿔. 그건 이미 네 몸이야."

좀 맥이 풀렸다. 그는 항상 이렇다.

"이상한 것에 집착하는군. 전에도 말했지만, 나는 한번 버린 것에 미련을 갖지 않아. 네 얼굴이니 네 마음대로 해."

"알았어. 내 마음대로 하지."

그의 허락을 받고 나는 결심했다. 얼굴을 바꾸고 1년 후엔 이곳을 떠나 여행을 하리라. 저 뜨거운 리베이드와 바다 향기가 가득한 퓨션, 그리고 겨울의 나라로. 또한 나에게는 꼭 해야 할 일이 하나 있었다. 그것은 내내 내 마음 한구석에 가시처럼 박혀 날 괴롭히는 죄책감이었다.

"어떤 방식으로 얼굴을 바꾸는 거지?"

가만히 있던 록그레이드가 물었다. 그는 자신이 모르는 마법이 궁금했던 모양이다.

"얼굴을 구성하는 원소를 바꾸는 거지. 재배열하는 거야."

"그런 게 가능한가? 나도 예전에는 얼굴을 숨기기 위해 일루전을 쓴 적이 있긴 해. 하지만 그건 눈속임이지 진짜로 얼굴 자체를 바꾸는 것은 아니지."

"그래."

나는 록그레이드의 말을 흘려들으며 품에서 거울을 꺼내보았다. 조금 민망한 말이지만 사실 연습을 위해 거울을 가지고 다녔었다. 뒤에서 록그레이드가 좀 어이없다는 듯이 바라보는 것을 느끼자, 얼굴이 뜨거워졌다.

"흠, 흠."

그리고 오랫동안 생각해 왔던 얼굴을 떠올렸다.

검은 머리에 검은 눈, 하얀 피부. 피곤해 보이는 듯한 표정을 한 젊은 남자.

두 손을 얼굴에 대고 주문을 외웠다. 별로 대단한 느낌은 없었다. 얼굴 근육이 마구 뒤틀리는 느낌은 있었지만 아프진 않았다.

"다 됐어?"

호기심에 찬 록그레이드의 음성이 들려왔다.

나는 슬그머니 손을 떼고 거울을 보았다. 거기엔 완전히 새로운 얼굴이 있었다.

록그레이드처럼 검은 머리였지만 전혀 다른 느낌이었다. 하지만 익숙하다. 아주 익숙했다. 마치 예전에 신던 신발을 신은 것처럼.

"뭐야, 그런 비리비리한 얼굴은?"

옆에서 록그레이드가 불만을 토했다.

"이왕이면 좀 멋진 얼굴이 되는 게 어때? 게다가 그 얼굴은 그 몸에는 어울리지 않는다고."

"그, 그런가."

그의 말이 옳았다.

잘 단련된 역삼각형의 체구를 한 록그레이드의 체형에 바짝 말라 보이는 비리비리한 허연 얼굴의 사내는 영 어울리지 않았다. 나는 나도 모르게 이 우스운 조합에 웃음을 터뜨렸고 록그레이드도 마찬가지였다.

"잘해봐."

그는 흥미진진하다는 듯 내 앞으로 다가와 팔짱을 끼었다. 다시 시도해 보라는 그의 태도에 나도 모르게 마음이 가벼워졌다. 꼭 가면이라도 고르고 있는 것 같다.

"아무리 그래도 기본적으로 체형과는 어울려야 할 것 아니야? 다시 해보라구."

"알았어."

나는 두 손을 얼굴에 얹고 다시 시도했다. 이번에는 좀 더 선이 굵은 얼굴로,

갑자기 묘한 잔상(殘像)이 눈앞을 스쳐 지나갔다.

검은 머리, 검은 눈에 짙은 눈썹을 한 얼굴. 각이 진 턱과 검 연습을 하다 뺨을 조금 베었던 흉터. 그리고…….

나도 모르게 부르르 떨었다. 눈앞이 아득해졌다.

"왜 그래?"

록그레이드가 부르지 않았다면 나는 정신을 잃을 뻔했다.

손을 얼굴에서 떼자 록그레이드가 내 얼굴을 빤히 보며 흐음 하고 소리를 냈다.

"별로 나쁘진 않은데 너무 평범하군."

나는 허겁지겁 거울을 보았다.

"아……."

이상한 일이다.

나는 내 뺨을 만지며 잠시 동안 아무 말도 못했다. 눈앞에 나타난 그 얼굴은 이십 대 중반의 평범한 얼굴이었는데도 가슴이 울렁거렸다. 혹시 헤어진 가족이라든가 나와 연관된 누구인 걸까? 혹시 이게 나의 진짜 얼굴? 하지만 어색하다. 나는 거울 속의 얼굴을 노려보며 대체 뭐가

어색할까 고심했다. 한참 그렇게 거울을 들여다본 후에야 나는 무엇이 어색한지 알았다. 그렇다. 눈빛이 어울리지 않았다. 수백 년은 묵은 듯한 허탈한 눈과 이 평범한 얼굴의 청년과는 전혀 어울리지 않았다.

"주름살이라도 넣어보지 그래?"

옆에서 록그레이드가 빈정거렸다.

주름살이라. 나는 입가에 조금 주름살을 만들어 넣었다. 하지만 그래도 뭔가 이상하다. 이 얼굴이 나이가 들었다는 것을 나는 상상할 수 없었다.

"제기랄."

나도 모르게 거울을 집어 던졌다.

더 이상 할 수가 없었다. 불안하고 불안해 새로운 얼굴을 할 수가 없었다. 어쩌면 내 진짜 얼굴일지도 모르고 혹은 나의 지인(知人)의 얼굴일지도 모른다. 아니, 심지어는 내 원수의 얼굴일지도 모르는 것이다. 과거를 모른다는 것이 고통스럽다는 것을 나는 다시 한 번 깨달았다.

"너무 심각하게 생각하고 있군, 그대는."

록그레이드가 조용히 말을 걸었다.

"심각하지 않을 수가 있나?"

내가 내쏘자, 그는 팔짱을 끼고 한숨을 내쉬었다.

"한 번에 하나씩 해."

그를 올려다보자 그는 드물게 진지한 얼굴로 조용히 물었다.

"자신이 누군지도 모르니까 행동을 하기 두려운 것이겠지?"

"간단히 말해 줘서 고맙군."

잔뜩 빈정거렸지만 그의 진지한 얼굴은 변하지 않았다. 그는 가만히 날 내려다보더니 신중하게 말했다.

"그렇다면 그대의 얼굴을 내가 정해줘도 되겠나?"

"뭐?"

"내가 정해주지. 나에게도 그 정도 권리는 있겠지?"

그 말에 나는 아무런 말도 못했다. 하긴, 사실 이 몸뚱어리는 그의 것이다.

"내가 임의로 정한다면 그대는 굳이 고민하지 않아도 되겠지. 그렇지?"

"오늘 굉장히 친절한걸, 전하."

그는 내 말을 아예 못 들은 척하고는 거울을 내게 건넸다. 그 단순한 동작이 그에게는 엄청나게 힘들다는 것을 깨닫고 나는 빈정거리는 것을 관두었다. 어쨌거나 그가 나에게 분명 잘해주고 있다는 것은 사실이다.

"나는 사실 보모 노릇을 좋아하지 않는다."

록그레이드가 혀를 차며 말했다.

"누가 보모냐?"

"징징대지 마. 몇 번을 말했나? 결국 모든 것은 자신이 정하는 법이야. 태도를 확실히 해."

나는 거울을 들여다보았다. 다시 록그레이드의 얼굴로 변해 있었다.

"먼저 머리는 갈색."

앞에 버티고 서서 록그레이드가 명령했다. 정말 명령하기 어지간히 좋아하는군.

"갈색으로 길게. 색깔은 조금 짙게. 좋아. 빨간 머리는 싫어."

"내 머리잖아?"

"보는 건 나잖아? 그래, 밤색이 좋겠다."

어쨌거나 이런저런 소리를 하며 얼굴을 만드는 동안 마음이 가벼워진 것은 사실이었다. 설마 저 거만하기 짝이 없는 녀석이 날 위해 그럴 것 같진 않은데.

어느 정도 시간이 지나고 나서 결정된 나의 얼굴은 전과는 상당히 다른 모습을 하고 있었다. 그의 주장으로 약간 짙은 피부에 역시 짙은 밤색 머리칼을 어깨까지 늘어뜨리고 눈동자는 옅은 초록빛이었다. 왜 하필 그 색깔이냐고 물어보려다가 관두었다. 소울리에가 옅은 초록빛 눈동자를 하고 있다는 것은 나도 기억하고 있었으므로. 하지만 거기서 나와 소울리에의 닮은 모습을 찾고 있을 록그레이드를 떠올리자 조금 속이 거북해졌기에 관두기로 했다. 이젠 록그레이드의 모습은 완전히 사라지고 없었다. 거울 속에는 밤색 머리칼의 전형적인 전사의 모습을 한 이십 대 후반의 남자가 서 있었다.

턱은 네모지고 약간 흉터가 있다. 웃을 때 보조개가 들어간다는 게 내가 보기엔 웃기는 노릇이었지만, 록그레이드의 주장으로 그렇게 했다. 그쪽이 훨씬 자연스럽다는 것이다. 아닌 게 아니라 만든 얼굴이라 표정이 좀 부자연스럽긴 했다. 덕분에 완성되었을 때는 그럭저럭 잘생겼지만 꽤 거친 남자의 얼굴이 나타났다. 록그레이드가 놀랍도록 세세한 것까지 지적한 덕이었지만.

"됐군."

히죽 웃어 보았더니 진짜 보조개가 들어간다. 한쪽만 생기는 보조개라 그다지 이상하진 않았지만 그래도 남자 얼굴에 보조개가 생긴다는 게 좀 찜찜하긴 했다.

"이거, 아는 사람의 얼굴이야?"

내가 묻자 록그레이드는 고개를 저었다.

"이왕에 만드는 얼굴이 누구와 닮은 얼굴이었으면 좋겠나? 어리석은 소리 그만 하도록."

여전히 거만한 녀석을 한 대 치고 싶은 충동을 느꼈지만 유령을 칠 수도 없는 상황이라 결국은 침묵했다. 어쨌든 이리 보고 저리 봐도 꽤 괜찮은 얼굴이다. 자연스럽다. 사람들 사이에 섞이면 그저 건장한 남자라고 생각될 그런 얼굴이었다.

"이봐."

문득 록그레이드가 불렀다.

"마나의 움직임이 좀 달라졌는데?"

나는 퍼뜩 고개를 돌렸다. 아닌 게 아니라 마나의 흐름이 갑자기 급격하게 변하고 있었다. 황급히 레어로 달려 들어가자, 마나의 흐름이 마치 급류처럼 휘몰아치는 것을 느낄 수 있었다. 나는 에메타이드의 거처로 달려들었다. 뭔가, 뭔가가 일어나려 하고 있었다. 혹시 지금 아이를 낳는 걸까?

에메타이드의 거처에는 얇은 실드가 쳐져 있었다. 평소에는 그냥 드나들 수 있었지만 지금은 아닌 것 같았다. 강한 황금빛의 실드가 들어가는 입구를 봉쇄하고 있었다. 밖에서는 안을 볼 수가 없다. 나는 너무나 불안해서 주먹을 쥔 채 그를 불렀다. 물론 드래곤이니 큰일은 없겠지만 왠지 가슴이 너무나 뛰었다. 마나가 미쳐 날뛰는 것처럼 격하게 흐르고 있기 때문인지도 모른다.

"에메타이드?"

두근거리는 마음을 억누르고 막 그의 실드에 손을 대자 에메타이드의 외침이 들려왔다.

―거기 있게!

순간 격렬한 충격을 느꼈다. 나는 누군가가 후려친 것처럼 공중으로 치솟았다.

"아악!"

나는 내 온몸을 두들기며 지나가는 마나의 덩어리들을 느꼈다. 작은 망치로 몸을 마구 두들겨 대는 것 같았다. 정신이 아득해지는가 싶은 순간 나는 내가 있는 곳을 잊었다. 거대한 폭포수에 얻어맞는 것처럼, 해일처럼 거대한 파도가 덮치는 것처럼 나는 이리저리 흔들렸다. 이미 아무것도 보이지 않았다. 이리저리 급류에 휘말려 버둥거리는 동안 오로지 내가 할 수 있었던 유일한 것은 오러로 몸을 보호하는 것뿐이었다. 참아내기 위해 입술을 깨물자 피 맛이 났다. 정신을 차리려고 몇 번이나 입술을 깨물었다. 그러나 그도 잠시, 나는 그 맛을 잊었다. 무슨 일이 벌어지고 있는지 도저히 알 수 없었다. 나는 흔들리고 또 흔들렸다. 내 안의 야수는 불안감에 휩싸여 가느다란 목소리로 울었다. 너무나 거대한 물결에 휩싸인 나머지 몸을 느낄 수 없었다. 내 팔과 다리는 다 어디로 갔는지, 내 귀는 어디 있는지, 내 눈과 내 코는 다 어디에 있는지 알 수가 없다. 이런 불안감은 처음이었다. 나는 어찌할 바를 모르고 에메타이드의 이름을 외쳐 불렀다. 무슨 일이 벌어지고 있는 것인지 알 수 없어서 나를 구할 수 있는 유일한 존재의 이름을 부르며 허우적댔다.

 그때 갑자기 눈앞이 환해졌다. 시력을 회복한 눈앞에서 수십 수백의 폭발이 일어나고 화려한 황금빛의 꽃송이가 무수히 피어났다. 나는 춤추듯이 흩날리는 꽃잎을 바라보며 넋을 잃었다. 황금빛의 아름다운 꽃송이가 꽃잎을 휘날리며 만개했다. 황금의 비가 내렸다. 황금빛의 비가 방울방울 내리며 우아하게 허공을 물들였다. 세상이 온통 황금빛으로 물들고 온화하고 따사로운 물결이 바닥부터 일어났다. 황금의 꽃밭이 끝도 없이 펼쳐졌다. 마치 바다처럼 펼쳐지는 그 꽃밭은 숨이 막힐 정도로 아름다웠다. 그 속에서 가장 아름다운 정순함을 지닌 순금의 존재가 생명의 빛을 떠올리며 아름답게 흔들렸다.

 아무것도, 아무것도 느낄 수 없다고 생각했음에도 불구하고 나는 그 생명의 빛에 놀라 눈물을 흘렸다. 그것은 공포도 아니고 경이도 아니고 오로지 기쁨의 눈물이었다. 이렇게나 아름다운 것을 내가 보게 되었다는 데에 대한 기쁨. 그 기쁨이 나를 울부짖게 만들었다.

 록베더. 파수꾼.

 그렇게나 아름다운 이름을 알지 못했다. 그렇다. 나는 그 이름을 가지고 싶었다. 이 아름다운 것을, 이 아름다운 생명을 지킬 수 있는 자격이 나에게 있다니 얼마나 기쁜가.

 나는 울었다. 내가 우는 것인지 웃는 것인지 잘은 알 수 없었지만 어쨌거나 기쁨과 환희에 젖어 나는 통곡했다. 정말로 살아 있다는 것에 감사했다. 그 순간은 내가 정체를 알 수 없는 존재라는 것도, 록그레이드의 일도 모두 다 잊었다. 나는 살아 있었고 지금 가장 아름다운 것을 맞이하고 있는 순간이었다.

정신을 차렸을 때는 이미 아침 햇살처럼 간질거리는 마나가 흐르고 있을 때였다. 레어에 살다 보니 마나에 민감해져서 그 마나의 흐름을 따라 사는 물고기처럼 되어버렸다. 드래곤은 항상 이런 상황에서 사는지 잘은 모르지만, 만약 그렇다고 한다면 인간이 버글거리는 도시에서는 견디기 힘들지도 모른다. 인간 도시의 마나는 인간인 내가 말하기에도 정말 불순하기 짝이 없었다.

눈이 퉁퉁 부어 있었다. 좀 멋쩍어서 두 눈을 비비고 일어났다. 아직도 멍한 상태였지만 그렇다고 해서 당장 기절할 것 같지는 않았다. 나는 엄청난 마나의 흐름에 휩쓸린 것뿐이고, 왜 휩쓸렸는지 그 이유는 알 수 있었다.

드래곤의 아이. 아이가 태어난 것이다.

"에메타이드, 괜찮습니까?"

작게 불러보았다. 목이 잔뜩 쉬었다. 나는 몇 번이나 침을 삼키고 그를 불렀다.

"에메타이드."

—괜찮네.

나지막한 목소리가 들려왔다. 지친 목소리이긴 했지만 온화했다.

"들어가도 됩니까?"

—그래. 들어오게, 록베더.

나는 조용히 손을 뻗었다. 황금빛 실드가 우아하게 사라졌.

그의 거처는 별로 달라지지 않았다. 그저 그가 본체로 누워 있다는 것뿐. 그의 거대한 황금빛 거체를 올려다보던 나는 그가 긴 목을 지친 듯 바닥에 대고 있다는 것을 깨닫고 그의 머리 바로 옆으로 다가갔다.

그의 눈은 반쯤 감겨 있었다.

"괜찮습니까?"

―괜찮아.

그의 목소리에 담긴 만족감에 나도 안도했다.

"저는 얼마나 오랫동안 정신을 잃고 있었던 거죠?"

―반나절쯤. 자네가 마나폭풍에 휘말릴 거라고는 나도 생각지 못했네.

"별로, 나쁘지 않았습니다. 생전 처음 느꼈지만."

그 말에 갑자기 그의 눈이 웃었다. 실제로 웃진 않았지만 최소한 나는 그가 웃었다고 느꼈다.

―그래, 나쁘지 않았던 것 같군. 엉엉거리고 우는 소리에 내가 머리가 다 아플 지경이었지.

나는 퉁퉁 부은 눈을 누르고 시선을 피했다.

"나이는 먹을 대로 먹은 주제에 좀 감상적이 되었던 모양입니다."

―그래, 흑마법사치고는 감수성이 풍부해. 나이는 어디로 먹었나?

"그래 봐야 제가 어디 에메타이드님만큼 나이를 먹었겠습니까?"

―자네는 드래곤이 아니라 인간이지. 인간이 수백 살 먹었다면 대단한 거 아닌가?

그 말에 나는 움찔했다. 수백? 내가 수백 살 먹은 인간이라고?

―자네가 그렇게 엉엉 우는 것을 보고 내가 록베더를 잘 골랐다고 판단했네. 아마도 자넨 내 아이를 무척 잘 지켜줄 게야. 그렇지 않은가?

나는 멋쩍게 웃었다.

이상하게도 그가 말한 것에 충격을 받지는 않았다. 내가 나이가 많을 것이라는 건 나도 짐작하고 있었으니까. 하지만 수백 살이라니. 그건 좀 충격이다. 흑마법사가 수백 살이나 먹었다니. 아무도 믿지 않을 테지. 하지만 내 몸이 벌써 몇 번이나 옷 갈아입듯 육체를 바꾸었다고 한다면 틀린 말은 아닐 것이다.

"아이는?"

―보게.

그의 눈짓에 따라 나는 조심스럽게 그의 발치를 살폈다.

그리고 그 발치에서 옅은 황금빛이 도는 작은 생물을 발견했다.

"아!"

뭐라고 형용할 수가 없었다.

아름다운 생명체였다. 하지만 드래곤과는 정말로 전혀 닮지 않았다. 아까 내가 느낀 것처럼 꽃같이 화사하고 연약해 보였다.

"……."

인간의 형태를 하고 있는 것 같았다. 하지만 인간보다는 가늘었다. 그래, 엘프는 본 적이 없지만 엘프라고 하니 엘프라 할 수도 있겠지. 황금빛이 도는 긴 머리카락을 발치까지 늘어뜨리고 있었는데 엎드려 있다가 날 보고는 고개를 살짝 들어 올렸다.

"세상에!"

눈은 커다란 사슴 같았다. 금빛이 도는 갈색 눈은 속눈썹이 길고 반듯한 코는 인간과 다른 점이 없었다. 입술 역시 마찬가지였다. 전체적으로 아름다운 소년의 얼굴을 하고 있었다. 하지만 좀 더 섬세하고 가늘어서 한 손으로 쥐면 부러질 것같이 보였다. 나는 잠깐 동안 손을 뻗어 만지고 싶은 충동과 절대로 만지면 안 될 것 같은 충동 사이에서 헤맸다.

하트형의 작은 얼굴과 어울리는 가느다란 사지를 보면 도저히 드래곤과는 연결시킬 수 없었다. 하지만 확실히 인간이 아닌 증거로 엉덩이 사이에 꼬리가 있었다. 꼬리에는 마치 솜털처럼 부드러운 털이 나 있었다. 그 꼬리가 나중에 드래곤의 꼬리처럼 강력한 무기가 된다고 상상하니 우습기까지 했다. 또 다른 곳을 찾아보니 팔이라고 생각되는 부분과 옆구리 사이에 얇은 막이 있었다. 즉, 날개처럼 보이는 피막이 있었던 것이다.

―마음에 드나?

에메타이드가 낮은 목소리로 웃으며 물었다.

"허, 으음. 그러니까…… 굉장히 아름답군요."

아름다운 것 이상이었다. 경이로웠다. 이 연약해 보이는 생명체가 지상 최고의 강력한 드래곤이 되리라는 것은 상상할 수 없었다.

"전설에 나오는 요정 같습니다. 어째서 모습이 이처럼 차이가 나는 걸까요? 전 드래곤의 아이라 하기에 본체보다 작은 개체를 생각했습니다."

나는 그 작은 생물체 앞에 주저앉았다.

―아이의 이름은 레다이에드라고 지었네. 레다이에드 에페.

"네에."

나는 가만히 그 작은 생물을 들여다보았다. 동그랗고 순수한 갈색 눈동자.

시선이 마주치자 나는 웃었다. 그러자 그 생물도 웃는다.

"웃는데요."

─물론 웃지. 자넬 따라 하니까.

에메타이드는 피곤한 웃음소리를 냈다.

"절 알아보는 겁니까?"

─알아보지, 자네가 록베더라는 것을.

"원래 드래곤들은 흑마법사에게 이런 식으로 아이를 맡깁니까?"

내가 뭔가 이상해서 묻자 그는 목 안에서 끓어오르는 듯한 웃음소리를 냈다. 본체의 웃음소리는 좀 묘하다.

─생각을 한번 해보게. 드래곤이 아이를 만들려는 순간에 마침 지나가는 흑마법사가 아주 강대한 힘을 가진 자일 경우가 얼마나 되겠나?

"……."

나는 바보 같은 웃음을 지을 수밖에 없었다.

"하지만 드래곤은 아이를 만들 경우 1년간은 힘을 쓰지 못한다면서요? 그럼 대체 누가 드래곤을 지키지요?"

─가이드라인이 지키지. 그리고 드래곤의 레어가 누군가에게 들키는 일은 거의 없어.

"그럼 저는요?"

─자네 혼자 생각해 보게. 가끔 자네는 진짜 얼간이 짓을 하는군.

그는 귀찮다는 듯이 하품을 길게 하더니 머리를 깊이 숙였다.

─잠이나 잘 테니 밖으로 나가게.

"아, 아이는요?"

─아이도 한숨 자야지. 자넨 나중에 다시 오게.

Chapter 47

"록그레이드!"

나는 바락 소리를 질렀다.

"왜 그러나?"

내 고함과는 전혀 상반된 어조로 그가 답했다.

"레다 못 봤나? 레다!"

"자네 아이를 내가 어찌 봐?"

"내 애가 아니라 내 피보호자야!"

"그렇고말고. 자넨 유모일 뿐이지."

"농담하지 마! 내가 지금 농담할 기분인 줄 아나?"

나는 눈이 시뻘게져서 사방을 훑었다. 마나의 흐름을 총동원해서 레어 전체를 훑었지만 레다는 찾을 수 없었다. 오죽하면 레어 밖으로 나왔겠는가. 레어 밖에 레다가 있을지도 모른다고 생각하는 것만으로도 소름이 끼쳤다.

"대체, 대체 얘가 어딜 간 거야?"

안달하며 외치자 록그레이드가 코웃음을 쳤다.

"이봐, 유모."

"왜?"

"신경질만 부리지 말고 차분히 생각 좀 하시지. 자네가 마나의 흐름으로 찾지 못할 곳이란 어디겠나?"

"에?"

"마나의 흐름만으로는 찾을 수 없는 곳이 어디겠느냐고."

"그……"

나는 잠시 멈칫하다가 떠오르는 생각에 화들짝 놀라 레어 안으로 다시 뛰어들어 갔다. 그런 내 등 뒤로 록그레이드가 혀를 차는 소리가 들려왔다.

내가 찾는 피보호자는 과연 레어 가장 안쪽에 위치한 지하 호수에 있었다. 레어에서 흐르는 마나가 모두 모여 흘러 들어가는 곳. 그곳이라면 자잘한 흐름은 잡히지 않는다. 불쾌하지만 그의 말이 옳았다. 레다이에드는 거기서 첨벙거리며 헤엄을 치고 있었다. 나는 십년감수한 기분으로 축 늘어지고 말았다. 아, 진짜 내 아이라면 엎어놓고 엉덩이를 치고 싶다!

"록."

레다는 천연덕스럽게 첨벙거리면서 날 바라보았다. 꼬리가 살랑살랑 흔들렸다.

"어디 갔었어?"

적반하장인 그 말에 나는 이를 북북 갈았다.

"레다, 함부로 돌아다니면 안 된다고 몇 번이나 말했지? 그리고 혼자서 돌아다니지 말라고 몇 번이나 말했어!"

"무슨 소리야? 레어 안은 안전하잖아? 나는 그저 레어 안에 있었을 뿐인걸."

레다이에드는 어깨를 으쓱했다.

얄밉게 구는 저 행동은 록그레이드를 닮아 있었다. 그렇다. 요즘 록그레이드는 레어 안까지 들어왔다. 에메타이드의 힘이 줄어들어 마나의 흐름이 약해진 탓이다. 그 때문인지 레다이에드는 록그레이드의 건방진 태도를 고스란히 닮아가고 있었다. 왜 아이들은 좋은 것을 닮지 않는 걸까.

"갑자기 안 보여서 놀랐어."

"안 보이면 여기 있는 줄 알아야지."

"록그레이드 놈과 어울려 밖에 나간 줄 알고 놀랐다구."

"나는 바보가 아냐. 어째서 날 지켜줄 수도 없는 유령과 밖에 나간단 말이야?"

빈정거리는 레다이에드는 이제 이미 순진함과는 거리가 좀 있었다. 아니, 순진할지는 모른다. 하지만 이미 록그레이드라는 왕자 놈과 어울리면서 사람 속 뒤집어놓는 건방짐을 배우고야 말았다. 안 그래도 오만한 드래곤이 왕자처럼 오만해져서 어쩌겠다는 건지.

허탈해져서 아무 말 않자 레다이에드는 조금 교활한 웃음을 지으며 내 앞으로 다가왔다. 그런 인간적인 웃음은 제발 배우지 않길 바랐건만.

"내가 안 보여서 겁에 질렸지?"

"웃기지 마."

"겁내지 마. 나는 바보가 아냐. 밖으로 나가는 그런 무모한 짓은 하지 않는다고."

나는 허허 웃을 뿐 할 말이 없었다.

"화났어? 나랑 같이 헤엄칠래?"

첨벙거리는 그 모습만 보면 진정 귀엽기 짝이 없다.

커다란 두 눈 하며, 가느다란 몸과 순진 무구해 보이는 이목구비. 인간과는 다르지만 그렇다고 해서 인간과 닮지 않은 것도 아닌 모습. 사실 용모 자체는 어린애처럼 보이지는 않았다. 열네 살 정도의 중성적인 소년으로 보인다. 그럼에도 불구하고 나는 이 아이가 갓난아기처럼 생각되어 때때로 불안해졌다. 가끔 너무나 세상과는 동떨어진 소리를 하는 것이다. 그때마다 눈앞에 있는 이 아이가 인간이 아니라는 것을 몇 번이나 되뇌어야 했다.

"내가 걱정하는 것은 어쩔 수 없는 거야."

"왜? 난 록 정도는 아니지만 강하다고."

"물론 그렇겠지, 마법을 쓸 수 있으니까. 하지만 약점이 있잖아?"

그 말에 레다이에드는 불쾌한 듯 입가를 씰룩거렸다. 인간적인 표정이지만 잊어서는 안 된다. 그의 표정은 나와 록그레이드를 복사한 것이지 진짜가 아니다. 다시 말해, 저 씰룩거리는 표정은 나 아니면 록그레이드의 표정이란 의미다. 제길.

"조심하면 돼."

"옷깃 스치는 것으로도 괴로워하면서?"

"조심한다니까. 그러니까 옷 안 입잖아!"

레다이에드는 태어난 지 얼마 되지 않았다. 석 달이다. 겉보기에는 크지만 실제로는 갓난아기와 다름없는 것이다. 그래서인지 피부가 굉장히 약했다. 조금 거친 천에 스치는 것만으로도 아파했다. 게다가 어디 모서리에 긁히기라도 하면 말 그대로 심장이 멎을 듯한 비명을 질러댔다. 그 비명이 얼마나 끔찍한지 듣는 사람 애간장을 녹여 버릴 지경이었다. 아직 어린 그는 감각이 지나칠 정도로 예민했다. 내가 손으로 꽉 쥐면 근육이 파열할 것 같은 고통을 느낀다고 했다. 마법이란 정신을 집중해야 하는 것이다. 의식을 잃을 고통을 당하면서 마법을 계속 시전할 수 있을 정도로 레다는 강하지 못했다.

"하여간 네 비명을 들으면 귀가 괴로우니까 조심 좀 해."

"알았다니까!"

창피한지 고개를 팩 돌려 버렸다.

언젠가 그 지독한 비명을 질렀을 때 고블린들은 겁에 질려 레어 밖으로 질주했고, 오크들은 무기를 들고 뛰쳐나갔었다. 나 역시 오러 블레이드까지 일으킨 상태로 달려들었다.

그렇다. 단순히 돌멩이에 팔꿈치가 좀 까졌을 뿐이라는 사실을 깨닫고 얼마나 허탈했던가. 심지어 오크나 고블린들도 못 본 척 외면하지 않았던가. 난 엄살 부리지 말라고 호통쳤지만 레다의 울음은 멈추지 않았다. 거의 숨이 넘어갈 정도로 대단했다. 나중에서야 레다이에드의 통각이 보통의 그것과는 다르다는 것을 알게 되어 이해는 했지만, 그 비명을 들을 때마다 놀라는 것은 사실이다.

그 후에 록그레이드가 얼마나 놀랐는지 레다이에드는 한동안 록그레이드를 보려고도 하지 않았다. 무리도 아니지. 그가 얼마나 비열한, 아니, 무서운 놈인지 나도 잘 알고 있다. 만약 내가 체스에서 조금만 물러달라고 하면 세상천지에 나같이 비겁한 놈이 없다는 듯이 떠들어대지 않던가. 하여간 그에게는 절대로 말로 이길 수 없다.

레다이에드는 나와 키가 비슷했는데 여자도 남자도 아닌 탓에 성징은 전혀 없었다. 나는 이놈이 성장해 완벽한 드래곤이 되면 대체 어떤 모습이 될까 좀 무서워졌다. 록그레이드와 만나는 시간을 좀 줄였으면 좋으련만 이상하게도 아무것에도 집착하지 않는 록그레이드도 꼭 레다이에드 옆에 붙어 있었다. 하긴 드래곤의 아이이니 오죽이나 신기했을까. 어쩌면 말은 하지 않지만 귀여워하고 있는지도 모른다. 그 얼음덩어리 같은 놈이.

레다이에드가 처음 태어났을 때는 나만이 아니고 록그레이드까지도 그 아름답고 귀여운 모습에 넋을 잃었다. 하지만 그렇게나 귀여운 모습은 오래가지 않았다. 좀 지나서 말을 하기 시작하니 건방지기도 그렇게 건방진 놈이 없었다. 특히 태어났을 때의 그 아기같이 순진 무구하던 모습을 기억하고 있었기 때문에 록그레이드만큼이나 건방진 모습을 볼 때마다 우울했다.

게다가 사슴처럼 귀여운 눈으로 아무렇지도 않게 록그레이드의 말투로 날 놀리거나 조롱하면 기가 막히다 못해 어이가 없었다. 아무리 나와 록그레이드밖에 없다고는 해도 설마 하니 가까이 있는 나 말고 어째 그 고약한 놈을 닮는 걸까.

"조금 쉬는 게 어때?"

"쯧쯧. 레어에서 내가 뭘 하겠어?"

"그럼 차라리 자라."

"체스를 둘까?"

"아니."

"쯧쯧."

적어도 저 혀를 차는 버릇만은 정말 어떻게 하고 싶다. 저건 명백히 록그레이드의 그것이다. 같이 마주 앉아 책을 읽다가 내가 모르는 것이 나오기라도 하면, 혀를 차면서 흑마법사가 그런 것도 모른다며 타박을 하는 것이다. 그럴 때면 나는 머리를 쥐어뜯고 싶었다. 갓 태어났다고는 해도 레다는 에메타이드의 지혜를 물려받은 터라 모르는 것이라고는 인간의 역사 정도였다.

사실 레다이에드는 약한 것은 아니었다. 마법을 쓸 수 있었고 무엇보다 몬스터들을 거느릴 수 있는 타고난 지배자였다. 오크들이나 고블린들은 에메타이드가 힘을 쓰지 못하는 지금에도 기꺼이 레다이에드에게 복종했다.

"기분이 상했나 보군. 미안해."

레다이에드가 가만히 있는 나를 보며 사과했다. 사실 드래곤이 사과를 한다는 것은 있을 수 없는 일이었기 때문에 나는 아직 어린 그를 보며 피식 웃어줄 수밖에 없었다.

"나는 에메타이드를 만나러 갈게. 록은 쉬도록 해."

역시나 건방진 말투.

"아아."

물기를 참방거리며 나오는 그를 향해 나는 가볍게 바람을 일으켰다.

레다이에드는 옷감이 스치는 것도 아파하기 때문에 물기를 닦거나 할 수는 없었다. 그저 바람에 말리는 수밖에.

"록이야말로 여기에 몇 달 동안이나 처박혀 있었지? 답답한 것 같으니까 한번 나갔다 오지 그래?"

"됐어."

"나라면 괜찮아. 여긴 레어고 이곳을 아는 자들은 아무도 없어."

"알아. 하지만 내가 움직이기 싫어. 어서 가봐. 그리고 부탁이니까 어디론가 사라지고 싶을 때는 제발 나에게 말 좀 해줘, 레다."

퉁명스럽게 말하자 레다이에드는 갑자기 큰 소리로 웃었다.

"정말이군! 록은 파수꾼이 아니라 꼭 인간의 유모 같아!"

"…그거 록그레이드에게 들은 말 아니야?"

"맞아. 록은 남을 돌보기 좋아한다고 하더군."

"그놈만은 돌보고 싶지 않아."

이를 북북 갈았더니 레다이에드는 대답 대신 깔깔 웃으며 사라져 버렸다.

홀로 남은 나는 허탈해져서 결국 내 방으로 돌아오고 말았다.

에메타이드는 레다를 낳고 나서 몸을 전혀 움직이지 못했다. 무력해진다더니 그게 어떤 의미인지 그제야 알았다. 그 엄청난 크기의 거체를 전혀 움직이지 못하는 것이다. 움직일 수 있는 것은 오로지 눈과 입뿐, 대화는 나눌 수 있어도 몸은 움직일 수 없다. 당연한 말이지만 마법도 쓰지 못했다. 따라서 누군가 공격해 왔을 때 방어할 수 있는 것은 단단한 피부와 비늘뿐이었다.

레다이에드는 잠은 에메타이드와 함께 잤지만 평소에는 움직이지도 못하는 그를 놔두고 레어 안을 좁다 하고 돌아다녔다. 거기에 록그레이드와 죽이 맞았는지 그의 어두머 표정까지 고스란히 닮아가고 있었다.

"후우… 차라리 나를 닮아라."

아무리 화를 내도 별수없다.

나는 결국 저 건방진 새끼 드래곤 레다이에드를 사랑하고 있었다. 비록 태어나던 그날 느꼈던 그 거대한 감동을 가차없이 뭉개 버린 녀석이긴 했지만 말이다. 사랑이라고 말하면 조금 낯간지럽지만, 어쨌거나 레다 놈이 아파서 울부짖는 것은 두 번 다시 보고 싶지 않았다. 레어 밖에는 덤불이 있어서 다치기 쉬웠다. 그래서 나도 모르게 안절부절못하게 되는 것이다. 물론 록그레이드는 나를 유모라고 놀려대겠지만.

"$\beta\gamma\delta\sigma\rho\delta\zeta\kappa H\ \Psi\ \Omega!$"

나는 항상 보던 수정을 열었다. 레어 안에서는 마법을 쓰기 무척 쉽다.

살짝 흐려진 수정 안으로 여자가 나타났다. 소울리에와는 다른 방향으로 신경 쓰이는 여자.

그녀의 풍성한 은발이 어깨 위로 매끄럽게 스쳐 지나갔다. 커다란 회색 눈동자를 한 그녀, 카치아. 그녀는 울고 있었고 또 매우 야위어 있었다. 내 소식을 들어 그녀도 알고 있을 터였다. 나는 그녀를 물끄러미 바라보았다. 절로 신음이 흘렀다.

왜 그녀에게 나만을 바라보라고 했을까. 대체 내가 무슨 심사로 그런 짓을 했던가. 나는 바람둥이 록그레이드가 아니었다. 아니, 바람둥이 록그레이드도 안 하는 짓을 해버렸다. 그녀는 나를 생각하며 눈물 짓고, 또 매일 야위어가고 있었다. 에이리아와 어울려 내 이야길 하며 울었다. 정말 그것은 미칠 지경이었다. 여자가 우는 것은 보고 싶지 않았다.

이렇게 레어에서 별일없이 평온한 시간을 지내다 보니 점점 그녀 생각이 나서 가슴이 따끔거렸다. 사실 그녀와 같이 지낸 시간은 얼마 되지도 않는데 왜 이럴까. 얼마 전까지만 해도 그녀를 생각한 적도 없었다. 그런데 왜? 양심의 가책 때문일까.

"또 이러고 있나?"

어느새인가 나타난 록그레이드가 혀를 찼다.

"아, 와, 왔나?"

얼른 영상을 치워 버리자, 그는 어이가 없다는 듯이 물었다.

"정말로 그녀가 좋아서 그러는 건가?"

"양심에 걸릴 뿐이야. 내가 그녀에게…… 뭐랄까, 책임져야 할 말을 했거든."

"그녀는 공녀다. 네가 무슨 말을 했든 자신의 운명에 대해서는 최악의 경우도 아마 생각하고 있을 거야."

"뭐어……."

"게다가 조금 지나면 곧 다른 남자를 애인으로 맞이해서 잘 지낼지도 모르지. 이미 내가 죽은 것으로 되어 있으니 어쩌면 아버지의 배려로 귀족가의 다른 남자와 결혼할지도 몰라."

"그런가."

조금 맥이 빠졌다.

그 태도에 록그레이드가 피식 웃었다.

"여자가 그립다면 상대를 한번 찾아봐. 애 낳고 살다 보면 그놈의 발작도 가라앉을지 모르지."

"미친놈 취급 마."

노려보았더니 그는 킬킬 웃으며 손을 내저었다.

"나도 이제 유모 노릇은 질렸으니까 말이야."

그 말에 나는 그에게 쿠션을 내던졌다. 그는 그 쿠션을 받아 들더니 이리저리 흔들어보다가 도로 내 머리통에 내던졌다. 피하긴 했지만 유령에게 공격받는 기분은 썩 좋진 않았다.

문득 록그레이드가 고개를 들었다. 그리고는 조금 이상한 얼굴로 나에게 물었다.

"마나의 흐름이 이상해지지 않았나?"

"에?"

눈을 크게 뜨는 순간, 갑자기 그가 소리쳤다.

"텔레포트다!"

갑자기 휘어지는 마나의 흐름이 느껴졌다. 마나의 왜곡이 급작스럽게 일어나며 온화하게 흐르던 레어의 마나들이 이리저리 날뛰기 시작했다.

갑자기 소름이 끼쳤다. 어떻게 드래곤 레어로 텔레포트가 가능한 거지? 그것도 바로 깊숙이 있는 내 방에!

나는 뒤로 물러서며 재빨리 검을 뽑아 들었다. 록그레이드 역시 당황했는지 벽면에 달라붙었다. 그의 하반신이 벽 속으로 스며들었다. 그 우스꽝스러운 장면에 평소라면 웃음을 터뜨렸을 것이다. 하지만 지금은 웃을 때가 아니었다.

마나 호름이 급속도로 일그러지더니 마침내 하나의 형상을 만들어 냈다.

짙은 자줏빛 머리칼, 보랏빛의 눈동자, 육감적인 몸매를 고스란히 드러낸 반라의 미녀.

"베세레스 아이?"

나도 모르게 입을 벌렸다.

"안녕, 내 사랑."

그녀가 사악하게 웃었다.

어떻게 그녀가 여기에 올 수 있었지? 드래곤의 레어는 함부로 올 수 있는 곳이 아니다. 나는 두 눈을 부릅뜨고 경계했다. 마족이라고는 해도 좌표도 없이, 그냥 맹목적으로 들어올 수 있을 정도로 이곳은 간단한 곳이 아니다.

"어머! 너무 냉담하군. 옛 애인을 그런 식으로 맞이하면 안 돼."

그녀는 매혹적인 선을 그리며 두 팔을 들어 내게 다가섰다. 엉덩이를 흔드는 모습이 정말 육감적이었다. 나를 끌어안으려는 그 태도에 나는 조용히 검을 들어 보였다. 칼날을 손가락으로 치우며 그녀는 눈썹을 치켜 올렸다.

"너무하네, 오랜만인데."

나는 얼굴을 바꾸었는데도 조금도 놀라지 않는 그녀에게 혀를 찼다.

"무슨 볼일이지?"

"그 모습도 어울리네. 하지만 아무리 겉모습이 바뀌어도 영혼의 빛깔은 변하지 않아요, 사랑스런 록베더."

소름이 오싹 끼쳤다. 어떻게? 어떻게 내가 록베다라 불리는 것을 알지?

나는 부지불식간에 옆에 서 있는 록그레이드를 돌아보았다. 그는 잔뜩 굳은 얼굴로 베세레스 아이를 바라보고 있었다. 그의 눈이 이글거리고 있었다. 한 번도 감정을 폭발한 적 없던 그가 증오를 고스란히 드러냈다. 설마, 설마?

"록그레이드 말이야?"

그녀가 깔깔거렸다.

"알고 있었어. 그가 여기 있는 것을 알고 있었다고."

그녀는 윙크하고는 마치 손에 잡히는 듯 록그레이드에게 손을 뻗었다. 그렇지만 그는 그녀를 가볍게 뿌리쳤다. 놀랍게도 그녀의 손에는 그가 잡히는 모양이었다.

"냉정한 사람. 진짜로 나를 벗어날 수 있을 거라 생각했어?"

그녀는 그렇게 혀를 차더니 록그레이드의 목을 휘감았다. 그리고는 혀를 내밀어 그의 뺨을 훑었다. 소름이 오싹 끼쳤다. 어떻게 저런 게 가능하지?

"역시 너였군."

그는 증오로 번뜩이는 눈을 하면서도 여전히 냉정하게 말했다.

"어마?"

"이상하다 생각은 했었지. 내가 왜 그의 곁에 남았는지 이상하다고 생각은 했었어. 역시 너의 수작이었군."

그녀는 나른하게 웃었다, 꼭 먹이를 가지고 노는 고양이처럼. 그녀는 록그레이드의 손을 잡아 자신의 풍만한 가슴에 올려놓고는 속삭였다.

"내가 절대로 너를 놓치지 않겠다고 말했었지? 설마 내게서 자살 따위로 벗어날 수 있으리라 생각했던 건 아니지?"

"그래서 나를 감시 역으로 그에게 붙여놓은 건가?"

그는 움직이지 않고 가만히 그녀를 지켜보기만 했다. 저런 걸 어떻게 참는지 나로선 이해할 수 없었다. 저런 여자를 어떻게 참을 수 있지?

"나도 이 정도로 잘될 줄은 몰랐어."

그녀가 입술을 핥으며 그의 입술에 시선을 고정했다. 창백한 록그레이드의 얼굴은 번뜩이는 눈빛 이외에는 표정이 전혀 드러나 있지 않았다. 그녀는 그의 얼굴을 끌어당겨 키스했다.

"그대는 나와 계약했어. 그래서 그대는 내 것이야."

그를 친친 휘감은 채 그렇게 말하는 베세레스 아이가 내 쪽을 보며 윙크했다.

"알겠어, 록베더? 나를 여기에 안내해 준 것은 록그레이드야."

그녀의 길쭉한 동공이 수축했다. 웃고 있는 것이다.

"그는 나에게서 벗어날 수 없어."

나는 대답 대신 손을 흔들었다.

"$\Omega \, \Psi H \, I \, \omega \psi \varphi \gamma \Sigma \, \Pi$!"

화악 하고 검은 화염이 일어나 그녀의 전신을 휘감았다. 하지만 그녀는 움직이는 대신 록그레이드를 꼭 끌어안고 외쳤다.

"해볼 텐가? 그렇다면 록그레이드도 소멸될 텐데!"

나는 움찔했다.

"너는 절대로 록그레이드를 해치지 못해! 왜냐면 그의 몸을 빼앗은 데다가 그에게 위로받고 또 신세를 지고 있기 때문이지."

그녀는 발치가 녹아들고 있는데도 킬킬대며 조롱했다.

온몸이 부들부들 떨렸다. 이렇게나 분노해 보긴 처음이었다. 머리 속은 차고 온몸은 뜨겁다. 이글거리는 화염이 내 안에서 몇 번이나 흩어졌다 다시 모였다. 건방진 저 마족 계집이 떠들어대는 모든 소리가 그대로 나에게 비수가 되어 꽂혔다.

"베세레스 아이!"

격렬하게 외치자 그녀는 비웃으며 마주 외쳤다.

"해봐! 어린 드래곤 아이가 다칠 테니까! 마나 왜곡이 어린 드래곤에게 어떤 영향을 끼치게 될지 잘 지켜보라고!"

조롱하는 그녀의 목소리에 나는 정신이 나갈 지경이었다. 록그레이드는 그저 무표정한 채로 그녀에게 끌어안겨 있었고 나는 검은 화염을 휘감은 채 그녀를 태우지도 못하고, 그렇다고 공격을 늦추지도 못한 상태로 망설였다.

"제, 제기랄!"

"뭘 바라는 거냐?"

냉정한 목소리로 록그레이드가 물었다.

나와 베세레스 아이 사이에 감도는 살기에 전혀 어울리지 않는 그 냉정한 목소리에 나는 머리가 식었다. 베세레스 아이는 혀를 찼다.

"아아, 록그레이드. 자기는 너무 차가워."

"뭘 바라는 거야, 베세레스 아이. 너는 록베터의 상대가 되지 못해. 물론 나를 잠시 붙잡을 수는 있겠지만 그가 진정 분노한다면 나를 소멸시킬 것이야. 그런데도 왜 이런 짓을 하는 거지?"

그 차분한 말에 그녀는 이글거리는 눈을 들어 나를 가리켰다.

"내가 저 인간을 이기지 못한다고? 상대가 되지 못한다고?"

그녀는 일그러진 얼굴로 외치며 그의 목을 움켜쥐었다.

"바보처럼 구는군, 록그레이드. 네놈의 영혼이 내게 속한 이상 너는 절대로 내게서 못 벗어나! 죽는다고 벗어날 줄 알아?"

"잊고 있는 모양인데, 나는 너에게서 이름을 받지 않았어. 나는 머리 끝부터 발끝까지 록그레이드라는 존재다."

냉정한 그 말에 그녀는 의외로 부르르 떨었다.

"그건 즉, 너는 나의 영혼을 소유할 수 없다는 의미지. 잘 알고 있을 텐데?"

"정말, 정말 너라는 인간은!"

그녀의 이가 뾰족하게 튀어나왔다. 당장이라도 그의 목덜미를 물어뜯을 듯한 기세다.

"흥분할 것 없어. 설마 하니 나에게 사랑이라도 해서 이러는 것은 아닐 테고, 원하는 게 뭐냐고 묻잖아?"

록그레이드의 목을 움켜쥔 채 그녀가 부르르 떨었다.

"유령이 된 주제에 더 건방져졌군!"

그 말에 록그레이드가 비릿하게 웃었다.

"아아, 유령이니까 더 건방질 수 있지. 여기서 내가 뭘 더 어쩌겠나? 베세레스 아이? 난 죽은 몸이야."

"널 봉인시켜 영원토록 가둘 수도 있어!"

뜻밖에도 그녀가 격노하여 송곳니를 드러내며 외쳤다. 흥분하자 찢어진 눈꼬리가 점점 사나워져서 처음 보았던 그 관능적인 아름다움은 사라져 버렸다.

"맘대로 해봐. 그래 봐야 네 소유는 아닐 테니까."

록그레이드는 느긋하게 말하고는 잔뜩 흥분한 그녀에게 물었다.

"이젠 그다지 아름다운 얼굴은 아니군. 유일하게 너에게 봐줄 것이라고는 그 육감적인 미모뿐이었는데."

"이…… 건방진!"

"나를 이용해 록베더의 좌표를 알아냈다고 해서 네게 이득되는 것이 뭐지?"

그가 조용히 물었다. 나는 그가 정말로 분노하고 있다는 것을 깨달았다. 자신이 이용당해서 견딜 수 없는 것이다. 베세레스 아이도 그것을 깨달았는지 일그러진 얼굴을 접고 다시 방긋 웃었다.

"이득? 네 말대로 이득이 있었어."

"……."

불길한 예감에 나는 공격 태세를 갖추었다. 록그레이드의 말대로 여차하면 나는 그를 소멸시킬 수도 있다. 그 역시 그것을 결코 원망하거나 할 남자가 아니다.

"드래곤이 있잖아? 힘을 전혀 쓰지 못하는 황금의 드래곤과 드래곤의 아이가."

"뭐라고?"

"드래곤의 피는 달콤하지. 게다가 드래곤의 아이는 마족에게 있어서 최고의 먹이야. 단숨에 마력을 배로 늘려주지."

그녀의 동공이 확장되었다. 길쭉한 동공이 마치 커다란 공처럼 부풀어 올라 마침내 눈동자가 눈알의 전부를 채웠다. 붉은 입술이 좌우로 갈라지더니 하얀 송곳니가 드러났다. 탐욕스러운 야수가 아가리를 벌렸다.

"드래곤의 아이라면 내 서열을 단숨에 정상으로 올려줄 거야!"

환희에 찬 찢어질 듯한 목소리만을 남기고 그녀는 록그레이드와 함께 사라졌다.

"안 돼!"

나는 그녀가 어디로 가는지 알고 있었다. 레다이에드!

"안 돼! 아직 네 상대가 아니다!"

에메타이드는 움직이지 못하는 몸으로 고함을 질렀다.

"마족 한둘쯤은 나도 해치울 수 있어요!"

레다이에드는 허공에 불덩어리를 들어 베세레스 아이에게 던졌다.

하지만 어린아이가 공격에 능한 마족을 당해낼 수 있을 리가 없었다. 그의 마법은 베세레스 아이의 몸을 건들지 못하고 있었다. 마족의 속도란 인간과는 차원이 달랐다.

"물러서라니까! 레다, 물러서!"

나는 목이 터져라 외쳤지만 화가 났는지 레다는 물러서지 않고 있었다. 그의 두 손이 전격 마법을 시전하며 베세레스 아이의 가슴을 노렸다. 하지만 그녀는 그것마저도 그저 유연하게 피할 뿐이었다. 순간 이동해 버리는 그녀를 레다는 피하지도, 막지도 못할 것만 같았다.

"레다! 제발 물러서라니까!"

나는 둘 사이에 끼어들기 위해 레다를 밀치려 했지만 레다도 마법력에 있어서 모자란 것은 아니다. 그는 오히려 나를 밀치며 베세레스 아이를 향해 다시 한 번 마법을 펼쳤다. 드래곤의 마법을 본 것은 처음이었다. 드래곤은 소리 내어 마법어를 영창하지 않는다. 그저 펼칠 뿐이었다.

레다의 두 손에서 보이지 않는 거대한 마나가 뻗어 나가더니 그대로 베세레스 아이를 짓눌렀다. 엄청난 압력이 그녀를 중심으로 원을 그리며 내려앉았다. 바닥은 말 그대로 내려앉았다. 내 키 정도의 구덩이가 생길 정도였다. 화강암덩어리를 쪼개놓은 것도 아니고, 말 그대로 눌러 버린 것이다. 하지만 정작 그녀는 그 자리에 있지 않았다. 레다가 손을 뻗는 그 순간에 이미 그녀는 그의 측면으로 돌아가 있었다.

"아직 멀었어, 아가야."

여유만만한 태도로 그녀는 마법을 피하고 곧장 레다를 통째로 삼킬 듯한 눈초리로 긴 손톱을 휘둘렀다. 레다는 피하려 했지만 육탄전에는 너무나 약했다. 순간 레다이에드의 몸에 길게 생채기가 생겼다.

"아악!"

"멈춰!"

그 모습을 보고 록그레이드가 레다의 앞을 가로막았으나 유령인 그의 몸은 베세레스 아이를 막을 수 없었다. 그녀의 손톱은 반투명한 그의 몸을 그대로 뚫고 들어가 레다의 가슴을 할퀴었다.

"아아악! 아파!"

"오호호호호홋! 향기로운 피!"

황금빛 핏방울이 솟아나자 그녀의 동공은 더욱 확장됐다.

"물러서!"

나는 레다이에드를 감싸려고 블랭크를 던졌다. 그러자 베세레스 아이는 레다이에드를 방패 삼아 휘둘렀다. 그 때문에 그녀를 해치우긴커녕 튀어 오른 파편에 레다가 상처를 입었을 뿐이었다. 비명을 지르며 레다는 고통으로 몸부림쳤다.

"안 돼!"

나는 급히 오러 블레이드를 펼치며 달려들었다. 그저 검 하나로는 마족에게 상처를 입힐 수 없었다. 하지만 오러 블레이드는 한번 펼치면 상대에게 치명상을 입힌다. 레다를 방패처럼 휘두르는 그녀에게 쉽게 공격할 수는 없었다. 나는 그저 레다이에드가 우는 것을 보고 있을 수밖에는 없었다.

그는 온몸을 감싸며 부들부들 떨고 있었다. 고통에 반쯤 정신을 잃었는지 눈에는 이미 초점이 없었다.

"레다!"

레다이에드의 주변을 맴돌던 록그레이드가 비통한 목소리로 외쳤다. 그는 두 팔을 뻗어 아이를 감싸려고 노력했다. 하지만 여전히 그의 팔은 레다의 몸을 그대로 스치고 지나갈 뿐이었다. 베세레스 아이의 손톱이 그를 뚫고 지나간 것처럼.

"사랑스럽기도 해라."

그런 록그레이드를 조롱하며 그녀는 새까만 동공으로 웃음 지었다. 그녀는 그대로 두 팔로 그 어린 생명체를 움켜잡고 송곳니를 그 목에 박았다.

"아아아아악!"

피가 솟구쳤다. 황금빛 피였다. 그 피를 핥고 마시며 그녀는 레다이에드의 살점을 씹었다.

"그만 해! 그만 하란 말이다!"

부들부들 떨던 록그레이드가 고함을 지르자 그녀는 승리의 웃음을 터뜨렸다.

"이런 좋은 것을 알려줘서 고마워, 록그레이드! 사랑스런 나의 계약자."

그 말에 그의 얼굴이 삽시간에 굳어졌다. 록그레이드는 이제 울부짖지 않았다. 그는 대신 이를 부드득 갈더니 그대로 허공으로 사라져 버렸다. 남은 그녀는 레다이에드의 피를 삼키며 킬킬댔다.

―그만 해라! 그만 해라, 마족아!

에메타이드의 애통한 고함이 레어 안을 쩌렁쩌렁하게 울렸다. 바닥이 갈라지고 천장에서는 돌덩어리가 쏟아져 내렸다.

―레다! 내 아이!

고통으로 울부짖는 레다의 비명을 들으며 나는 완전히 이성을 잃었다. 이대로 움츠리고만 있으면 어쩌면 레다는 죽을지도 모른다.

완벽하게 검은 오러가 검을 통해 뿜어져 나갔다. 검푸른 블랭크가 그녀를 향해 튀어 올랐다. 하지만 그녀는 비명을 지르고 있는 레다이에드의 몸을 끌어안은 채 허공으로 치솟았다. 그 뒤를 쫓아 오러 블레이드가 수직으로 그녀의 등을 찔렀다. 그러나 그녀는 가볍게 회전하며 오러 블레이드를 피해 버렸다. 콰앙 소리와 함께 레어를 둘러싼 화강암에 구멍이 뚫렸다.

"어마나, 레어를 부술 건가 봐!"

그녀의 웃음소리에 정신이 나갈 것 같았다.

―레다!

에메타이드의 통곡이 울려 퍼졌다. 레다이에드는 그녀의 옆구리에 끼인 채 여전히 찢어질 듯한 비명을 지르고 있었다.

"어머나, 귀여운 목소리야."

―이 무슨 짓인가! 마족과 드래곤과의 밀약을 깰 참인가?

에메타이드가 항의했지만 그녀는 웃을 뿐이었다. 그녀는 드래곤의 피에 흥분한 것인지, 아니면 록그레이드의 무력한 모습에 흥분했는지 즐거워 어쩔 줄 모르겠다는 듯 두 눈을 번뜩이고 있었다.

"약한 것은 죽는 거야! 그것이 바로 생명의 법칙이지!"

깔깔대며 베세레스 아이가 튀어 올랐다. 그녀는 내가 휘두르는 오러 블레이드와 블랭크를 향해 레다이에드를 내밀었다. 나는 결국 숨을 삼키며 오러 블레이드를 치워 버릴 수밖에 없었다. 콰앙 하고 흩어진 오러 블레이드가 레어의 벽을 후려갈겼다. 나는 손바닥을 벌렸다.

"$\Phi X E \Delta \Gamma \upsilon \gamma$!"

그녀의 발치로 시커먼 손가락들이 나타났다. 그녀는 놀라지 않았다. 펄쩍 뛰며 그대로 레다이에드를 그 손가락들에 밀어 넣었을 뿐이다. 나는 별수없이 마법을 해제했다. 그녀는 킬킬대며 나를 조롱했다.

"누굴 지키려면 그렇게 무작정 공격해선 안 되지."

"이 더러운 년!"

"그래선 안 돼, 록베더. 너는 너무 단순하단 말이야."

"더 이상 레다의 몸에 손대면 죽여 버린다. 저 무저갱의 음계에서도 받아주지 못하도록 원소 하나하나까지 완벽하게 소멸시켜 주겠다! 알겠지? 나는 너보다 강하다!"

이를 북북 갈며 외쳤다. 당장이라도 갈가리 그녀를 찢고 싶은 충동에 숨이 막힐 지경이었다. 레다의 비명은 내 가슴을 후비고 있었다. 저 어린것을. 저 가녀린 것을!

"착각하면 안 돼, 록베더. 나는 이 애를 먹고 나면 너보다 강해져. 알고 있어? 드래곤의 아이는 마력 그 자체야."

그녀는 황홀한 듯 가증스럽게도 뺨을 붉혔다.

"보라고. 조금 맛보았을 뿐인데도 내 마력이 치솟았다구!"

그녀의 입가가 좌우로 찢어지며 날카로운 휘파람 소리가 났다.

"찢어! 건방진 저 인간 놈을 찢어!"

그녀의 동공으로부터 시작된 둥근 파장이 갑자기 사방을 메웠다. 레어 안이 뒤흔들리며 벽에 금이 가고 부서져 내렸다.

"$\gamma\sigma\upsilon$!"

깔깔대는 그녀의 손에서 시뻘건 원이 수십, 아니, 수백 개가 튀어나와 레어 안을 가득 메웠다. 그리고 사방으로 비산하며 주변을 찢기 시작했다. 돌아가는 톱니처럼 날카로운 그 붉은 원은 손바닥 크기 정도였지만 파괴력은 굉장했다. 나는 재빨리 오러 실드를 만들어냈지만 그 붉은 원 덕에 단단한 화강암으로 만들어진 벽은 온통 구멍투성이로 변했다. 에메타이드의 몸체에도 수십 개가 박히며 황금빛 피가 분수처럼 솟아났다.

"에메타이드!"

그냥 있을 수 없었다. 나는 소매를 휘저었다.

"$\iota K \Psi \omega$!"

미아레시칸. 에메타이드를 중심으로 검은 물결이 일어나며 붉은 원들을 모조리 집어삼켰다. 그녀가 방금 쓴 마법은 나도 잘 모르는 것이었기 때문에 조금 주춤한 것이 그에게 상처를 입힌 셈이 되었다.

"이 빌어먹을 계집!"

"세상에! 기가 막히군. 과연 계약자가 다르다 그건가?"

그녀는 그런 건방진 소리를 내뱉더니 히죽 웃었다.

"잘 있어, 사랑스런 록. 그대랑 놀다간 끝이 없겠네."

그 순간 그녀는 텔레포트 했다.

"안 돼애!"

나는 두 손을 벌렸다. 또 눈앞에서 아이를 죽게 할 수는 없었다. 또 이럴 수는 없다!

그 순간, 놀라운 일이 벌어졌다. 허공에서 막 텔레포트를 하려던 그녀의 주위로 급격하게 왜곡된 마나가 휘어지며 흐르기 시작했다.

"에, 까앗!"

콰직, 콰직, 소리를 내며 그녀의 몸이 마치 비틀어진 걸레처럼 일그러졌다. 강인한 마족의 피가 소멸을 막으려는 듯 갑자기 없던 검은 날개가 솟아올랐지만 곧 부서지는 소리를 내며 찌그러졌다. 비늘이 잠시 솟았는가 싶더니 비늘이 터져 나갔다. 보이지 않는 커다란 손이 그녀의 전신을 비틀어 짜는 것 같았다. 왈칵 검은 피가 그녀의 전신에서 뿜어져 나왔다.

"크아아아아악!"

끔찍한 비명 소리가 터져 나왔다. 눈알이 하나 튀어 나가고 머리가 일그러진다. 기괴하게 일그러지는 몸을 하고서도 그녀는 아직 살아 꿈틀거렸다. 마침내 허리가 어린애 주먹만큼 찌그러지며 내장이 터져 나왔다. 내 눈앞으로 우수수 그녀의 살점들이 떨어져 내렸다. 그와 함께 그녀의 손에서 레다이에드가 떨어져 내리는 것을 나는 급히 받아 들었다. 피투성이가 된 레다이에드는 몸부림치며 울부짖었다. 전신이 생채기투성이였다.

"레다!"

아이에게 재빨리 동결 마법을 거행했다. 너무 고통에 심해서 이대로 놔두면 미쳐 버릴지도 몰랐다. 뻣뻣해진 아이를 얼싸안고 나는 아직도 피를 뿜어내는 베세레스 아이를 올려다보았다. 대체 무슨 일이 벌어진 것일까?

분수처럼 피를 뿜어내고 있는 그녀의 옆에 어느새 록그레이드가 서 있었다. 그는 이미 하반신이 사라지고 난 뒤였지만 표정만은 여전히 담담하기 그지없었다.

"어, 어떻게?!"

그녀가 회색 빛이 된 얼굴로 검은 피를 토하며 그를 올려다보았다. 경악과 분노와 고통이 잔뜩 흘러나오는 그 얼굴을 냉담하게 바라보며 그는 조용히 말했다.

"나는 유령이니까 적어도 마나를 왜곡하기는 어렵지 않지."

"우어억… 그런……."

"육체를 쓸 수 없다 해도."

그는 피식 웃었다.

"내가 마법사이자 소드 마스터였다는 사실은 잊지 말았어야지."

순간, 그의 오른손이 오로로 빛을 발했다. 죽은 자가 발하는 오로는 짙은 회색. 죽음의 사신에게 어울리는 것이었다. 서걱 소리와 함께 베세레스 아이의 목이 그대로 잘려져 나갔다.

나는 입을 벌린 채 그를 멍하니 올려다보았다.

그는 회색 빛 오러를 휘감은 채 반 토막 난 베세레스 아이의 몸을 내려다보고 있었다. 하지만 오라라는 것은 기본적으로 살아 있는 것에게만 있는 것이다. 유령인 그가 대체 어떻게?

"이건 오러가 아니야, 록베더."

내 의문을 깨달았는지 록그레이드가 콧등을 찡그리며 머리칼을 쓸어 올렸다. 조금 씁쓸한 미소가 그의 입가에 머물렀다. 이미 그는 가슴까지 사라지고 있었다.

"소드 마스터는 마나에게 사랑받는 자. 죽어서도 왜곡된 마나를 가진 자의 발악일 뿐이야."

"아?"

그의 말과 함께 그의 몸이 점점 흐려지기 시작했다. 나는 베세레스 아이처럼 그를 잡으려 했다. 하지만 그의 몸은 그저 흐려지기만 할 뿐이었다.

"조심해, 록베더. 베세레스 아이가 여길 알았다면 다른 자도 알아차렸을 거다. 게다가 그대의 미친 짓거리로… 레어의 마나 흐름이 흩어졌다."

"이, 이봐, 지금 뭘 한 거냐? 뭘 어떻게 했어?"

대답 대신 그는 지친 표정으로 하늘을 올려다보듯 고개를 쳐들었다. 하지만 그곳에는 부서져 내리는 화강암덩어리만이 있을 뿐이었다.

"드래곤의 아이가 마족에게 먹음직한 사냥감이라면…… 이제부터 위험해."

"록그레이드!"

그는 고개를 저었다.

"음, 이제 겨우 해방인가?"

그의 표정은 여전히 거만했다. 정말 후려치고 싶도록 거만했다.

"나에게 미련은 없다, 록베더."

그의 얼굴에 희미한 미소가 떠올랐다.

"가지 마!"

그를 잡으려 손을 뻗는 순간 그는 그대로 먼지처럼 날아가 버렸다. 작별 인사도 없이 아주 태연자약하게. 빛나는 먼지처럼 작은 입자로 화해 봄철에 날리는 꽃씨처럼 그는 사라졌다.

미련은 없다고? 세상에, 그게 할 말인가. 나는 한숨을 내쉬는 에메타이드의 옆에서 레다이에드의 몸을 끌어안은 채 통곡했다.

Chapter 48

　이미 반쯤은 무너져 버린 레어를 다시 구축하는 것은 나에게는 어려운 일이었다. 내가 강한 마법사라고는 해도 드래곤처럼 마나의 흐름을 제어할 수는 없다. 그저 내가 할 수 있는 것이라고는 가이드라인을 재정비하고 부서진 곳을 수리하는 정도였다. 물론 내가 수리하는 게 아니라 고블린들이 했지만.
　그래서 결국은 레어를 중심으로 강력한 공간 왜곡 마법을 펼쳤다. 사실 이런 공간 왜곡 마법은 마나의 흐름을 읽을 줄 아는 자들에게는 무용지물이나 다름이 없었다. 하지만 최소한 잔챙이 마족이 오락가락하는 것은 충분히 감지할 수 있었고, 또 상대가 고위 마족이 아니라면 내가 달려들어 다른 공간으로 날려 버릴 수 있을 정도는 될 터였다. 몇 달 동안 레어에 틀어박혀 록그레이드와 마법 연구를 한 보람이 있었다.

아마도 내 머리 속에는 무수한 마법들이 들어 있겠지만 그중 반은커녕 삼분의 일도 나는 제대로 펼치지 못했다. 기억이 온전하지 않기 때문이다. 내가 쓴 마법들은 대부분 반쯤은 무의식 중에 펼친 것들이었다.

레다이에드는 한참을 앓았다. 에메타이드와 나는 그의 상처가 잘못될까 봐 무척 걱정했지만 그래도 드래곤이라서인지 상처는 금세 아물었다. 하지만 그 고통이라는 게 엄청나게 대단한 것인지 사나흘간 거의 혼수상태였다. 그동안 나는 먹지도, 자지도 못했다.

레다이에드를 공격해 오는 또 다른 마족이 있을 거라는 록그레이드의 충고는 확실히 타당한 것이었다. 드래곤의 아이가 그렇게도 마족에게 거대한 힘을 줄 수 있는 것이라면 당연히 마족들이 달려들 것이 뻔했다. 갑자기 베세레스 아이처럼 레어로 텔레포트해 오는 자들은 막을 수 없었기 때문에 나는 잠시도 긴장을 늦출 수 없었다. 물론 그 이기적인 마족 계집이 다른 마족과 레어의 좌표를 공유하지는 않았겠지만 이곳에서 베세레스 아이가 소멸했으므로 그 여파로 이 장소가 알려졌을까 봐 두려웠다.

나는 왕년에 마왕이 드래곤을 도와 아이를 지켜주었다는 것이 좀 신빙성없다고 생각했다. 마족과 드래곤은 상호 불가침의 존재이긴 해도 그건 어디까지나 서로 동등할 때의 일이다. 이렇게 아이를 낳고 약해져 있는 드래곤을 다른 종족도 아닌 마족이 지켜주었을 리가 있을까. 드래곤의 아이를 먹으면 마족의 마력이 단번에 몇 배나 늘어난다고 하는데.

―좀 쉬게.

에메타이드가 조용히 충고했다.

나는 그의 거대한 앞발에 몸을 기댄 채 레다이에드의 잠든 몸을 끌어안고 있었다. 드래곤이라 어떤 약을 쓰는지도 모르겠다. 에메타이드는 약을 쓸 필요는 없다고 했지만 인간인 내 입장에서는 어떤 약이라도 가져와 바르고 싶은 생각뿐이었다. 실제로 에메타이드는 긴 혀로 레다이에드의 상처난 몸을 핥았다. 그것 이외에 약은 없다고 했다. 어쩐지 그 모습이 굉장히 어울리지 않아서 웃어버리고 말았지만 그것도 잠시, 록그레이드를 떠올리자 기분이 가라앉았다.

―왜곡이야.

"네?"

―그는 유령이지. 그 자신이 마나를 왜곡해 존재하는 거야. 내가 말했었지, 흐름을 거역해 만들어낸 거라고.

"네."

―그런 그가 텔레포트하는 순간에 마족의 마나에 간섭한 거네. 아주 교묘한 타이밍이 아니었다면 실패했을 거야.

"그……."

―텔레포트라는 것 자체가 공간을 뛰어넘는 것이니 조금만 잘못되어도 그런 일이 벌어지지. 공간의 틈 사이에 끼어 박살나는 거야.

"하지만 한낱 유령에 불과한 그가 대체 어떻게 베세레스 아이의 텔레포트에 간섭할 수 있었을까요?"

―마족이라 해도 이 세계에서 마력을 사용할 때는 마나를 사용해. 그녀가 텔레포트하는 순간에도 마나가 필요해서 근처의 마나를 끌어모으지. 그렇게 되면 마나가 일순간에 그녀의 주변으로 몰려들어. 바로 그 순간에 그가 간섭한 거네. 그러자 그녀 주변의 공간이 충돌하게

된 거야. 텔레포트가 잘못되면 어떻게 되는지 잘 봤을 걸세.

"하지만 그게 가능합니까? 인간도 아닌 고위 마족입니다. 마족의 명령어는 드래곤 다음으로 빠르다고 알려져 있습니다. 그런데 어떻게……."

―이곳이니까 가능했겠지. 이곳의 마나는 비교적 균일하게 한 방향으로 흘러가니까. 그의 존재 자체가 마나를 왜곡시키니 그 마족 여인이 텔레포트하는 그 순간에 자신의 몸을 흐름 사이로 끼워 넣은 거야. 하지만 그것은 드래곤도 못할 짓이야."

그 말에 나는 할 말을 잃었다.

―그게 얼마나 어려운 일인가 하면, 깊은 바다 속에서 작은 바늘을 하나 찾아내는 정도의 일일세. 텔레포트할 당시의 타이밍과 마나의 흐름을 정확히 파악하지 못했다면 그런 짓은 불가능해. 확실히 그는 천재야. 부인할 수 없네.

에메타이드가 조용히 감탄했다.

그렇다. 한낱 유령이, 마족을 말살시켰다는 것은 아무도 믿지 못할 것이다. 베세레스 아이 자신도 대체 무슨 일이 벌어졌는지조차 파악하지 못하지 않았던가. 나 역시 무슨 일이 벌어졌는지 그 순간에는 알지 못했다.

"대단한 놈입니다."

―대단하지.

에메타이드가 조용히 동감했다.

나는 머리를 그의 몸체에 기댄 채 가만히 눈을 감았다. 그가 정말로 영원히 사라져 버렸다니. 그 상실감은 이루 말할 수 없었다. 그 본인은 미련이 없다고 하는데 왜 나는 이렇게도 미련이 많은 것인가.
아주 예전에 그가 말했었다.

"나는 치열하게 살았다."

치열하게 살았으니까 후회도 없고, 미련도 없다고 그가 말했다. 진짜일까?
아니, 진짜든 가짜든 그가 그렇게 믿고 그렇게 행동했으니 어쩔 수 없다고 생각한다. 하지만 왜 하필 어울리지 않는 짓을 했을까? 왜 그가 레다이에드를 위해 희생했단 말인가?
"그건 희생이 아니라고 보는데."
레다이에드가 자다 말고 나른한 눈으로 날 올려다보며 말했다.
"그럼?"
"그가 자신을 이용한 그 마족 계집을 그냥 놔둘 리가 있다고 생각해?"
레다는 크게 하품을 했다.
"그로서는 자신을 이용해서 여기를 알아냈다고 하는 게 수치였던 거야. 불쾌해서 참을 수가 없었던 거지. 그래서 마족을 끝장내려고 한 거야."
나는 피식 웃고 말았다.
레다의 말이 옳았다. 록그레이드가 희생 따위를 할 인간이 아니지. 그라면 분명 불쾌해서 그렇게 했을 것이다. 단지 베세레스 아이가 자신을 능욕한 것이 분해서 그렇게 했을 것이다.
"그건 그렇군. 그 성질 더러운 왕자 놈이 희생할 리 없지."

레다는 다시 하품을 했다. 나는 그 머리칼을 조심스레 쓰다듬으며 실없이 웃었다. 어쨌든 그놈은 내 최초의 친구였다. 본인은 부정하겠지만.

그래서 나는 슬펐다.

아주 아름다운 소녀였다.

아니, 어쩌면 절세미녀는 아닌지도 모른다. 하지만 내 눈에는 굉장히 아름답게 느껴졌다.

검은 머리카락에 사랑스러운 밤색 눈을 한 그녀는 아직 17세 정도로 보였다. 그녀는 나를 향해 신뢰에 찬 눈을 하고 웃었다. 그녀가 웃을 때마다 내 안에서 즐거움이 방울방울 터졌다. 빙글빙글 춤추는 작은 몸집도, 살짝살짝 드러나는 발목도 너무나 어여뻐서 나는 평생 내 옆에 끼고 살았으면 좋겠다고 투덜거렸다. 옆에서 웃고 있던 후덕해 보이는 노부인이 나를 향해 그럼 못쓴다고 충고했다. 사랑스런 누이니까 어서 좋은 곳에 시집을 보내야 한다며 발갛게 얼굴을 붉힌 소녀를 가리켜 보였다. 나는 누이를 빼앗겨서 심통이 났지만 어쩔 수 없다는 듯 가슴을 펴고 말했다.

"좋아, 하지만 지참금은 없다!"

누이는 입가를 삐죽거리며 소리쳤다.

"지참금 따위는 필요없어요!"

나는 검을 닦으며 크게 웃었다.

―록베더.

부드럽지만 강한 목소리가 날 불렀다. 눈을 뜨자 에메타이드가 날 내려다보고 있었다.

―또 꿈을 꾸었나?

"네."

나는 눈가로 번진 눈물을 닦아내며 천천히 일어났다.

레다이에드는 내 옆에서 책을 읽고 있었다. 언젠가 고블린들이 주워 온 책이었다. 가끔 고블린들은 그렇게 책을 주워오곤 했다. 어디서 주워오는지 뻔한 일이었지만 나는 캐묻지 않았다. 인간들을 습격한 것인지, 아니면 빈집털이를 한 것인지는 몰라도 내가 알 바는 아니었다. 그들은 고블린이지 인간은 아니니까.

"재밌니?"

"별로. 록그레이드의 이야기가 훨씬 더 재미있었어."

퉁명스럽게 말하는 레다이에드의 말을 듣고 나는 피식 웃었다.

그가 사라진 뒤에도 레다이에드는 간혹 그의 이름을 입에 올렸다. 그것이 바로 그가 인간이 아니라는 증거였다. 만약 인간이었다면 나를 배려해서라든가, 아니면 슬퍼서라도 그의 이름을 말하지 못했을 것이다. 하지만 레다는 태연했다. 그는 마치 바로 옆에 록그레이드가 있다는 듯이 천연덕스레 그를 말했다. 그것이 기뻤다. 그래서 나는 그의 이름을 들을 때마다 웃었고 에메타이드는 침묵했다. 왠지 모르겠지만 그의 이름을 들으면 웃음이 새어 나왔다.

그 이후로도 거짓말처럼 조용한 시간이 흘러가고 있었다. 한 달, 두 달 흘러가자, 나는 점점 에메타이드 주변을 맴도는 마나의 물결을 다시 느끼고 있었다. 얼마 남지 않았다. 1년이란 세월은 생각보다 짧았다.

레다이에드는 여전히 쉽게 고통을 느꼈지만 점점 말수는 줄었다. 그것이 성장의 증거라는 것을 나는 나중에 에메타이드에게 들었다.

시간이 흘렀다. 아주 조용히 흘렀다.

그리고 어느 날, 그 고요는 깨졌다.

평소처럼 잠시 식사를 위해 내 방으로 돌아왔을 때였다.

여전히 나와 시선이 마주치면 꾸벅꾸벅 인사를 하는 고블린들이 고기를 구워 가지고 왔다. 고블린이 구워주는 고기를 먹는 인간이란 아마도 그렇게 흔하진 않을 것이다.

무슨 고기인지는 모르지만 맛은 나쁘지 않았다. 구운 고기 한 접시와 신선한 과일 한 다발, 그리고 버섯 향이 나는 과실주가 있었다. 가끔 빵이 그립긴 했지만 그렇다고 해서 레어를 떠나 그걸 먹으러 갈 정도는 아니어서 관두었다.

막 사슴 고기로 추정되는 고기를 씹으려 하는 순간, 띠잉 하고 공간이 흔들렸다. 고개를 들자 마나의 뒤틀림이 연속적으로 느껴졌다.

"끼에에에엑!"

고블린들이 고함을 지르며 달려나갔다. 각기 무기를 들고 뛰어나가는 것이 나름대로 이곳을 지키려 하는 것이다. 나 역시 검을 집어 들고 재빨리 레어 밖으로 텔레포트했다.

"마족인가?"

침입자들은 레어로 통하는 입구 중 하나인 작은 동굴 앞에서 서성거리고 있었다. 마족일지도 모른다는 내 예상과는 달리 그들은 인간이었다. 모두 네 명으로 갑옷을 입은 기사 두 명과 마법사로 보이는 한 명,

그리고 화려한 옷차림을 한 남자였다.

"……."

뭐라 떠드는지는 자세히 들리지 않아 확성 마법을 썼다.

"아, 그러니까 여기가 이상하다고 했잖아?"

"이런 건 저도 본 적이 없습니다."

"마나의 뒤틀림이 있어. 뭔지는 모르지만 여기에 뭔가가 있다고."

"몬스터들이 들끓을지도 몰라요."

"하지만……."

"어쩌면 몬스터 둥지일지도."

"어쩌면 드래곤 레어일지도."

저마다 떠들어대며 킬킬거리는 일행에게 나는 그다지 위험함을 느끼지 못했다. 하지만 그렇다고 해서 방심할 순 없는 법이라 어느 정도의 힘을 가진 자들인지 알아보아야겠다는 생각을 했다.

"그대는 마법사이니 좀 알 수 있지 않은가?"

화려한 옷차림의 남자가 고개를 갸웃하며 재촉했다. 그들이 내가 걸어놓은 공간 왜곡 마법 때문에 나타난 것은 사실인 것 같다. 하지만 이런 깊은 산중에 왜 갑자기 저런 자들이 나타난 거지? 그것도 드문 마법사까지 동행해서?

"그게……."

검은 로브를 걸친 마법사가 잠시 망설였다.

"마나를 확인해 보라구. 뭔가가 있긴 있어. 나도 느낀단 말이야."

끼어든 것은 흰 가운에 초록빛 튜닉을 걸친 장발의 기사였다. 화려한 옷차림으로 보아 귀족인 것 같았다. 나는 그들이 허리에 찬 무기가 시미터라는 것을 알아보았다. 설마 하니 이자들은 리베이드 사람들일까.

"나의 힘으로는 알 수 없을 것 같군요. 이런 건 처음 봅니다."

마법사가 침착한 음성으로 말했다.

나는 나나 록그레이드 이외의 마법사를 본 것이 처음이었기 때문에 그를 자세히 살폈다. 하지만 생각 외로 보잘것없는 마나가 느껴져 실망했다. 옆에 있는 기사들도 오러력이 꽤 있긴 했지만 그렇다고 해서 오러를 그대로 발현할 정도의 능력을 가진 것은 아니었다. 내 주변에 소드 마스터가 널려 있었기 때문인지 어지간한 검술을 가진 자가 아니면 눈에 들어오지도 않았다. 하지만 객관적으로 따지자면 지금 눈앞에 있는 기사들도 상당한 실력의 소유자일지는 모른다.

"정말 모르겠습니다. 그리고 제가 알 수 없는 정도라면 참견하지 않는 게 좋습니다. 그건 제가 감당할 수 없다는 증거니까요."

"너무하네. 우리에게 이상한 마나의 흔적이 엿보인다고 이리로 오자고 한 건 너잖아!"

"그래, 당신이 오자고 해놓고 무서우니 건들지 말자고 하면 어떻게 해?"

"그, 그게……"

마법사는 당황하고 있었다.

그의 얼굴은 잘 보이지 않았지만 손등을 보아하니 연배가 꽤 되는 것 같다. 아니, 연배가 얼마 되지 않더라도 흑마법사는 금방 노쇠해져서 죽어버리니 의외로 젊을지도.

어쨌거나 나는 금세 흥미가 사라졌다. 저 정도의 실력이라면 내 공간 왜곡 마법을 뚫고 들어올 수도 없을 것이고 실드도 뚫을 수 없다.

내 신호를 기다리던 고블린 열두 마리가 오크들을 데려왔다. 하나 나는 그들에게 고개를 저어 보였다. 굳이 몬스터들이 달려들 필요도 없었다. 그냥 놔두면 제풀에 알아서 꺼지겠지. 봄이 왔지만 밤이 되면 이런 산속은 추워서 오래 버틸 수도 없을 것이다.

그들에게 물러가라고 손짓한 뒤 레어로 막 돌아오려는 순간, 문득 이상하다는 생각이 들었다. 레어에는 가이드라인이 있었다. 그 가이드라인은 최소 몇 겹으로 만들어진 몬스터의 그것이다. 흑마법사가 있어서 그들이 물러섰다고는 해도 저 정도의 능력을 가진 흑마법사를 몬스터들이 그대로 통과시켰을 리는 없었다. 아니, 통과시킨다고 해도 벌써 나에게 연락이 왔을 터였다.

갑자기 한기가 흘렀다.

나는 급히 레어 안으로 텔레포트를 하려 했다. 그런데 갑자기 스파크가 일며 거부당했다.

"아?"

콰르르릉, 하고 땅이 울렸다. 텔레포트가 거부당할 리는 없었다. 여기는 에메타이드의 레어였고 내가 만든 방어 마법이었다. 나는 급한 나머지 손을 뻗어 검색했다.

내가 만든 공간 왜곡 마법 이외에 다른 무언가가 레어 주변을 감싸고 있었다. 그 적의에 찬 마나가 나에게 경고성을 발하며 번개를 일으켰다.

우르르르르콰콰쾅!

또다시 천둥 치는 소리가 터졌다. 전격계 마법이 분명했다. 나는 반쯤 허공에 솟은 채 망연자실했다. 유인당했다!

"당신 뭐요?"

갑자기 누군가가 불렀다.

아까 일행 중 하나가 날 보며 손가락질을 하고 있었다. 이미 검을 뽑아 든 그들은 난데없이 허공에 둥둥 떠 있는 나를 보고 공격 태세를 갖추고 있었다. 그 모습에 나는 분노를 참을 수 없었다. 이런 허접한 유인에 끌려들다니!

마족이 틀림없었다. 그것도 베세레스 아이 정도의 고위 마족이 아니라면 나를 튕겨낼 정도의 힘을 가지고 있지는 않을 터였다. 나는 부글거리는 심정을 억누르며 검을 뽑아 들고 그대로 레어를 향해 오러 블레이드를 쏟아냈다. 급했다. 아주 급했다.

길이 20페키는 될 거대한 오러 블레이드가 새까만 불꽃을 일으키며 그대로 화강암덩어리를 직격했다. 근처에 있던 자들이 모두 겁에 질려 뒤로 나뒹굴 만한 굉음과 함께 화강암덩어리가 갈라졌다. 나는 두 손을 모아 외쳤다.

"$\Pi\Sigma\beta\delta\Phi\varepsilon$!"

칼레이드메오돔!

새까만 둥근 원이 허공에 나타났다. 그리고는 그대로 소리없이 레어의 지붕에 해당하는 화강암덩어리 위에 살포시 내려앉았다. 먼지 한 톨 남기지 않고 조용히 둥근 구멍이 생겨났다. 갑자기 뻥 뚫린 그 모습에 고블린들이나 인간들이 경악성을 터뜨렸지만 알 바 아니었다.

나는 그 파멸의 검은 원을 머리 위에 올려놓은 채로 레어 안으로 뛰어들었다. 시퍼런 전격 마법이 나를 덮쳤지만 뭉클뭉클 일어나는 검은 오러를 둘러 친 나에게는 닿지 않았다. 지금 나의 오러가 최고조에 달해 있다는 것을 무의식 중에 느꼈다. 색깔도 이젠 완벽한 흑색이다. 그래서

인지 마족의 전격 마법도 내게는 그저 피부가 따끔거리는 정도였다.

"레다이에드!"

그 애가 또 다칠까 무서웠다. 에메타이드에게 무슨 일이 벌어질까 무서웠다.

하지만 예전처럼 완전히 이성을 잃고 날뛸 정도는 아니었다. 머릿속 한구석에는 여전히 얼음물을 뒤집어쓴 것 같은 내가 있었다. 록그레이드 덕분이다. 제길, 그놈 덕분이었다.

"$Λ Ω Φ δφ Ω Ψ κι ν ξΞ$! 드래곤의 아이를 건드리는 자는 죽는다!"

마계어로 그렇게 외치자 기다렸다는 듯이 온몸의 오러가 포효했다. 나를 둘러싼 마나가 으르렁거렸다. 당장이라도 내 무기가 되어 나아갈 것들이 물살을 거슬러 오르는 물고기 떼처럼 내 안으로 흘러 들어왔다. 내가 느끼는 분노의 크기에 따라 오러가 흔들렸다. 오러라는 게 살아 있는 것들이 뿜어내는 힘이니 분노할 때 더 크게 움직이는 것은 당연한 것인지도 모른다. 나는 거칠게 뒤틀리는 마나를 느끼면서 재빨리 에메타이드의 거처로 내달았다.

"$ε ζ φ δ$!"

들어서려는 순간 시뻘건 무언가가 나를 향해 달려들었다. 뜨거운 입김이 닿는 것을 느끼자마자 나는 그대로 검을 들어 베었다. 오러 블레이드가 이글대며 적을 향해 뻗어 나갔다. 케엥 하는 소리와 함께 그 시뻘건 것이 뒤로 물러섰다. 개처럼 네 발로 움직이는 것을 보아 소환수 같았다. 블랭크가 연달아 그 시뻘건 것을 쫓아 날아가 폭음을 터뜨렸다.

―뭐냐!

놀란 음성이 들려왔다.

―록베더.

에메타이드의 지친 음성을 들으며 나는 상황을 점검했다.

거대한 몸을 웅크린 에메타이드의 황금빛 몸은 상처투성이였다. 황금빛 피가 바닥으로 흘러내리고 있었다. 그는 간신히 조금 움직일 수 있는 몸으로 레다이에드를 감싸고 있는 형국이었다. 그리고 그를 공격하고 있는 것은 세 명의 마족이었다.

키가 훌쩍 큰 두 명의 남자 마족과 키 작은 소녀처럼 생긴 마족이 번갈아가며 에메타이드의 몸에 공격을 가하고 있는 중이었다. 나에게 달려들었던 시뻘건 소환수는 블랭크를 잔뜩 얻어맞고는 애처롭게 울며 내장을 토해냈다.

"어라? 와자이다를 한칼에 끝장냈어?"

"소드 마스터?"

"아? 마법사이기도 하다는 거냐?"

놀란 마족들이 한마디씩 떠들었다.

마족을 이렇게 많이 본 것은 난생처음이었다. 아니, 난생처음이 아닌지도 모른다. 하지만 그건 이제 더 이상 알 바가 아니었다. 황금빛 피가, 내가 지켜야 할 황금빛 피가 흐르고 있었다. 정신이 아득해지는 기분에 나는 이를 갈았다.

"죽어!"

나는 한 손에는 아직 메오돔을 거느리고 있었다.

"뭐, 뭐야? 저건 설마 메오돔?"

"인간 마법사가 메오돔을 어떻게 저렇게 간단히?!"

놀라 떠드는 놈들을 향해 나는 주저없이 메오돔을 집어 던졌다. 소리없이 날아간 메오돔은 피하던 마족 한 녀석에게 맞았다. 정확히 맞은 것은 아니었지만 적어도 몸의 반쪽은 그대로 사라졌다.

"우아아아아악!"

검은 피를 흘리며 버둥거리는 놈의 뇌수를 블랭크로 터뜨리고 나서 나는 나를 향해 검은 화염을 날리는 작은 계집애를 향해 손을 뻗었다.

"$x\zeta\varepsilon\varphi$!"

계집애의 주변으로 갑자기 이빨을 드러낸 소환수들이 줄줄이 나타나기 시작했다. 소환수들은 파공성을 내며 내 전신을 갈가리 찢겠다는 듯이 달려들었다. 아마도 아까 그 시뻘건 소환수를 부른 것이 이 계집애인 모양이었다. 득의양양한 그 작은 얼굴을 보며 나도 같이 잔인하게 웃어주었다.

"$\theta\iota\,\lambda\kappa\mu\psi\kappa\,\varphi\eta\,\gamma\tau\alpha\omega$!"

케세피아네카스. 거대한 아가리를 벌린 마물이었다. 탐욕스러운 시커먼 구멍과 함께 갑작스런 돌풍이 일어났다. 허공에 뻥 뚫린 구멍은 마치 잔뜩 굶주린 듯 내게 달려들고 있던 소환수들을 향해 킬킬거렸다. 머리카락이 미친 듯이 나부꼈다. 킬킬대는 케세피아네카스가 즐거움으로 포효했다. 나도 이를 드러내고 웃었다. 겁에 질린 소환수들은 케케세피아네카스의 입 안에서 벗어나기 위해 버둥거렸지만 이미 늦었다. 오로지 끝없는 구멍만 가진 그 끔찍한 괴물은 십여 마리나 되는 소환수들을 송두리째 집어삼키고도 부족해 헐떡였다.

"마, 말도 안 돼!"

"인간이 케세피아네카스를 소환할 수는 없다구!"

겁에 질린 계집애가 달아나려고 버둥거리는 것을 즐겁게 바라보며 나는 검을 휘둘렀다. 그렇게도 강하다는 마족이 오러 블레이드 한 방에 두 토막으로 갈라져 내장을 쏟고 소멸했다. 나는 나머지 한 명을 올려다보았다. 으르렁거리는 케세피아네카스를 등 뒤에 두고.

"믿어지지 않는군."

하나 남은 마족은 의외로 태연했다.

그는 방금 전에 소멸해 버린 두 명의 마족들을 신경도 쓰지 않는다는 듯 팔짱을 끼고 있었다. 전에 보았던 베세레스 아이처럼 꽤 큰 장신에 검붉은 망토를 걸치고 있었다. 허공에 둥둥 뜬 몸체만 아니었다면 인간 기사라고 할 만한 차림새였다.

나는 그가 뭐라 지껄이든 신경 쓰지 않고 에메타이드의 상태를 확인했다. 다행히 생명에는 지장이 없는 것 같았고 레다이에드도 괜찮은 듯했다. 그러나 나는 이번에도 실패했다. 쓸데없이 유인 작전에 휘말려 또 그들을 다치게 한 것이다.

"넌 뭐냐?"

마족이 나를 향해 물었다.

"너야말로 뭐냐?"

나는 그와 마찬가지로 몸을 공중에 띄우며 가볍게 오러 블레이드를 휘둘렀다. 15페키까지 길어진 오러 블레이드가 전에 본 데블린 후작의 그것처럼 유연하게 휘며 마족의 몸을 쓸어갔다. 마족은 휘익 하고 몸을 감추었다. 블링크. 순간 이동이다. 마나의 흐름을 읽으며 다시 한 번 쓸어가자 마족은 이번에는 피할 수 없다는 것을 느꼈는지 자신도 검을 빼 들어 막아냈다. 키잉 하고 오러 블레이드가 울었다.

나와 흡사한 색깔을 한 흑색 오러가 그의 검에서 일어났다. 마족에도 소드 마스터가 있나 하고 궁금히 여기는 순간 마족의 얼굴이 조금 일그러졌다.

"설마!"

"죽어."

나는 길게 말하고 싶지 않았다. 어서 여기를 정리하고 싶은 마음뿐이었다. 에메타이드는 쉬어야 했다. 그는 지금 회복기였다.

"$X\Psi\Psi\Omega\theta$!"

새파랗게 타오르는 화염마가 마족의 몸체를 휘감으며 화염의 기둥을 만들어냈다. 산 채로 태워 버리려는 듯 맹렬하게 타오르는 그것에 마족의 대항도 만만치 않았다. 어디서 나왔는지 알 순 없지만 갑작스레 둥근 방패가 튀어나오더니 화염 기둥을 깨뜨렸다. 하지만 청염(靑炎)의 화염마는 그렇게 간단히 사그라들지 않는다. 피하려는 그의 발치를 집요하게 핥으며 올라와 저항하는 그의 다리를 잡고 허벅지까지 태워 버렸다.

"크어어억!"

더 타고 오르려는 화염마를 잡기 위해 마족은 주저없이 검을 들어 자신의 다리 하나를 베어버렸다. 그리고는 방패를 휘둘러 댔다.

"$\zeta X\ \epsilon\varphi$!"

메가로노트. 날카롭게 일어난 바람의 칼날이 순식간에 사방을 가득 메웠다. 나는 그를 그대로 덮치려다가 그것들이 나를 노린 게 아니고 에메타이드를 노린 것이라는 것을 깨닫고 그대로 손을 뻗었다.

"$\iota K\ \Psi\omega$!"

미아레시칸. 시커먼 물결이 일어나 방벽처럼 메가로노트를 막아 세왔다. 텅텅텅, 하고 폭죽 터지는 소리가 나면서 검은 실드가 우아한 잔물결을 남기며 마족을 덮쳤다. 다리를 하나 잃은 마족은 몸을 팽이처럼 돌리며 검기를 쏟아냈다. 새까만 흑색의 검기였다. 하지만 미아레 사칸은 모든 것을 덮는 어둠의 방패였다. 그의 검기가 물속에 잠긴 듯 스러져 버리자 마족의 얼굴에 절망이 떠올랐다.

"맙소사! 이럴 수는 없어! 인간의 마법사 주제에 마족보다 더 빨리 마법어를 외치다니!"

"시끄러워."

대기하고 있던 메오돔을 다시 그에게 던졌다.

그의 눈이 커지는 순간, 갑자기 그가 메오돔을 향해 무엇인가를 집어 던졌다. 날카로운 비명 덕분에 나는 그것이 바로 인간이라는 것을 깨달았다.

"대신 받아!"

아주 잠깐 주춤했을 뿐인데, 마족 놈은 그대로 사라져 버렸다. 순식간에.

"제기랄!"

욕설을 퍼붓자마자 바닥으로 뭔가가 떨어져 내렸다. 아까 그 마족 놈이 집어 던진 인간이었다. 아주 만신창이다. 나는 별수없이 불러냈던 모든 마법들을 거두었다.

"으으으……."

버둥거리는 자는 아까 보았던 마법사였다. 나는 살기로 눈을 번뜩이면서 마법사의 등을 꾹 밟았다. 아까 높은 곳에서 떨어지면서 어딘가가 부러졌는지 남자는 연신 비명을 지르고 있었다.

"넌 뭐냐? 마족과 연계해서 여길 공격하다니."

"허억. 허억. 아, 아니……."

피를 토하며 아니라고 신음하는 남자를 밟은 채 주변을 돌아보니 참으로 암담할 정도의 참상이었다. 레어는 완전히 박살나 도무지 레어라고 부를 수 없을 지경이었다. 민망한 일이지만, 사실 대부분이 내가 부수었다. 마족들이 한 짓은 내가 레어에 들어올 수 없도록 전격 마법을 걸어놓은 것뿐이었다. 조금만 냉정했으면 좀 더 좋은 방법을 생각해 낼 수 있었을 텐데. 매끄러운 마나가 흐르던 에메타이드의 레어가 생각나자 이루 말할 수 없이 씁쓸해졌다. 내가 두려운지 움찔거리며 바위틈에서 나를 바라보는 고블린들과 오크들. 게다가 언제부터 보고 있었는지 아까 보았던 일행도 나를 훔쳐보고 있었다.

"에메타이드."

뒤를 돌아보며 부르자 에메타이드가 황금빛 피를 흘리며 씁쓸하게 나를 바라보았다.

"죄송합니다."

고개를 숙이자 그는 겨우 움직이는 머리를 들어 흔들었다.

―아냐. 오늘 재미있는 구경을 했네. 이 모든 게 다 새로운 경험이지.

그는 조심스레 앞발을 들어 감싸고 있던 작은 황금빛 레다이에드를 드러냈다. 나는 가슴이 아파서 그에게로 조심스럽게 다가가 물었다.

"다쳤니?"

"아니."

레다이에드는 호기심 어린 얼굴로 바닥에 쓰러진 흑마법사와 박살나 구르고 있는 마족의 시체들을 흘긋거리더니 완전히 파란 하늘이 그대로 드러나고 만 레어의 부서진 천장을 올려다보았다.

"지금 생각난 것인데, 록베더."

"응?"

"나는 앞으로 절대로 이런 산등성이에 레어를 만들지 않겠어."

그 말에 나는 두 팔을 벌려 조심스럽게 그를 안아 올렸다. 바닥은 이미 온통 날카로운 돌멩이투성이였기 때문이다.

"어떻게 하지요?"

나나 레다이에드는 덩치가 작아서 아무래도 상관없다지만 에메타이드는 문제였다. 게다가 이렇게 다친 상태에서 그의 거체를 편안하게 쉬게 할 장소가 필요했다.

─적당한 계곡을 찾아보는 게 좋겠네.

씁쓸한 얼굴로 에메타이드가 말했다.

"어떻게든 빠른 시일 안에 제가 찾아내겠습니다. 디아드라는 거대한 산맥이니 마나가 고일 만한 깊은 협곡이 분명 있을 겁니다."

나는 아직까지 헐떡이고 있는 마법사에게로 시선을 돌렸다. 녀석은 아직도 피를 토하고 있었다. 단순히 다친 게 아닌지도 모른다. 마법사의 동료였던 다른 일행이 헐떡이며 이쪽으로 걸어오고 있었다. 그들로서도 놀라지 않을 수 없었을 것이다. 드래곤과 마족과 흑마법사를 동시에 한꺼번에 본다는 게 어디 쉬운 일인가.

"아, 아……."

뭐라 할 말이 없었는지 주춤대더니 마침내 화려한 옷을 걸친 남자가 한 걸음 다가와 내 발치에 쓰러져 있는 마법사를 가리켰다.

"우리 동료요. 당신이 해친 거요?"

제법 기세등등하다.

"넌 누구냐?"

되묻자 남자는 당혹한 듯이 잠시 망설이다가 황금빛의 에메타이드를 멍하니 바라보았다. 나는 길게 말하기 귀찮아졌다. 모두 죽여 버릴까.

그런 생각이 울컥 치밀었지만 억지로 기분을 돌렸다. 모두 죽여 버리면 난 록그레이드와 똑같은 인간이 된다. 나는 바닥에 쓰러져 있는 마법사를 발끝으로 쳤다.

"이봐, 넌 여기 어떻게 오게 된 거냐?"

"그……."

"너의 계약자인 마족은 누구냐?"

"하, 하아……."

대답하는 게 영 어려워 보인다. 나는 그의 멱살을 잡아 일으켜 세웠다. 갈비뼈가 부러졌는지 숨 쉬는 소리도 어색했다. 그뿐만 아니라 내장도 다쳤는지 피를 계속 토하고 있었다. 나는 그에게서 거의 마력이 느껴지지 않는다는 것을 깨달았다.

"그렇군. 방금 내가 죽인 놈과 계약했었군."

마족이 죽어 소멸되면 당연히 그와 계약한 흑마법사는 마력을 잃는다. 축 늘어진 마법사는 내 말을 듣고 눈을 부릅떴다.

"하, 거, 거짓말. 인간이 마족을 어떻게……!"

"너는 그 마족이 불러서 여기 온 거냐?"

내가 되묻자 옆에 있던 남자가 재빨리 끼어들었다.

"이보시오! 우리는 정말로 이곳을 지나던 길이었을 뿐입니다! 여행하는 길에 이곳에 왜곡된 마나를 느끼고 그냥 왔을 뿐이라고요!"

나는 그를 아래위로 훑어보았다. 오러력이 좀 있긴 하지만 그렇다고 해서 대단한 것은 아니었다. 그런 주제에 자신이 여길 발견했다고 말하는 건가 싶어 나는 코웃음을 쳤다.

"웃기지 마. 마족 놈이 꼬드겼겠지. 그래서 나를 유인해 냈던 게야."

"크윽."

피만 뭉클뭉클 토하던 마법사는 결국 축 늘어져 버렸다.

그가 죽자 여지껏 보고만 있던 기사들이 동시에 검을 뽑아 들었다.

"비다이!"

"이놈! 비다이를 죽이다니!"

악악대는 녀석들을 향해 가볍게 손을 흔들었다. 굳이 죽일 필요도 없지만 그렇다고 놔둘 수도 없었다. 퍽 소리와 함께 두 명의 기사가 그대로 뻗었다. 놀란 남자가 뭐라 하며 달려들기에 나는 그의 이마를 가볍게 눌렀다.

"흥분하지 마라. 그는 계약한 마족을 잃었기 때문에 죽은 거야."

"거짓말!"

나는 흥분하는 사내를 물끄러미 보며 물었다.

"내가 거짓말을 할 이유가 있나?"

그는 잠시 입을 다물더니 불안한 시선으로 자신의 뒤에 있는 기사들을 돌아보았다.

"죽은 거요?"

"아니, 잠을 재웠을 뿐이다."

그는 갑자기 얌전해졌다. 흥분해서 날뛰기를 기다려 그냥 죽여 버릴까 했던 나로서는 좀 유감일 정도로 침착해졌다. 그 모습에 나는 좀 의

외라 생각했다.

"그, 어쨌든 우릴 죽일 생각은 없는 거군요."

그 말에 나는 피식 웃었다.

"왜 그렇게 생각하나?"

"……만약 그럴 마음이었다면 단숨에 쳐 죽였을 테니까요. 저는, 아, 그러니까 저는 리베이드의 키에디 가비라라고 합니다. 저들은 나의 가신들입니다."

"가비라?"

나는 조금 눈을 크게 떴다. 저 검공 가비라의 가족인가?

"아, 네. 리베이드의 무수한 왕족 중 한 명이지요."

약간 어색한 얼굴을 지어 보이는 그의 얼굴에서 나는 다아사 왕녀의 얼굴을 떠올렸다. 어딘가 좀 닮은 걸 보니 페논 가비라의 일족인 모양이다.

"페논 가비라 공의 일족?"

"예, 좀 멀긴 하지만 그렇습니다."

나는 이 작자를 차마 죽일 수는 없겠다 싶어 들었던 손을 도로 내려놓았다. 품 안에 있던 레다이에드가 중얼거렸다.

"전에 만났다는 검공 페논 가비라의 혈족이래?"

"그런 모양이다."

아는 척하는 내 말에 남자는 갑자기 친근함을 보이며 웃었다.

"와아! 그럼 정말로 대공과 아시는 사이입니까?"

"몇 번 봤지."

나는 퉁명스럽게 말하고 그의 이마를 툭 쳤다. 기억을 지워 버려야겠다.

"어쩌다 여기까지 왔나?"

"단순한 여행입니다. 산맥을 넘다가 길을 잃었는데, 마법사가 계속 이쪽에 이상한 마나가 느껴진다고 해서……."

그는 죽은 마법사의 시신을 일으키면서 대답했다. 눈앞에 드래곤이 버티고 있는데 저렇게 태연한 것을 보니 검공 가비라의 혈족이 맞나 보다 싶었다. 하지만 저 멀리 있는 리베이드의 검공이 자신을 지켜줄 리도 없을 텐데. 대담한 것인지 바보인지는 잘 모르겠다.

이 철없는 왕자의 뒤통수를 가볍게 가격해 쓰러뜨리고 재빨리 기억을 지웠다. 내가 손짓하자 쓰러진 그들을 보고 멀리 있던 고블린들이 달려와 재빨리 들쳐 메고 사라졌다. 어디 산속에 엎어놓으면 되겠지.

―기억을 지웠나?

"네. 살인도 필요없는 일이지만 놔둘 수도 없지요."

―하지만 기억을 지우면 그만큼 정신에 무리가 갈 거야.

에메타이드가 조용히 충고했다. 나는 흠칫했지만 그렇다고 취소하지는 않았다.

"그보다는 마족 놈들을 피하는 게 더 급합니다."

나는 아직도 그의 몸에서 흐르고 있는 황금빛 피를 보았다. 가볍게 마법을 써서 출혈을 멈추게 했지만 상처를 아물게 할 수는 없었다. 마법에도 한계는 있다.

―괜찮아. 그래 봐야 비늘이 잘려 나간 정도일세.

"죄송합니다."

"죄송할 것은 없어. 그보다는 내 이 거대한 몸을 뉘일 새로운 곳을 빨리 찾아주게나. 그쪽이 오히려 더 나를 위하는 셈일 테니."

에메타이드는 담담하게 말했다. 나는 레다이에드를 안은 채 한숨을 내쉬었다.

멀리서 몇몇 고블린과 오크들이 처참한 레어 안을 뒤지며 쓸 만한 집기를 찾아내고 있었다.

Chapter 49

오크들이 떠들고 있었다.

나는 고개를 갸웃했다. 이런 깊은 산중에 오크들이 낸 길을 따라 걷다 보면 오크들을 만나긴 만난다. 실제로 디아드라 산맥에는 오크들이 꽤 많이 살고 있었다. 그들은 부락을 이루며 살고 있기 때문에 길이 생긴다. 하지만 산속에 길을 만들 때는 사람처럼 나무를 베어 만드는 게 아니라 자주 다니는 길을 택해 오줌을 누어 나무를 말려 죽인다. 그래서 조용히 오랜 시간에 걸쳐 길을 만드는 것이다. 따라서 오크가 다니는 길은 냄새가 좀 났다.

"취이이익. 키쿠르르르륵."

떠드는 소리와 함께 금속성도 울려 퍼졌다. 오크들이 사냥을 하는 게 아니라 사람들을 공격하는 것 같다. 나는 가던 걸음을 더 빨리 재촉했다.

"조심해!"

"우악!"

"퀴이이익!"

오크와 사람들의 비명이 교차하고 있었다.

수풀을 헤치고 슬쩍 보니, 모두 검을 쓸 수 있는 일행이었다. 기사와 귀족 일행이다. 나는 혀를 찼다. 모두 어정쩡한 실력이다. 조금이라도 더 강해 오러력을 발현할 수 있는 실력이었다면 오크들은 아마 접근도 하지 않았을 텐데 저기 있는 일행은 그런 실력자는 아닌 모양이다. 나는 일부러 내 존재감을 드러내며 걸었다.

내 오러를 느낀다면, 내 주변에서 맴도는 마나를 느낀다면 미치지 않은 이상 순순히 물러가는 게 오크다. 때로는 인간보다 훨씬 현명하다.

"퀴이익!"

사람들을 공격하던 오크들이 날 발견했다. 그와 동시에 오크에게 공격받던 사람들도 날 발견했다.

"어라!"

사람들이 뭐라 떠들기도 전에 오크들은 날 발견하고는 마치 맹수를 만난 토끼처럼 뛰쳐 달아났다. 화다닥 달아나는 그 모습에 공격당하던 자들은 어이가 없는지 눈을 끔뻑이며 입을 벌렸다.

"괜찮습니까?"

막 한마디 건넨 나는 그 일행의 얼굴을 확인하고 조금 당황했다.

맙소사! 그들은 내가 반년 전에 만났던 일행이었다. 정확히 말하면 내가 두들겨 기억을 지워 갖다 버린 자들이었던 것이다. 리베이드의 가비라 공의 혈족.

"구해줘서 정말 고맙소."
"뭘, 천만에. 이런 산중에서 만난 것도 인연인데."
리베이드의 왕자 키에디 가비라는 올해 29세란다. 검술에는 소질이 없어 가비라 왕실에서도 좀 내놓은 자식 같은 존재였는데 그래도 인복이 있었나 보다. 성격이 쾌활한 탓에 사내다운 것을 좋아하는 리베이드 인의 특성상 그를 위해 목숨을 거는 가신들이 많았던 것이다.
"거기 토끼 다 구워졌어?"
"기다려, 기다려. 어이, 소금 좀 줘. 주인님, 땅 쥐 한 마리 더 드려요?"
"하나 더 줘. 그럭저럭 먹을 만하네."
구운 땅 쥐를 뜯는 왕자. 거기에 소금을 치는 기사. 뱀을 구워 토막을 치는 시종.
모닥불을 가운데 두고 앉아 있는 일행은 도무지 왕자의 일행이라고는 볼 수 없을 지경이었다. 자기 망토를 담요 삼고 자기 검집을 베개 삼아 흙바닥에 서슴지 않고 길게 누운 왕자는 한 손엔 구운 땅 쥐를 들고, 한 손엔 술이 담긴 가죽 주머니를 들고 있었다. 다른 일행도 비슷했다. 왕자의 앞이라고 삼가는 자들도 없는지 기사라는 자들도 왕자와 똑같이 두 다리 뻗고 누워 구운 고기에 소금을 치고 있었다.
게다가 말은 또 얼마나 많은지 내가 만약 검공 가비라를 미리 만나지 않았다면 리베이드 인이란 모두 수다쟁이라고 착각했을 정도였다.

"정말입니다. 만약 당신을 못 만났다면 또 길을 잃었을 겁니다. 우걱우걱. 야, 소금 줘. 반년 전에도 이 근처에서 길을 잃었는데, 정말 아찔했지요. 오죽하면 의식을 잃고 나자빠졌겠습니까? 몸이 약했던 일행 하나는 죽었다구요."

그렇게 말하는 것은 언젠가 나에게 억지로 재워진 기사다. 검은 턱수염을 길게 기르고 있어 확실히 기억이 난다. 아마도 몸이 약하다는 일행은 바로 죽어 넘어진 마법사겠지.

"오호. 고생했군. 여기 디아드라 산맥이 워낙에 험해 길에서 조금만 벗어나도 헤매기 십상이지."

"그런 것 같수다. 원, 올 때도 엄청 헤맸는데 갈 때도 이렇게나 고생이니. 아, 구운 뱀을 한 토막 드릴까?"

"난 토끼 한 마리로 족하오."

사양하자 그들도 더 권하진 않았다.

"사실 토끼보단 뱀이 좀 더 맛이 나아."

"그런데 여긴 큰 짐승은 없나? 사슴이라도 좀 봤음 좋겠어."

덩치 큰 기사들은 턱수염을 쓰다듬으며 한탄했다.

"자, 한잔 받으시오."

구운 쥐고기를 뜯던 키에디가 술이 든 가죽 주머니를 건넸다. 그는 기름기가 밴 손가락을 핥으며 어느새 뱀 고기 한쪽을 집어 들고 있었다.

"고맙소이다."

내가 술을 벌컥 들이키자 키에디가 박수를 쳤다.

"잘 마시는군! 사내다워!"

"독하군!"

독한 정도가 아니라 끔찍했다. 냄새만으로도 눈알이 시뻘겋게 달아오를 정도로 독한 술이었다. 대체 이걸 진짜 술이라 부를 수 있을까? 얼마나 독한지 목구멍이 타오르는 것만 같았다. 하지만 이런 깊은 산중에서 모닥불 앞에 놓고 마시는 술이란 독주여야 하는 법이다. 특히 술이 모자랄 경우는.

일행은 키에디를 빼고 모두 일곱 명이었다. 내가 전에 봤던 것보다 세 명이 더 불어났다. 나중에 합세한 일행인지 모두 리베이드 인이었다. 네 명은 기사, 두 명은 시종, 한 명은 노예였다. 노예라고는 해도 무뚝뚝한 얼굴에 커다란 덩치를 한 검은 피부의 사내는 도저히 노예라고 부르기엔 어려운 면상을 하고 있었다. 나는 그가 노예라고 소개하는 순간 어안이 벙벙했다.

"나를 어릴 때부터 따르던 노예요. 말이 노예지 나의 친구나 다름없지."

잔뜩 부루퉁해 있는 노예의 옆구리를 찌르며 웃음을 터뜨리는 키에디는 실제로 왕자치고는 지나치게 소탈했다. 내가 알고 있는 왕자들과는 사뭇 분위기 자체가 달랐다. 누가 땅바닥에 드러누워 땅 쥐 고기를 즐겨 뜯는단 말인가.

리베이드 인들은 드러눕기를 좋아하고, 말 타는 것을 좋아한다. 또한 여자를 좋아하면서도 남자도 좋아한다. 여기서 남자를 좋아한다는 것은 그렇고 그런 의미가 아니라 사람 사귀는 것을 즐긴다는 의미였다. 따라서 리베이드에서 사교적이고 쾌활한 사람은 당연히 인기가 있었다.

"아참, 그나저나 통성명을 하지 않았구려. 그대는?"

지나가다 만난 평범한 용병에게 자연스럽게 인사를 건네는 왕자도 흔치는 않을 것이다.

"록베더."

진짜 무슨 인연이라도 있는 것일까?

1년을 에메타이드의 레어에서 보내고 나오는 길이었다. 반년 전 그들을 내다 버릴 때에는 다시 만나리라고는 상상도 하지 못했다. 그런데 레어에서 나오자마자 바로 만나다니……. 만약 내가 그들의 기억을 지우지 않았더라면 나는 이게 또 무슨 음모의 한 자락일지도 모른다고 의심했을 것이다. 하지만 내가 손수 기억을 지웠다. 그들은 나를 기억하지 못했다. 나 역시 그들에 대해 자세히 알고 있는 것이 아니어서 모른 척하기도 쉬웠다.

"그래, 록베더. 당신은 용병이라고? 펜게이드 사람인가?"

"그렇소."

"우리는 여행을 마치고 리베이드로 돌아가는 길이오. 리베이드 인은 여행을 무척 좋아하거든. 만약 사내로 태어나 여행을 떠나지 않는다는 놈이 있다면 그건 거시기를 잘라낸 놈이라고 생각해도 좋을 정도지."

자기가 말하고도 그 비유가 웃겼는지 푸람이란 기사가 낄낄대고 웃었다.

나는 여행 중인 용병이라고 소개했고 그들은 리베이드로 돌아가는 길이라고 설명했다. 깊은 산중에서 만나서 그랬는지 그들은 나를 무척이나 반겼는데, 특히 키에디의 경우는 도가 지나칠 정도로 반겨서 나는 조금 민망할 정도였다.

"나 같은 천한 용병에게 너무 살갑게 구시니 당황스럽소. 그대의 주인이신 공자는 원래 그런가?"

"아니, 당신이 강해 보이니까 그렇지."

살짝 옆에 앉은 기사에게 이유를 묻자 그는 주저하지도 않고 대답했다.

"우리도 바보는 아니외다. 오크가 달아날 정도라면 당신이 아주 강한 전사라는 의미가 아니겠소? 리베이드 인들은 전사를 사랑한다오. 우리 주인님은 특히 사람 사귀는 것을 즐기니까 당황할 것은 없소."

"그렇소? 하지만 아무래도 키에디 전하는 왕자라고 하기엔 너무나 소탈한 것 같소. 내가 아는 왕자들은 까다롭기 짝이 없는데."

내 말에 푸람이 당나귀처럼 낄낄 웃었다.

"아, 그 말은 맞소. 전에 시그린 왕국의 귀족을 하나 만났는데, 원 세상에! 얼마나 까다롭던지 꼭 달거리 하는 계집애 같더라니까. 빵에 먼지가 앉아서 먹지를 못한다나? 또 발 디딜 하인 없이는 말에 오를 수가 없다니 그게 대체 뭐요? 리베이드에서는 열 살 먹은 계집애들도 그런 짓은 안 해."

"맞아. 난 어떤 귀족 기사란 놈이 거미줄 같은 손수건을 들고 다니면서 땀을 닦는 것도 봤어. 그뿐인 줄 알아? 세상에! 진흙이 좀 튀겼다고 지나가던 마차에 시비를 걸더라니까!"

덩치에 비해 진짜 말이 많다.

그들은 킬킬대면서 다른 나라 귀족들의 흉을 보고 있었다. 하긴 리베이드는 먼지가 휘날리는 건조한 나라라 하니 빵에 먼지가 좀 앉았다고 안 먹는 귀족들이 우습게 보이긴 하겠지.

"근데 록베더, 그대는 어디로 갈 참이오?"

"음. 나는 일단 리베이드를 한 번도 가본 적이 없어서 그리로 가는 중이오."

얼굴도 바뀌었겠다, 날 알아보는 사람은 없을 터였다.

나는 바꾼 얼굴 그대로 밤색 머리칼에 초록 눈의 건장한 청년의 모습을 하고 있었다. 이제 나에게서 록그레이드의 흔적은 전혀 남아 있지 않았다. 그 때문인지 더 홀가분하고 가벼운 기분이었다. 처음 여행을 떠날 때만 해도 벤과 함께 있는 데다가 잔뜩 기분이 가라앉아 만사가 다 귀찮았는데.

"잘됐네! 우리랑 같이 갑시다. 우리를 도와주기도 했고, 또 이것도 인연은 인연이지 않소?"

키에디는 누운 채 발가락을 까딱거리며 말했다.

아마 그 자세로 록그레이드가 말했다면 엄청나게 건방진 모습으로 보였을 것이다. 그런데 키에디의 경우는 뭐랄까, 건방지다기보다는 편안한 자세라는 느낌이 더 강했다. 다른 기사들도 다들 비스듬히 누운 상태라 나 역시 누워야 할 것 같은 충동을 느꼈다.

멀리서 늑대가 우는 소리가 났다. 기사들은 모닥불에 장작을 더 던져 넣었다.

"자자, 불침번이 누구냐?"

키에디의 말에 나와 수다를 떨던 기사 중 에람이라는 자가 손을 들었다.

"접니다, 주인님."

"그럼 잘해라. 난 잔다."

누운 상태로 망토를 둘둘 마는 키에디를 보고 다른 기사들도 망토를 둘둘 감고 잠을 청했다. 나 역시 망토를 적당히 둘둘 감고 바위에 등을 기댔다.

"안녕히."

"상냥한 달의 여신이 함께하기를."

서로 밤 인사를 행하는 그들을 나는 꽤 재미있다고 느꼈다.

리베이드 인들은 다 이럴까. 차갑기만 한 펜게이드 제국인을 보다 보니 이처럼 소박한 반응을 보여주는 이들이 꽤나 마음에 들었다. 키에디라는 저 왕자는 몇 번을 다시 봐도 정말 걸작이다. 처음 봤을 때는 가비라 공의 이름을 걸고 잘난 척하는 녀석은 아닌가 했었는데 그게 아니라 원래 성격인 모양이었다.

또 한 번 늑대가 울었다.

나는 밤하늘을 올려다보았다. 별이 박힌 하늘은 높은 나무들에 가려 잘 보이지도 않는다. 수백 년 묵은 거목들이 숲을 이루고 있는 디아드라 산맥은 몬스터도 있지만 야수도 많았다. 하지만 흑마법사인 나에게 덤벼드는 간 큰 놈들은 아무도 없었다.

'레다이에드.'

벌써 그 꼬마가 그리웠다.

1년을 채우자 녀석은 제법 의젓해졌지만 생김새는 별로 달라지지 않았다. 단지 통각이 좀 줄어들었는지 생채기만으로 울부짖는 일은 사라졌다. 에메타이드는 확실히 1년이 지나자 예전의 모습으로 돌아왔다. 무력했던 시기와는 너무나 다른 모습에 조금 적응이 안 될 정도였다.

"더 머무는 게 어떤가?"

새로운 레어를 완성하고 나서 그가 물었다. 내가 떠난다고 하는 게 서운한 태도였다. 하지만 나는 속지 않았다. 아무리 인간처럼 생겼다고 해도 그는 드래곤이었다. 서운하고 자시고 하는 감정을 가지지는 않는다. 단지 나에게 조금이나마 애정을 가지고 있을지도 모르지만.

"그래, 록베더. 조금 더 나와 함께 있으면 좋겠는데. 아직 책도 다 읽지 못했고."

레다는 나를 유모라 불렀던 것이 거짓말인 것처럼 어른스럽게 변했다. 황금빛 머리칼을 가진 미청년의 모습으로 바꾼 에메타이드는 레다와 나란히 서면 꼭 형제 간처럼 보였다.

"아니."

"어째서? 나와 함께 있고 싶어하지 않았던가?"

레다이에드는 미간을 찌푸렸다. 저 건방진 말투와 표정은 여전히 록그레이드의 그것이었다.

"그래도 어차피 네가 성체가 될 때까지 같이 있을 수도 없고, 솔직히 말해 레어를 내가 몇 번이나 부수었는지······."

사실이다. 나는 1년간 정확히 레어를 일곱 번 박살 냈다. 그때마다 화를 내지 않았던 에메타이드가 나로선 이해가 가지 않을 정도였다.

"그거야 마족들 탓이지. 마족들이 계속 공격해 오지 않았다면 록이 부술 이유는 없었지."

"하지만 내가 힘 조절을 잘 못해서 그런 것도 있었으니까."

그 말에 레다가 건방지게도 혀를 찼다.

"록은 내가 다치면 아예 이성을 잃더군. 그런 점은 고쳐야 해."

한 대 후려치고 싶었지만 옆에 에메타이드가 있어서 참았다.

"울고 있는 어린애를 보고 화내지 않는 어른이 있을까? 그건 별수없지."

점잖게 타이르자 레다의 얼굴이 일그러졌다.

"누가 어른이야?"

"나는 어른이지."

옆에 있던 에메타이드가 웃었다. 그 웃음에 레다이에드가 싸늘한 시선으로 모친 아닌 모친을 노려보았다.

"록, 정말 떠날 텐가? 레다도 이렇게나 서운해하는데."

"서운하지는 않은데."

어깨를 들썩이며 말하는 레다를 무시하고 나는 한숨을 내쉬며 말했다.

"물론 레다가 태어나던 그 순간의 감격을 지금도 전 잊을 수가 없습니다. 하지만……."

나는 솔직히 말했다.

"마족이 레다를 노리게 된 것은 저 때문이었습니다. 그것은 저도 잘 알고 있습니다."

에메타이드는 뭐라 말하지 않았다.

"제가 록그레이드와 함께 에메타이드님의 레어에 오지 않았던들 그 날의 일은 벌어지지 않았을 겁니다. 그건 저 때문이었죠. 그리고 레어가 공격당한 것도……."

나는 베세레스 아이의 탐욕에 가득 찬 눈을 기억해 냈다. 마족들이 쉽게 레어를 공격한 것도 내 탓이다. 레어를 부순 것도 나였다. 또 내가 어설프게 공간 왜곡 마법을 걸지 않았다면 괜찮았을 것을 그저 당황해서 가리기에만 급급했다. 만약 드래곤처럼 마나의 흐름을 일으킬 수 있을 정도로 자연스러운 건축물을 만들었다면 어떤 자들도 레어를 발견하지 못했을 것이다.

"록베더란 이름을 주셨는데 그에 걸맞지 않은 행동을 했습니다."

에메타이드는 여전히 느긋한 태도였다.

"하지만 정말 흥미진진했다네. 자네는 1년간 마족을 무려 열 명이나 죽였어. 처음 온 여자 마족만큼 강한 자는 없었지만, 그래도 인간이 마족을 열 명이나 죽일 수 있다는 것은 정말 엄청난 일이야. 아니, 어느 누구도 믿을 수 없는 일이야."

"하지만 하위 마족들 정도야 별로 대단하지도……."

내 말에 그는 고개를 저었다.

"내가 오래 살아오긴 했지만 나조차 마족 다섯을 당해내기는 어려워. 자네는 분명 엄청나게 강하네."

나는 잠시 망설이다가 물었다.

"제 계약자가 마왕일지도 모른다고 하셨지요?"

"그래. 그렇지 않고서는 모든 일이 설명이 되지 않아. 그리고 마왕 중에서도 분명 고위 마왕일 거야."

"고위 마왕?"

"록베더, 마왕도 여럿이 있다네. 마계에는 마왕이 99명이 있어. 그리고 각각의 서열이 있지. 우리는 보통 그중 20위 안에 드는 마왕을 고위 마왕이라 부르네. 그중 5위권 안에 드는 마왕은 신이나 다름이 없는 능력을 가지고 있어 마신급이라 부르지."

나는 진지하게 그의 말을 경청했다. 어디선가에서 비슷한 말을 들은 것도 같았다. 하지만 인간인 이상 나는 마계의 일은 잘 모른다.

"인간이 서열 10위권의 마왕과 계약한다는 것은 불가능하다고 알려져 있어. 그뿐만이 아니야. 나는 여지껏 마왕과 계약했다는 이야기도 들어본 적이 없었어."

그 말은 틀리지 않을 것 같았다. 저 대단한 록그레이드조차 마왕과 계약하진 못했다.

"전에 보았던 베세레스 아이라는 그 여자 마족은 대단했네. 분명히 고위 마족이었을 거야. 그녀는 레다를 먹어 마력을 높인 뒤 마왕에게 도전하려던 것이 틀림없네. 그 정도의 마족이었어."

에메타이드는 태연하게 말하지만 나는 레다를 먹는다는 그 말만으로도 소름이 끼쳤다. 저런 어린애를 씹어 먹었던 그 마족 계집을 떠올리는 것만으로도 속이 부글부글 끓었다. 게다가 그녀 때문에 록그레이드를 잃지 않았던가. 비록 그 자신은 별로 아쉽지 않다고는 해도 나는 슬펐다. 그 아니꼬운 놈이 사라져서 슬펐다.

"그러니까 자네의 정체는 정말로 흥미진진하다네."

에메타이드가 웃었다.

"나는 자네를 록베더로 정한 것을 후회하지 않아. 오랜 세월 동안 요 1년처럼 흥분에 찬 시기는 없었네. 나는 두려움까지 맛보았으니까."

나는 희미하게 웃었다. 그렇겠지. 드래곤이 두려움을 맛볼 기회라는 것은 아마도 극히 드물 것이었다.

"고맙습니다. 하지만 가만히 있을 수는 없어요. 제가 여기에 머문다는 것은 레다를 여전히 표적이 되게 하는 일입니다."

"어차피 이제 레다는 마족이 먹을 수 없는 존재가 되었어. 외피가 완성되었거든."

"네?"

나는 전과 전혀 다름없는 레다이에드의 모습을 새삼스레 훑어보았다.

"그래, 만져 봐. 이젠 안 아파."

레다는 잘난 척 내 앞으로 손을 내밀어 만져 보라고 재촉했다.

"1년 동안 지켜달라고 말한 이유는 내가 움직일 수 없기 때문이기도 하지만 어린 드래곤의 외피가 완성될 시기가 그때이기 때문이야. 이제 곧 레다의 피부에는 비늘이 돋아나기 시작할 걸세. 이미 안쪽은 경질화되어 있어. 전처럼 아파서 죽겠다고 쓰러지는 일은 벌어지지 않을 게야."

"아, 그럼 다시 말해 피부가 단단해진 겁니까?"

나는 레다의 팔뚝을 꾹꾹 눌러보며 물었다. 아닌 게 아니라 전과는 달리 하얀 피부는 단단했다. 손톱도 들어가지 않을 정도다.

"그래. 마족이 이빨을 들이대도 찢어지지 않을 걸세."

에메타이드는 웃음을 지었지만 나는 웃을 수 없었다. 베세레스 아이가 그 목덜미를 물어뜯었을 때 내 머리 속에는 아무런 생각도 떠오르지 않았다. 아예 미치기 일보 직전이었다.

"괜찮아."

내 생각을 눈치 챘는지 레다이에드가 어른스럽게 말했다.

"이제 괜찮으니까 걱정하지 마."

위로해 주는 황금빛의 어린애를 향해 나는 애틋한 감정을 감출 길이 없었다. 이 아이로 인해 얼마나 행복한 1년이었던가. 비록 대단히 건방지긴 해도 아이는 아이였다.

"그럼에도 불구하고 떠날 텐가?"

"네."

나는 머리를 쓸어 올렸다. 조금 긴 밤색 머리가 찰랑거렸다. 나에게도 록그레이드와 같은 버릇이 붙은 듯하다. 하긴 겉이야 어쨌든 이 몸뚱이는 그의 것이었으니까.

"원래의 목표대로 리베이드로 여행을 떠나겠습니다. 모두 다 떨쳐 버렸으니 모처럼 자유의 몸이 아니겠습니까? 검도 더 수련하고, 또 다른 세상을 더 보고, 아직까지 찾지 못한 기억을 되살릴 겸 마법도 더 수련해야죠."

"할 일이 많군 그래."

에메타이드가 온화하게 웃었다. 정말 인간적인 냄새가 나는 표정이다.

생각해 보면 이렇게나 나에게 무조건적인 호의를 준 존재도 없었다. 드래곤 에메타이드는 나에게 이름을 주었고 살아갈 용기도 주었다.

"감사합니다."

다시 고개를 숙이자 그는 내게 보석을 몇 알 주었다. 놀라 그를 보자, 여비로 쓰라며 도무지 드래곤답지 않은 배려를 보여주었다.

"용돈을 주는 드래곤이라니, 놀라운데요."

"저런. 록베더, 내가 자네 방의 물건들을 그럼 그냥 강탈해 왔을 거라 생각했나? 그건 내가 사둔 걸세."

"인간에 대해 정말 잘 아시는군요."

"그렇게 많이 알지는 못하지."

그는 싱긋 웃었다. 그리고는 가만히 앉아 있는 레다이에드를 끌어안았다.

"하지만 분명한 게 있지. 인간은 짧은 생명을 가진 만큼 치열하게 살지 않으면 안 되는 존재라는 것."

"네?"

가슴이 왠지 뜨끔했다.

"인간의 삶은 사소한 것에 구애받기에는 너무나 짧다네, 록베더."

그는 마치 록그레이드처럼 웃었다. 인간도 아닌 그가 록그레이드처럼 웃으며 말했다.

"치열하게 살게. 그리고 미련을 남기지 마."

눈을 감았다.

"…미련을 남기지 마."

간단한 말인데도 나는 그렇게 쉽지가 않다. 나는 록그레이드처럼 간단히 사라질 수 있는 인간이 아닌 모양이다. 분명 치졸하고, 욕심이 많고, 이기적인 인간인 것이다. 나는 끝없이 타이레논이나 레시언 위본처럼 가슴속에 열정을 가지고 있는 자들을 질투하고 부러워한다. 질투한다는 것은 결국 그것이다. 내 자신이 그렇게 될 수 없기 때문에 질투하는 것이다. 그래, 여전히 나는 록그레이드를 질투한다. 자신은 치열하게 살았다며 미련없이 돌아서 버리는 냉정함이 정말로 부럽다. 후회란 없다고 잘라 말할 수 있는 그가 부럽다.

"잠이 안 오슈?"

불침번을 서고 있던 에람이 말을 걸었다.

"아, 그렇소."

"그럼 이야기나 할까?"

어지간히 말하는 것을 좋아하는 모양이다. 나는 어차피 잠이 필요한 것도 아니기에 동의했다. 리베이드란 나라가 궁금했다.

"리베이드에서는 아내를 여럿 둔다는 게 사실인가?"

"응, 능력만 되면 몇이든 괜찮수다."

"당신은 기사인 것 같은데. 그럼 귀족인 건가?"

"그런 셈이지."

나는 쿨쿨 잘 자고 있는 시종과 노예를 돌아보았다. 시종과 노예는 잘 자고 있는데 귀족인 기사가 불침번을 서면서 모닥불에 장작을 넣고 있다니. 이것도 꽤 재미있는데.

그는 시미터를 품 안에 안은 채 웃었다.

"아, 신기한가 보군. 나는 야우에 가의 다섯 번째 아들인 에람 야우에라고 하오. 아까는 간단히 인사만 했었지."

"그렇지."

자세히 보니 그는 짙은 검은 눈썹에 회색 눈을 하고 있었다. 나이는 서른 정도 된 듯했는데, 리베이드 인 특유의 넓은 어깨와 단단해 보이는 체구가 꽤나 강해 보였다. 원래 리베이드 인은 키가 그다지 크지 않다고 들었다. 특히 나보다 조금 작은 에람보다도 머리 하나는 작은 키에다는 아무리 좋게 봐줘도 건장하다고는 말하기 어려웠다.

"우리 주인님은 가비라 가의 무수한 도련님들 중 하나요. 검공 가비라의 명성은 당신도 알 테니 길게 말하진 않겠지만, 원래 가비라 가는 자손이 워낙에 많다오."

"흠."

나도 들은 바는 있었다. 검공 가비라만 해도 자식들이 수북하다.

"주인님은, 그러니까 페논 가비라 공의 아우인 메갈 가비라 공의 서른일곱 번째 손자가 되는 거요. 주인님의 부친이신 게암 가비라 공은 일찍 돌아가셨기 때문에 주인님은 그 바로 위인 에시르 가비라 공주의 양자가 되었소."

"좀 복잡하구려."

"뭐, 짧게 말하면 아버지가 일찍 돌아가셔서 고모의 양자가 되었다 그거요."

"아."

가족이 많으면 복잡하다.

"보시다시피 주인님은 그다지 썩 대단한 전사는 아니지만 아주 좋은 주인님인 것은 분명하지."

"흐음."

"주인님은 곧 두 번째 결혼을 앞두고 있소. 이번 여행은 사실 아주 중요하다오."

"왜? 보기에 장사를 하려는 것도 아닌 것 같은데."

내 질문에 에람은 아주 진지하게 말했다.

"주인님이 워낙 성격이 좋다 보니 딸을 주겠다는 사람들이 아주 많수다. 그중 이번에 결혼할 아가씨는 후이암 가의 막내 아가씨인데, 이 아가씨가 정말 엄청난 미인이지."

"아아."

고개를 끄덕이자 에람은 더 목소리를 죽였다. 그나저나 기사가 이런 식으로 주인의 사생활을 까발려도 되나.

"소문난 미녀인데다가 지참금도 엄청나. 탐내는 자들이 한둘이 아니라 그거요. 그런데 이 아가씨는 어릴 때부터 주인님을 무척 좋아했던 터라 다른 남자들은 다 싫다 했지."

나는 웃을 수밖에 없었다.

"그런데! 여기 문제가 발생한 거외다. 이 아름다운 스민 아가씨를 본 바이샤 왕자가 그만 청혼을 하고 만 거요."

"바이샤 왕자?"

"바이샤 왕자는, 그러니까 페논 가비라 공의 일곱 번째 동생인 도우람 가비라 공의 열두 번째 손자인데……."

"결국은 친척이군."

"그렇지. 어쨌든 친척은 친척인데 사이는 아주 멀지."

그는 진지하게 말하고는 더 소리를 죽였다.

"그 왕자가 스민 아가씨를 포기하라고 주인님에게 압력을 가하고 있소. 뿐만 아니라 후이암 가에도 맨날 매파를 넣어 아가씨를 내놓으라고 생떼를 부리고 있지."

"흐음. 치사하군."

"맞소! 치사한 거지! 사내새끼로 태어나 여자가 싫다 하면 물러나야지, 그렇게 지지부진 너저분한 짓을 해선 안 되지!"

에람은 주먹을 휘저었다.

"그래서 이번 여행은 대체 어떤 의미가 있는 거요?"

내가 다시 묻자 그는 더 말소리를 죽였다.

"하도 치사하게 굴어서 가족 회의가 열렸지. 바이샤 왕자와 주인님의 사이가 더 벌어지기 전에 결론을 내자는 이야기가 나왔소."
"흠."
"사내답게 결투를 하자는 거였지."
"호오."
"그런데 아시다시피 우리 주인님은 그 방면은 영 아니지. 아무리 사내다워도 못하는 게 한두 가지는 있는 법이야. 그렇지 않소?"
나는 웃음이 나오려는 걸 억지로 참았다.
"그렇지."
"그런데 하필이면 그 바이샤 왕자의 특기가 바로 검이라 그거요. 얼마나 강한지 성질머리가 더러워도 모두 다 참아줄 정도로 강하다 그거지."
"아하. 그래서 그대의 주인님은 도망을……."
"떼엑! 주인님이 도망칠 사람인가!"
에람은 버럭 소리를 지르고는 자고 있는 일행을 돌아보았다. 다행히 피곤했는지 깨는 사람은 없었다. 그럼에도 불구하고 일행 중 노예가 두 눈을 부릅뜨더니 건방지게도 돌멩이를 휙 던진다. 에람은 그것을 피하면서 사과했다.
"미안하다, 미안해. 짜식, 그렇다고 돌을 던지냐!"
그 노예가 아무래도 이상해서 난 혹시 저 노예가 전사냐고 물었다.
"전사는 무슨! 요리사요."
"아, 덩치가 아깝군."
허탈해서 웃었더니 에람도 마주 웃는다.
"나도 그렇게 생각은 하오. 하지만 단검도 아주 잘 쓰지. 주인님의 신변을 늘 저놈이 지키고 있소."

"어쨌든 아직도 다 안 끝난 거요? 왜 이 여행이 중요한 건지?"

"아아, 옆으로 샜다. 그러니까… 1년 전 바이샤 왕자가 결투하자고 했을 때 주인님 곁에는 마법사가 있었소. 그래서 응했지."

"에?"

그 죽어버린 마법사?

"사실 마법사가 얼마나 대단한 존재요? 예전에 검공이 만난 펜게이드의 황태자도 마법사라고 하던데 어쨌거나, 우리 주인님을 모시던 마법사가 있었다 그거요. 그런데 그게 몸이 약했는지 덜컥 죽어버린 거요."

그 죽은 마법사를 믿고 결투에 응했는데 그놈이 죽어버렸다 그건가? 나는 속으로 혀를 찼다.

"저런."

"대신 결투에 나갈 테니까 고향에 있는 자기 가족들을 보고 싶다고 해서 펜게이드 제국으로 가던 길에 그만 죽고 말았지. 우리는 정말 당황했소."

그냥 몸이 약해서 죽은 걸로 그렇게 믿고 있었군.

"그럼 대신 싸울 사람은 구했소?"

"아니오. 펜게이드 제국을 돌며 대신할 마법사를 구해보았지만 워낙에 마법사 자체가 귀해서 불가능했소. 거기에 용병 길드에서 대신 싸워줄 자를 찾아봤지만 능력 미달이었고."

"그래서? 누가 싸웠소?"

"아니, 결투는 일주일 뒤요. 그래서 우리가 이렇게 서두르고 있는 거고."

"1년 전에 결투한다고 한 거 아니었나?"

"회의를 한 게 1년 전이란 말요. 스민 아가씨는 열네 살은 지나야 결혼을 할 수 있으니까."

"열네 살?"

나는 놀라 입을 벌렸다. 열네 살이라면 어린애 아닌가!

"뭘 놀라슈? 귀한 집 아가씨들은 보통 열네 살에 혼인해. 어쨌거나 그래서 우린 1년을 기다린 거지."

"그, 그랬군."

열세 살짜리 소녀를 차지하기 위해 1년을 기다려 결투를 해? 어이가 없다 못해 기가 막혔다. 역시 돈 문제가 엉켜 있는 모양이다. 그 후이암이라는 집안이 어지간히 부자인가.

"문제는 사람이 없다는 거요."

"하지만 리베이드는 전사가 많기로 소문난 곳인데 왜 펜게이드까지 가서 사람을 찾았소?"

이상하다 싶어 묻자 그가 한숨을 푸욱 내쉬었다.

"그게 말이오…… 바이샤 왕자는 아주 강하고 잔인하다고 널리 소문이 난 데다가 그의 부친인 보리테 가비라 공이 우그르 타므스의 주인이기 때문이오."

"우그르 타므스가 뭐요?"

"우그르 타므스는 그러니까, 전사 양성 기관이오. 강한 애들을 데려다가 훈련을 시키는 곳이지. 아무나 들어갈 수 있는 곳이 아니오. 일단 거기 출신이다 하면 출세는 따놓은 당상이지."

"흠, 그러니까 바이샤 왕자와 싸울 만한 사람은 그의 부친의 눈에서 벗어날까 두려워 키에디 공자의 전사가 되지 않으려 한다 그거요?"

"그렇소! 역시 이해가 빠르네."

에람이 어울리지 않게 박수를 쳤다.

"그래서 멀리 타국까지 와서 전사를 찾은 것이군."

내가 고개를 끄덕이자 에람도 동의했다.

"그런데 그렇게도 사람을 구할 수 없었던 거요?"

펜게이드 내에도 실력자는 꽤 있을 텐데 싶어 묻자 에람은 한숨을 내쉬었다.

"주인님을 대신할 전사에게는 여러 가지 조건이 붙어 있수다."

"어떤 조건?"

"주인님과 친구여야 하오."

"에?"

이해가 가지 않아 그를 바라보자 에람은 진지하게 말했다.

"생각해 보쇼. 생명과 명예를 건 대결에 대신 나간다는 것은 진실한 친구이거나 진실한 종이어야 하는 법이오. 그런데 돈 몇 푼으로 우정을 살 수 있다고 생각하시오? 우리가 펜게이드에 오랫동안 있었던 것은 주인님을 위해 진심으로 검을 들어줄 전사를 찾고 있었기 때문이오."

"아, 그래서 용병 길드에 의뢰하지 않은 거로군."

나는 이해했다. 하지만 설마 하니 그렇게나 간단히 친구가 될 수 있나? 같은 길을 가는 동료라든가 이득을 위해 뭉칠 수는 있어도 순수하게 우정만을 위해 검을 들어준다니. 그것은 죽마고우가 아니면 불가능한 이야기가 아닐까?

"돈을 안 주면 아무도 싸워주지 않소, 펜게이드 인은."

에람이 경멸의 기색을 감추지 않으며 말했다.

"반년간 펜게이드에서 머물면서 참 많은 사람들을 사귀었지만 주인님을 위해 대신 싸워줄 전사는 없더이다."

무리도 아니다. 누가 돈 한 푼 받지 않고 싸워주겠는가.

나는 아무런 말도 하지 않았다. 에람의 말이 틀린 것은 아니지만, 너무나 순진해서 뭐라 할 말이 없었다. 생전 처음 보는 외국인과 며칠 사귀고서 그를 위해 목숨 걸고 타국으로 가 싸워줄 사람이 몇이나 되겠는가. 특별한 일이 없고서는 불가능한 이야기였다.

"그렇군. 그래, 그럼 어쩔 거요? 사람을 못 구했다 하니."

내가 묻자 에람은 어깨를 으쓱했다.

"여기에 있는 우리 중 가장 강한 자가 대신 싸울 거요. 우리는 주인님을 정말 사랑하거든."

"……."

참, 눈 하나 깜짝 않고 사랑하느니 마느니…….

"만약 내게 무슨 일이 벌어진다면 주인님도 나랑 똑같을 거요. 왕년에 내가 좋아하던 여자가 도박 빚으로 팔려갈 때 주인님은 날 위해 타고 있던 말까지 팔아 돈을 주었지."

에람의 커다란 눈에 눈물이 글썽거렸다.

"알겠소? 말, 말이라고! 세상에. 날 위해 말까지 팔았다고. 우리 아버지도 그렇게까지는 못할 게요."

리베이드에서는 말이 무척 귀중하다고 들었다. 얼마나 귀하냐 하면 말이 있고 없고가 성인의 기준이고, 말을 얼마나 잘 타는가 하는 것이 재능에 대한 기준이고, 말을 잘 다루느냐 하는 것이 인간성의 기준이 된다고 한다.

다시 말해 타던 말까지 팔았다는 것은 속옷까지 탈탈 털어냈다는 의미가 된다.

"키에디 왕자는 그래도 왕족인데 돈이 없는 거요?"

"별로 없소. 그때는 더 없었지. 첫 번째 마님이 시집오시면서 지참금을 가지고 와서 살 만한 거요. 그분도 처음 보는 순간부터 주인님을 좋아했지."

에람이 히죽 웃었다.

생각 외로 저 키에디 왕자는 여자들을 끌어들이는 매력이 있기는 있는 모양이다. 특히 부유한 여자들이 다 좋아하는 걸 보면.

나는 새삼스럽게 자고 있는 키에디 왕자의 얼굴을 훑었다. 아무리 봐도 평범한 얼굴인데. 페논 가비라 공의 혈족이라기엔 진짜 너무 평범하다. 오러력은 형편없고 위엄 같은 것도 전혀 없다. 아니, 어쩌면 위엄이 전혀 없다는 것도 하나의 매력이 될런지도 모르지. 여자들은 왠지 불쌍해 보이는 빈약한 놈을 좋아하지 않던가.

알 수 없는 약간의 질투심이 슬그머니 고개를 들었지만 넓은 마음으로 그대로 묻어두었다. 니는 사실 여자에겐 그다지 욕심이 없다.

"그래서 말인데."

에람이 옆구리를 치고 다가앉으면서 작은 목소리로 속삭였다.

"당신, 꽤 강하지 않소?"

"무슨 말을 하려는 거요?"

음흉한 눈초리가 상당히 불안하다. 그는 내 옆으로 가까이 다가앉으면서 은근한 태도로 조근조근 말했다.

"우리 주인님, 사람 참 괜찮지 않소? 당신은 보아하니 별로 가난한 것 같지도 않고 해서 말인데……."

설마 하니 나보고 대신 싸워달라고 하려는 건가?

기가 막혀 그를 멀뚱거리며 보고 있었더니 에람이 진지한 태도로 내 손을 덥석 잡으며 말했다.

"며칠 주인님 곁에 머물면서 우정을 돈독히 쌓아봅시다. 그래서 당신이 직접 판단해 보시오. 그러니까 우리 주인님이 얼마나 좋은 사람인지 자세히 관찰하는 거요. 그리고 나서 주인님이 훌륭하다고 판단되어지면……."

그의 눈에서 불꽃이 일었다.

"대신 싸워주는 거요!"

『5권으로 이어집니다』